SAUERLÄNDER

© privat

ERIC BELL hat Psychologie und Englisch in Pennsylvania, USA, studiert und sich nach seinem Abschluss dem Schreiben gewidmet, vor allem für Kinder und Jugendliche. »Dieses Leben gehört: Alan Cole – bitte nicht knicken« ist sein Debüt und entstand aus dem Wunsch heraus, eine Geschichte zu verfassen, die sich an ein jüngeres Publikum richtet und einen schwulen Helden hat, den der Leser unbedingt in sein Herz schließen wird.

Weitere Informationen zum Kinder- und Jugendbuchprogramm der S. Fischer Verlage finden sich auf *www.fischerverlage.de*

Eric Bell

DIESES LEBEN GEHÖRT: ALAN COLE

BITTE NICHT KNICKEN

Aus dem Amerikanischen
von André Mumot

SAUERLÄNDER

MIX
Papier aus verantwortungsvollen Quellen
FSC® C083411

Erschienen bei FISCHER Sauerländer

Die amerikanische Originalausgabe
erschien 2017 unter dem Titel
›Alan Cole Is Not A Coward‹ bei HaperCollins US

Hedderichstr. 114, D-60596 Frankfurt am Main
Umschlaggestaltung: Atelier Seidel, Freising
Grafik: designed by Vectorpocket – Freepik.com
Satz: Dörlemann Satz, Lemförde
Druck und Bindung: CPI books GmbH, Leck
Printed in Germany
ISBN 978-3-7373-5488-2

Für meine Mutter Mimi,
die vom ersten Tag an wusste, dass ich
kein Feigling bin, und die mich auch nie
etwas anderes hat glauben lassen.

1. KAPITEL

DAS LEBEN EINES JUNGEN lässt sich im Grunde in zwei einfachen Fragen zusammenfassen: Wie viel Hüpfknete hat er gegessen, und wer hat ihn dazu gezwungen, sie zu verdrücken? Man bräuchte allein diese Informationen, schon könnte man anhand von Tabellen und Schaubildern errechnen, wie der eigene Weichei-Grad aussieht. Man müsste nur eintragen, ob man die Hüpfknete gegessen hat, weil man zum Beispiel gerade nur zu faul war, um zum Kühlschrank zu gehen und sich einen Apfel oder so was zu holen, oder ob der Grund vielleicht ein älterer Bruder war, der einen zu Boden geworfen, festgehalten und gezwungen hat, die gummiartigen, dicken Klopse zu verdrücken.

Für mich gilt: Mein älterer Bruder hat meinen Magen mit einer derartig großen Auswahl verschiedenster Gegenstände bekanntgemacht, dass mein Weichei-Grad jedes Diagramm sprengen würde.

Auf meinem Grabstein wird einmal stehen: *Hier liegt Alan Cole. Er aß einen gigantischen Berg Hüpfknete. Sein*

Stuhlgang klebte an Wänden fest, und man konnte Figuren daraus formen. Was gibt es über mein Leben sonst schon groß zu berichten?

»Hey, Alan«, sagt Zack Kimble am Wackeltisch und rückt die ausgestopfte Schlange zurecht, die er sich um den Hals gebunden hat. »Warum nennt man eine Gabel eigentlich Gabel?«

Na gut, möglicherweise gibt es doch noch was zu berichten.

»Ist schon komisch.« Zack hält seine Plastikgabel gegen das Licht, als würde er darauf warten, dass ihr Flügel wachsen und sie einen Cha-Cha-Cha tanzt. »Manche Dinge haben Namen, die zu ihnen passen, oder? Eine Orange heißt zum Beispiel Orange, weil sie orange ist. Aber warum nennt man eine Gabel Gabel?«

Ich schlucke einen großen Bissen von dem Hühnchen-Sandwich herunter, das ich mir in der Cafeteria besorgt habe. »Vielleicht war die Farbe erst später da.«

»Die Farbe Gabel?«, fragt Zack.

»Die Farbe Orange. Vielleicht nennt man die Farbe Orange so, weil sie nach der Frucht benannt wurde.«

Zack senkt langsam seine Gabel. »Wow«, flüstert er.

Das sollte ihn ein paar Minuten ruhigstellen.

Na gut, natürlich gibt es noch weitere Dinge zu berichten. Es gibt in meinem Leben mehr als nur die Hüpfknete und den Alleskleber und den Glitzerstaub – der übrigens nach kaum was schmeckt, aber Mann o Mann, das kitzelt vielleicht, wenn man gezwungen wird, ihn runterzuschlucken …

»Wenn du meine bescheidene Meinung hören willst«, sagt Madison Wilson Truman neben mir und reißt mich aus meinen Gedanken, »nennt man eine Gabel Gabel, weil sie sich an mehreren Punkten gabelt. Hast du noch nie was von Weggabelungen gehört? Das sind verschiedene Pfade, die vom selben Punkt abzweigen. Daher kommt der Begriff.«

Zack schaut auf die Plastikgabel hinab. »Das hab ich nicht gewusst. Mein ganzes Leben benutze ich schon Gabeln! Essen wird für mich nie wieder dasselbe sein …« Er schüttelt den Kopf, legt ihn in den Nacken und sieht zur Decke hinauf. Dabei stehen seine Haare nach allen Richtungen ab, als wäre er ein Stachelschwein, das gerade einen Stromschlag bekommen hat. »Verrückt. Gerade dachte ich, ich hätte da oben einen Drachen gesehen.«

Madison deutet auf seinem Platz eine kleine Verbeugung an. »Wenn ich hier schon was für deine Weiterbildung tue, könntest du doch bestimmt die entsprechende Vergütung *aufgabeln.*« Er rückt den Kragen seines Poloshirts zurecht und kichert, und beim Wort *aufgabeln* macht er Gänsefüßchen mit den Fingern.

Zack wühlt in seiner Tasche. »Sind fünfunddreißig Cent okay?«

Madison runzelt die Stirn.

So in etwa sieht es aus, das Leben am Wackeltisch, auch

bekannt als der Cafeteria-Tisch mit dem Stück Pappe unter seinem zu kurzen Bein. Seit dem Beginn der siebten Klasse in der Evergreen sitze ich dort jeden Tag mit Zack und Madison. Aber wir sind keine Freunde oder so. Also Zack ist freundlich (wie ein Welpe, der noch nicht stubenrein ist) und immer wegen irgendwas ganz aus dem Häuschen (wie ein Eichhörnchen im Süßigkeitenregal). Madison wiederum ist ziemlich klug (wie eine senile Eule) und bietet einem ständig seine Hilfe an (wie ein Husky ohne jeden Orientierungssinn). Aber ich habe mir eine strenge Keine-Freunde-Politik auferlegt. Früher hatte ich schon Freunde gehabt, aber nur so lange, bis mein Bruder zu ihnen vorgedrungen ist. Danach blieb ihnen nur die Selbsthilfegruppe für Kinder mit Ich-musste-Legosteine-schlucken-Trauma. So weit wird es nie wieder kommen.

Apropos mein Bruder: Ich habe die Hoffnung bis heute nicht aufgegeben, dass irgendwann der Tag kommt, an dem ich meine Cola nicht kopfüber trinken muss, während Nathan mich an den Füßen festhält. Und vielleicht werde ich ja auch eines Tages mal morgens die Schublade meiner Kommode aufziehen, und meine gesamte Unterwäsche wird nicht mit Hüttenkäse vollgeschmiert sein.

Bisher ist dieser Moment leider nicht eingetreten. (Aber zumindest meine Glücksunterhose wurde verschont – immerhin.) Seit die Schule wieder angefangen hat, verhält sich mein Bruder allerdings ziemlich ruhig, vielleicht ist der Tag also in greifbare Nähe gerückt. Aber bis es offiziell so weit ist, bleibe ich bei meiner Alan-Cole-Strategie: Ich ziehe den Kopf ein und versinke in meinem Skizzenbuch, so dass Nathan mich nicht finden kann. Irgendwann aber wird aus meinen Fingern ein großes, fettes Kretpoj hervorschießen in einer Explosion aus Farben und Buntstiften und Alleskleber und Glitzerstaub, denn wahre Künstler finden ihre Inspiration überall. Und falls ihr euch fragt, was ein Kretpoj ist …

»Alles klar, Alan?«, fragt Zack. »Du bist noch stiller als sonst.«

Ich würde Zack gern fragen, woran er das merkt, schließlich sage ich nie viel. Außerdem hängen wir kaum zusammen ab und reden auch so gut wie gar nicht miteinander, abgesehen von der Mittagspause, oder wenn wir gemeinsam Sozialkunde haben. Wir sind nicht mal auf dieselbe Grundschule gegangen. Aber es ist auch einfach hoffnungslos, ein normales Gespräch mit Zack führen zu wollen: Er wird garantiert von einem Kaugummi abgelenkt, das unter seinem Stuhl klebt, oder von irgendwas anderem.

Madison wirft mir einen mitleidigen Blick zu. »Die Mittelstufe stellt für viele eine besondere Herausforderung dar, ganz besonders natürlich für einen Setzling. Ist doch klar, dass Alan über vieles nachdenken muss.«

In der Evergreen heißen die Siebtklässler »Setzlinge«, die Achtklässler »Knospen« und die aus der Neunten »Blüten«. Ist ja klar: Wenn man in einem Ort lebt, der Rose Fields,

Pennsylvania, heißt und im Herzen des Flower Countys gelegen ist (keine Stunde von Philadelphia entfernt!), wo es außer unseren vollgestopften Schulen nichts zu sehen gibt, geht es natürlich von morgens bis abends nur um Pflanzen. Mein Bruder ist eine Blüte und ich bin ein Setzling. Aber lasst euch von den Begriffen nicht täuschen – Nathan ist so ziemlich das Gegenteil einer reizenden Topfblume.

»So wie du, als dich alle gefragt haben, warum du einen Mädchennamen hast?«, fragt Zack Madison.

Madison funkelt ihn böse an. »Ja. Genau so.«

»Oder als Jenny Cowper sich über dein Gewicht lustig gemacht hat? Das war auch nicht lustig.«

»Nein«, sagt Madison durch zusammengebissene Zähne. »Das war nicht lustig.«

»Oh, oder wie damals, als Mrs Ront wollte, dass du Präpositionen nennst, und du sie mit Konjunktionen verwechselt hast, und Talia MacDonald einspringen musste und ungefähr fünfundzwanzig runtergebetet hat und dir bloß ›weil‹ eingefallen ist, und Mrs Ront total ausgerastet ist, weil das nicht mal annähernd eine Präposition …«

»Ich glaube, wir haben es jetzt kapiert«, sage ich.

Dabei ist mir schon klar, dass Zack so nachbohrt, weil er es wirklich wissen will. Er meint es gar nicht böse. Aber Madison ist plötzlich ganz bleich geworden. »Jetzt mal ganz im Ernst«, stößt er aus, »hörst du eigentlich niemals …«

»Da ist er!« Zack zeigt zur Decke und erhebt sich halb

von seinem Stuhl. »Oh, Moment. Das ist doch kein Drache. Das ist die Sprinkleranlage.« Dann fängt er an, ein Lied zu summen, und tut so, als würde er eine Gabel Mais an die Schlange verfüttern.

Madison murmelt vor sich hin und fährt sich mit der Hand über seine rappelkurzen Haare.

Falls ihr euch wundert: »Kretpoj« nenne ich meine Kunstprojekte, denn erstens klingt es viel wichtiger als »Projekt«, und zweitens ist das als Name einfach lustiger. Aktuell versuche ich, Gesichter zu porträtieren. Ich kann wunderbar Bäume zeichnen, und meine Obst-Stillleben stellen die prächtigste Auslage der Obst-und-Gemüse-Abteilung des Supermarkts in den Schatten, aber ich habe es nie geschafft, das Gemälde eines Gesichts hinzubekommen. Mrs Colton behauptet, dass Porträts gerade total trendy sind in der Kunstszene. Auf einer Liste mit Beschreibungen, die nicht auf mich zutreffen, käme »trendy« zwar direkt hinter »7-Meter-hoher-Elefant«. Aber mir ist klar geworden, dass es immer Gesichter sind, die mich in der Kunst faszinieren – selbst bei diesen schrägen Bildern von Picasso, wo die Nasen aus den Augenhöhlen rauskommen. Und ich möchte auch etwas erschaffen, das die Leute fasziniert. Ich möchte etwas erschaffen, das die Welt verändert.

Ich habe also ein Ziel. Und das kann mir mein Bruder nicht nehmen.

Vom Tisch gegenüber holt mich plötzlich lautes Gelächter aus meinen Gedanken: Connor Garcia hat sein typisches, breites Lächeln aufgesetzt, und damit lächelt er die anderen Sport-Asse an seinem Tisch an. Ich verstecke mein Gesicht schnell hinterm Hühnchen-Sandwich, damit niemand sieht, wie ich rot werde. Ohne nachzudenken, greife ich zu meiner Serviette und tupfe an meinen Haaren herum, die immer noch feucht sind vom Schwimmunterricht. Dann wird mir klar: O Gott, ich fahre mir hier gerade mit einer *Serviette* durchs Haar! Sofort stopfe ich sie zurück in meine Lunchbox.

Connor Garcia würde niemals auch nur einen Blick auf den Wackeltisch werfen. Und er würde auf keinen Fall mit seinem breiten Lächeln hier herüberkommen und sich neben jemanden wie mich setzen und so tun, als wäre es nicht total verrückt, wenn jemand wie ich mit jemandem wie ihm zum Beispiel ausgehen wollte oder so. Klar, er kann mich schon leiden, aber es ist nicht so, als würde er mich *mögen*. Es ist schon schlimm genug, wenn man ihr-wisst-schon-was ist, denn, wenn es rauskommt, wird man behandelt, als hätte man die Mittelstufen-Version der Beulenpest. Wenn dann auch noch jemand mitbekommen würde, dass ich in Connor ihr-wisst-schon-was bin, würde das die Runde machen wie Läuse im Kindergarten, und alle würden in null Komma nichts … Na ja, mit ziemlicher Sicherheit würde mindestens das gesamte Universum in die Luft fliegen.

Ein weiterer Grund für meine Keine-Freunde-Strategie:

Nicht mal die besten Freunde können Geheimnisse bewahren.

»Hey, Alan«, sagt Zack. »Meinst du, ich hätte statt der Schlange heute lieber meinen Stoffaffen mitbringen sollen?«

Die Cafeteria in der Evergreen zu verlassen, ist ein Albtraum. Alle Siebtklässler – ich weigere mich, von mir selbst als Setzling zu sprechen – haben gemeinsam Mittagspause. Stellt euch also ruhig mal vor, wie es ist, gegen diese Sturmflut von zweihundertfünfzig Körpern anzukämpfen, während aus dem Lautsprecher eine verzerrte Stimme quäkt, die irgendwelche Spendenaufrufe und Mitteilungen über kaputte Schulrasenmäher oder was auch immer verbreitet – unmöglich zu verstehen bei dem markerschütternden Krach meiner Mitschüler. Und gerade als ich glaube, endlich eine sichere Stelle gefunden zu haben, um mal Luft zu holen, greift ein Arm nach mir und zerrt mich in einen leeren Klassenraum, wobei mir fast das Schultergelenk rausgerissen wird.

»Hey, Al«, sagt Nathan.

Nur mal nebenbei, zum Mitschreiben: Ich heiße Alan. Ich *hasse* es, wenn man mich Al nennt. Nathan weiß das. Warum wohl tut er es trotzdem? (Ebenfalls zum Mitschreiben: Er heißt Nathan, nicht Nate. Diese Lektion musste ich auf die harte Tour lernen.)

Der leere, schummrige Klassenraum lässt Nathans

Schatten umso bedrohlicher aufragen. Dank eines Wachstumsschubs, der im Sommer in letzter Minute eingesetzt hat, bin ich fast so groß wie er, aber es fühlt sich definitiv nicht so an. »Hi«, murmele ich.

»Weißt du«, sagt Nathan und verschränkt die Arme. »Ich hab nachgedacht.« Nachdenken ist Nathans Spezialität. Letztes Jahr hat er zum Beispiel darüber nachgedacht, wie er mit Sekundenkleber meine Haare am Küchentisch festkleben kann. »Wir haben schon lange kein richtig gutes Gespräch mehr geführt. Ich wollte dich zu einem Treffen einladen. Top Secret.«

»Tut mir leid, hab zu tun.«

Nathan lächelt. »Heute Abend um zehn. Auf der Terrasse. Komm allein. Ich bringe O-Saft mit. Wir werden jede Menge Spaß haben.«

Mir läuft es eiskalt den Rücken runter. »Musst du echt nicht. Du hast doch bestimmt was vor. Du musst doch garantiert ganz viele andere Sachen erledigen.«

Sein Lächeln wird breiter. »Du machst mich echt fertig, Al. Komm nicht zu spät.« Er zwinkert mir zu und geht aus dem Raum.

Ein geheimes Treffen … vielleicht will er ein Friedensabkommen schließen. Vielleicht wirft er das Handtuch und wird ein anderer Mensch.

Vielleicht ändern sie aber auch später meine Grabinschrift in: *Er aß* zwei *gigantische Berge Hüpfknete.*

Manche Leute sprechen einen Segen vorm Abendessen. Sie bedanken sich bei ihrer Familie, ihren Freunden, bei Gott oder gleich beim ganzen Universum für ihre Mahlzeit. In der Werther Street 16 in Rose Fields, Pennsylvania, sagt man gar nichts vorm Essen. Oder während des Essens. Oder danach. Man spricht insgesamt so gut wie nicht, es sei denn, man wird irgendwas gefragt, und dann antwortet man auch so wenig wie möglich. Gedankt wird bei uns jedenfalls niemandem.

Umweht vom Geruch von Knoblauch, Tomaten und Basilikum, sitzt Dad am Kopfende des Tisches. Er isst seine Nudeln, wie er alles isst: sehr überlegt. Nathan, der mir gegenüber sitzt, wiederum schlingt sein Essen so schnell hinunter, dass es bestimmt Funken in seiner Speiseröhre schlägt. Sinnvoll wäre das eigentlich nur, wenn er dadurch früher aufstehen könnte, aber niemand verlässt den Tisch, bevor Dad fertig ist. So sind die Regeln bei uns zu Hause. Mom isst langsam, auch wenn sie meistens als Erste fertig ist.

Dad ist es auch wichtig, dass man nur in unmittelbarer Nähe seines Tellers Krümel hinterlässt. Nathan stellt sich dabei allerdings nicht sehr geschickt an, und nachdem die drei Minuten und zwanzig Sekunden unseres Abendessens herum sind, fällt ihm ein Stückchen Fettuccine auf die Küchenfliesen.

Dad erstarrt sofort, und seine Gabel bleibt direkt vor seinem Mund in der Luft stehen. Nathan beugt sich herunter, klaubt das Missgeschick vom Boden auf und legt es auf seinem Tellerrand ab. Danach isst er sehr viel langsamer weiter.

All das bekomme ich mit, während mir in meinem Teller das Spiegelbild eines Beinahe-Teenagers entgegenstarrt. Über dem Herd tickt Dads uralte hölzerne Wanduhr. Sie ist älter als Nathan und ich, vielleicht sogar älter als wir beide zusammen.

Endlich, nachdem er sich den Mund abgewischt und einen großen Schluck Wasser getrunken hat, beginnt Dad zu sprechen: »An diesem Wochenende findet das Firmenessen statt.«

»Kann ich nicht am Samstag bei Marcellus übernachten?«, jammert Nathan. »Er hat gerade ein neues Spiel bekommen, und das muss ich unbedingt ausprobieren. Al kann doch dahin gehen.«

»Dein Bruder, der Landkartenkünstler«, sagt Dad. »Endlich ist dieser Kunstkram mal zu etwas nutze. Nimm dir bitte ein Beispiel daran, Nathan.«

Mir wird etwas leichter ums Herz. Erst gestern hat Dad mich dafür gelobt, dass ich eine sehr gute Beurteilung von Miss Richter, meiner Sozialkundelehrerin, bekommen habe – für einen Aufsatz, zu dem ich eine ziemlich aufwändige Karte gezeichnet habe. Normalerweise hasst Dad meine Bilder, aber ihm gefällt alles, was uns gut dastehen lässt.

Nathan funkelt mich böse an. Seit Beginn des Schuljahres ist es nicht gerade oft vorgekommen, dass Dad ihn gelobt hat. Wahrscheinlich ist der Schulstoff in der neunten Klasse auch viel schwerer als in der siebten. »Aber Dad, wir müssen doch da nicht beide mit hin.«

»O doch, selbstverständlich«, sagt Dad. »Ich stehe kurz vor einer Beförderung. Wenn Mr Harrison uns als Familie sieht, die sich *perfekt* zu benehmen weiß, habe ich die Chance, in der Firma wirklich nach oben zu kommen. Mr Harrison ist ein echter Familienmensch.«

»Dein Dad hat recht«, sagt Mom. »Das ist für uns alle wichtig.«

Dad redet schon seit drei Monaten von diesem Firmenessen. Er ist seit vielen Jahren in dieser Firma angestellt, aber solch ein Essen hat es dort noch nie gegeben. Jeden Abend sprechen wir darüber, und jeden Abend schärft er uns irgendwelche Sachen ein. Heute ist keine Ausnahme. »Donald Turner wird auch mit seiner Familie kommen«, fährt Dad fort. »Seine Tochter spricht drei Sprachen.«

»Ach ja?«, stößt Nathan aus. »*Scio quattuor linguas*. Das ist Lateinisch und heißt: Ich spreche vier Sprachen. Stimmt doch, Dad?«

»Mmm«, brummt Dad. Mom lächelt. Nathan wirft mir ein gehässiges Grinsen zu.

(Englisch, Klingonisch, Elbisch und seine ganz persönliche Geheimsprache – falls ihr euch fragt, welche Sprachen er meint. Latein ist also nicht dabei.)

Dad nickt. »Hast du dein gutes Kleid aus der Reinigung geholt?«, fragt er Mom.

Mom hört auf zu lächeln. »Ach, ich hab mich mit den Frauen von der Kirche verplappert. Ich hole es morgen ab.«

Dad runzelt unzufrieden die Stirn, sagt aber nichts. Mom senkt den Blick auf ihren Teller.

Er wendet sich zu mir. »Was treibst du für Sport?«

Ich treibe überhaupt keinen Sport. Ich bin ungefähr so sportlich wie ein Sack Ziegelsteine und in etwa so beweglich. Ich kann nicht mal schwimmen, so dass unser schulisches Aqua-Kurs-Programm in diesem Jahr ziemlich lustig werden dürfte. Nathan kann auch nicht schwimmen, aber die Evergreen hat ihr Schwimmbad erst zu Beginn des Schuljahres eröffnet, also musste er es auch bislang nicht lernen. Woran er mich auch öfter als einmal erinnert hat. Aber ich habe meinen Text auswendig gelernt, so wie Dad es mir aufgetragen hat, und weiß, was ich sagen muss: »Ich mache Langstreckenläufe, beim Baseball bin ich in der Defensivposition, und ich könnte Ihnen meinen Fallauszieher zeigen, wenn ich meinen Fußball dabei hätte.«

Ich spüre, wie Dad mich anstarrt. »Äh, Rückzieher«, stammele ich, »ich würde Ihnen meinen Fallrückzieher zeigen.«

»Das wird das wichtigste Essen des ganzen Jahres«, sagt Dad erneut, und wie ein Habicht, der seine Beute schnappt, fügt er hinzu: »Enttäusch mich nicht, Goldfisch.«

Ich senke mein knallrotes Gesicht. Diesen Spitznamen zieht Dad nur bei ganz speziellen Anlässen aus dem Ärmel. Dabei macht sich niemand ernsthaft was aus Goldfischen. Die Leute halten sie nicht als Haustiere, bloß als Hintergrunddeko. Goldfische sind im Vergleich zu anderen Fischen das, was Ameisen für Menschen sind. Nur dass Ameisen coole Sachen hinbekommen, zum Beispiel das Zehnfache ihres eigenen Gewichts zu tragen, und Goldfische gar nichts können. Für Dad bin ich ein Goldfisch.

Als Mom die Teller abräumt, tickt und tackt die alte Uhr, und in der Werther Street 16 kehrt wieder Ruhe ein.

Dann will ich euch mal von meinem Kretpoj erzählen.

Nur falls euch das nicht klar sein sollte: Mein Kretpoj wird das atemberaubendste, verblüffendste Kunstwerk, das je von menschlicher Hand erzeugt wurde. Wenn die Leute es sehen, werden ihnen die Augen rausfallen. Die Kinnlade wird ihnen runterklappen und das Herz bis zum Hals schlagen, das steht fest.

Ich nehme an, jetzt seid ihr echt neugierig geworden. Eine klitzekleine Einschränkung gibt es allerdings: Es existiert noch nicht. Nicht mal im Ansatz. Ich weiß nicht, wen ich malen soll. Ich habe mehrere berühmte Motive in Erwägung gezogen – Batman, Super Mario, einen Zombie.

Ich hab's sogar mit der Mona Lisa probiert, denn, hey, am besten, man geht gleich in die Vollen, oder?

Aber nein. Das hat alles nichts gebracht. Es muss einfach jemand ganz Besonderes sein. Aber wer?

Die Welt zu verändern ist viel schwerer, als ich gedacht hätte.

Ich gebe aber nicht auf. Wisst ihr, warum?

Wir haben Anfang Oktober, und wie immer Anfang Oktober krümmt sich der große Ahornbaum vor meinem Fenster im Wind zu diesem echt schönen Rhythmus, den nur er selbst zu kennen scheint. Ich hab schon mehrmals versucht, diesen Rhythmus in meinem Skizzenbuch einzufangen (»Bewegungen festhalten« war die Aufgabe, die ich mir für den Sommer selbst gestellt hatte). Nathan hat vor seinem Fenster keinen zwei Stockwerke hohen Baum, der sich hin und her wiegt wie eine Marionette.

Ich schaue mir meinen grünen Freund an. Er ist immer noch da. In ein paar Monaten wird er kahl sein, aber dann mit neuem Kleid zurückkommen. Erst leuchtet er, dann vergeht er, dann leuchtet er wieder. Aber er überlebt.

Das gilt auch für mich: Trotz der Hüpfknete und dem Hüttenkäse und dem Alleskleber und meinem Habicht-Vater hab ich nicht aufgegeben. Ich hab überlebt. Und ich werde lange genug überleben, um mein Kretpoj zu erschaffen.

Vielleicht ist es auch das, was ihr wirklich über mich wissen müsst.

Alan Cole: Er hat überlebt.

Auch wenn man das wahrscheinlich nicht auf meinen Grabstein schreiben würde – aus offensichtlichen Gründen.

Aber klar, kaum denkt man, es läuft ziemlich gut, kaum will man das bedeutendste künstlerische Unternehmen aller Zeiten in Angriff nehmen und das majestätische grüne Laubwerk vorm Fenster genießen, bricht das Unheil über einen herein.

Denn jetzt ist es 21:58 Uhr. Show time.

Irgendwie hab ich das Gefühl, dass man mich nicht bitten wird, meinen Fallrückzieher vorzuführen.

2. Kapitel

IM HAUS IST ES FAST VOLLSTÄNDIG DUNKEL. Mom und Dad gehen immer schon vor zehn ins Bett wie alle alten Leute, also folge ich dem Licht, das von unserer Terrasse hinterm Haus kommt. Ich schleiche auf Zehenspitzen die Treppe hinunter, und es kommt mir vor, als würde jeden Moment heiße Lava aus meiner Brust hervorbrechen. Ich will mit Nathans Plänen nichts zu tun haben, aber für gewöhnlich schert es ihn einen Dreck, was ich will, also gehe ich trotzdem zur Terrasse.

Unser Haus, Werther Street 16, kuschelt sich in einen hübschen Vorort, an dessen Ende ein kleiner Bach fließt. Der Garten ist von hohen Zäunen umgeben, aber jedes Wochenende kümmert sich Dad sorgfältig um die Pflege des Rasens. Es könnte ja schließlich sein, dass die Nachbarn mal mit dem Hubschrauber drüberfliegen. Als ich hinaustrete, schlägt mir sofort der Herbstgeruch entgegen: feuchtes Gras, der Apfelstrudel der Nachbarn, die Luft, die so scharf und klar ist, als könnte man bis nach Seattle schauen, wenn man die Augen nur fest genug zusammenkneife. Ich frage mich manchmal, wie mein Leben aussehen würde, wenn ich in einer anderen Stadt aufwachsen würde, in einem anderen Bundesstaat oder sogar in einem anderen Land. Ob ich dann wohl einen anderen Jungen in meinem Alter fände, in den ich mich verknallen würde – oder ein Mädchen? Würde ich trotzdem Alan heißen? Wie würde alles ablaufen, wenn ich die Chance hätte, ein anderer zu sein?

Vielleicht wäre dann auch alles anders. Vielleicht aber auch überhaupt nichts.

Doch eins nach dem anderen: Nathan sitzt auf einem Klappstuhl auf der Terrasse, lehnt sich ganz lässig zurück. Im Vergleich zu meinem Haar ist seins wahnsinnig kurz, seit Dad ihn gezwungen hat, sich seinen Pferdeschwanz abzuschneiden. Das war *kein* glücklicher Tag in unserem Haus, das kann ich euch sagen. Jetzt hat er seine in Pyjamahosen steckenden Beine auf unseren Terrassentisch gelegt, und neben seinen nackten Füßen steht ein Tetra Pak Orangensaft. Daneben sehe ich zwei Gläser aus der Küche und einen Zettel mit großen geschwungenen Buchstaben darauf.

Mist.

»Nein«, sage ich.

»Was nein?«, fragt er, »du weißt doch gar nicht, warum ich dich hierher bestellt habe, junger Page.«

»Ich weiß, warum. Ich mache das nicht schon wieder. Du hast es versprochen.«

Er hebt eine Hand. »Ich habe dir versprochen, es zu lassen, falls du mir keinen guten Grund dafür gibst. Weißt du nicht mehr? Und ich halte meine Versprechen.«

Die Lava sinkt langsam wieder, tiefer in meinen Bauch hinein. »Nathan …«

Er deutet auf den anderen leeren Terrassenstuhl. Mit Füßen, die sich anfühlen wie Zehn-Kilo-Gewichte, schlurfe ich hinüber und setze mich.

»Dies«, sagt Nathan, »wird eine neue Runde CgC.«

Ich stöhne auf.

»Halt die Klappe, Goldfisch«, sagt Nathan. Er zieht die Füße vom Tisch, und sein Stuhl quietscht über den Beton.

Wieder beginnen meine Wangen zu glühen. »Nenn mich nicht so.«

Nathan lacht sein schallendes, gackerndes Hyänenlachen. »Ich hab einige witzige Sachen für uns geplant, Al. Wir werden heute viel mehr Spaß haben als je zuvor.«

Langsam strecke ich die Hand nach dem Zettel aus, der mitten auf dem Tisch liegt, aber Nathan schnappt ihn mir vor der Nase weg. »Nicht so schnell! Du willst doch sicher erst mal hören, um welche Einsätze es geht.«

»Einsätze? Nathan, ich …«

»Hm?« Nathan hebt den Kopf. »Willst du mir Widerworte geben, kleiner Bruder?«

Ich presse meine Hände zu Fäusten zusammen. Das tiefe Zirpen der Zikaden geht mir durch und durch.

Nathan trinkt einen Schluck von seinem Orangensaft.

»Ich möchte dich erst mal an unsere CgC-Regeln erinnern. Für den Fall, dass du sie vergessen haben solltest. Du hättest schließlich beinahe vergessen, dass ich dein großer Bruder bin. Ich könnte dich die ganze Nacht gefesselt auf dem Dach liegen lassen, und niemand würde dich vor Morgen früh finden. Ich hab gehört, es soll noch regnen. Armer, kleiner Al, fest verschnürt, und keiner kommt und rettet ihn.«

»Ich weiß, wie CgC funktioniert«, murmele ich.

Nathan feixt. »Warum gewinnst du dann nie?«

Es gibt eine Million Gründe, warum ich nie gewinne beim CgC, was übrigens die Abkürzung für Cole gegen Cole ist. Beim CgC gibt mir Nathan eine Liste mit Aufgaben, und ich gebe ihm auch eine Liste, und derjenige, der innerhalb des Zeitlimits die meisten Aufgaben erfüllt, gewinnt. Klingt eigentlich ganz einfach. Ist es aber nicht. Die Aufgaben, die Nathan mir gibt, sind nämlich unlösbar. Vielleicht nicht im wörtlichen Sinne, aber sie sind unlösbar für jemanden wie mich.

Klettere auf den höchsten Baum in unserer Straße. Ich hab ungefähr so viel Kraft im Oberkörper wie ein Stück Plastikfolie.

Sing drei Minuten lang so laut du kannst in der Schulcafeteria. Mein *Alan Cole: Er hat überlebt*-Plan beinhaltet ganz bestimmt nicht, derartige Aufmerksamkeit auf mich zu lenken, zumal sich mein Gesang etwa so anhört wie ein verstopfter Staubsauger.

Zeig jedem im Schulbus deinen nackten Hintern. Muss ich dazu noch was sagen?

Aber Nathan hat mich immer irgendwie dazu gebracht mitzumachen, meistens indem er mir gedroht hat, mein Skizzenbuch zu vernichten. Also bin ich auf meinen grünen Freund geklettert und hab da oben stundenlang festgesteckt. Ich hab dreißig Sekunden lang einen scheußlichen Popsong in der Cafeteria zum Besten gegeben, bis ein Lehrer aufgekreuzt ist und mir gesagt hat, dass ich aufhören soll. Anschließend nannte Rudy Brighton mich »Aretha Frankole«, und den Namen bin ich drei Wochen lang nicht losgeworden.

Die Folgen der dritten Aufgabe überlasse ich eurer Phantasie. (Ein Tipp: Ein Babyfoto eines gewissen Baby Alan während seines ersten Bads hat mir buchstäblich den Hintern gerettet. Betrug? Kommt, was hättet ihr an meiner Stelle wohl gemacht?)

Und doch, trotz all meiner Bemühungen – Nathan hat immer gesiegt. Denn welche Aufgabe ich ihm auch gestellt habe, er hat sie jedesmal so weit umformuliert und abgeschwächt, dass es bloß noch ein Kinderspiel war und er sie in null Komma nichts erledigen konnte. Vorher musste er aber natürlich seinen »Spaß« haben, ist ja klar. Und selbst wenn ich mal die ein oder andere Aufgabe bestanden hatte, musste Nathan sich keine Sorgen machen. Seine Punkte hatte er immer in zwanzig Minuten abgearbeitet und damit auch gewonnen.

Ich würde ihm gern meine Meinung sagen, aber ich möchte lieber nicht rausfinden, wie gut der Ausblick von unserem Dach tatsächlich ist, also halte ich den Mund.

Nathan steht auf und verschränkt die Hände hinter seinem Rücken. »Guck nicht so traurig, kleiner Knappe. Diesmal gibt es Einsätze, es geht also nicht mehr nur um unser persönliches Vergnügen – diesmal gibt es was zu gewinnen. Und selbstverständlich etwas zu *verlieren*.«

»Warum machst du das?«, frage ich. »Wenn du was von mir willst, nimm's dir doch einfach. Das hast du doch sowieso nie anders gemacht.«

Nathans Lächeln verschwindet. »Weil ich dich bestrafen will natürlich.« Das ist die alte Leier: Ich habe etwas falsch gemacht, und Nathan mimt den Helden, der die Sache begradigt. Auch wenn ich schon lange nicht mehr frage, welche entsetzliche Sünde ich begangen haben soll, hab ich immer das Gefühl, ich hätte es verdient. Als wäre er Batman und ich der Bankräuber, dem er seinen Batarang ans Schulterblatt schleudert. Das liegt wahrscheinlich an meiner frühesten Kindheitserinnerung. Ich weiß noch, wie ich damals krank in meinem Bett lag und es mir hundeelend ging, weil ich beim Malen meines ersten Sonnenuntergangs das Fenster nachts offen gelassen hatte. Dad hat immerzu geschrien: »Das ist alles deine Schuld!« Ich wusste gar nicht, was ich falsch gemacht hatte. Man sollte meinen, es wäre ein Unterschied, ob man sich bloß eine Erkältung einhandelt oder den Weltuntergang auslöst. Aber manche Sachen wird man einfach nie wieder los.

»Außerdem«, fährt Nathan fort, »brauch ich eine Pause von dem ganzen Schulstress. Ich möchte auch mal ein bisschen Spaß haben im Leben. Und ich bekomme eine schöne Belohnung, wenn ich siege. Das wirst du mir ja wohl mal gönnen, oder?«

Ich sehe mein Spiegelbild auf dem Glas, das auf dem Tisch steht. »Nathan, komm schon.«

»Oh, tut mir leid«, sagt Nathan mit einem scharfen Unterton. »Ist sich Miss Richters Lieblingsschüler zu fein dafür, mit seinem Bruder zu spielen?«

Ich kann mich nicht zurückhalten. Ich schnaube verächtlich. »Dafür willst du mich bestrafen? Dad weiß doch gar nicht …«

Im Bruchteil einer Sekunde ragt Nathan vor meinem Stuhl auf, und ich sehe seine Augen im Dunkeln funkeln. Er knurrt: »Ich hab mir in der Neunten einen ganzen Monat lang den Hintern aufgerissen, und ich hab gar nichts bekommen. Du musst bloß 'ne Karte malen oder 'ne gute Note bei 'nem simplen Mathe-Test kriegen oder dir die Schuhe zubinden, und schon halten alle 'ne Parade ab, um dich zu feiern. Was krieg ich? Nichts. Muss schön sein für dich. Du machst mich krank, Goldfisch.«

»Ähm«, murmele ich, während die Lava wieder höher blubbert. »Was, wenn ich nicht mitspielen will?«

Jetzt fängt Nathan an zu lachen. Er lacht so laut, dass

Mom und Dad ihn garantiert hören. Gut, Dad schläft auf der anderen Hausseite und schnarcht und bestraft uns nur (ja, uns beide), wenn er uns auf frischer Tat ertappt. Mom hat uns früher, als wir noch klein waren, auch hin und wieder bestraft, wie Nathan behauptet – auch wenn ich mich nicht daran erinnern kann –, aber jetzt ist Dad dafür zuständig. Wie für so ziemlich alles andere auch.

»Al«, sagt Nathan, »du hast keine Wahl.«

Plötzlich brüllt eine Stimme in meinem Kopf: *Hey, Aretha Frankole, sing uns noch ein Lied!* »Klar habe ich eine Wahl«, sage ich und komme mir ziemlich mutig vor.

»Ach ja?«

»K-klar hab ich«, wiederhole ich und fühle mich schon erheblich weniger mutig.

Nathan hebt eine Hand. »Du kapierst es nicht. Du musst mitspielen. Das gehört mit zum Einsatz. Wenn du nicht spielst, wird's ziemlich übel aussehen für dich.«

Ich weiß nicht, was er meint. Wie ein dämlicher Goldfisch starre ich ihn ausdruckslos an.

»Also«, sagt Nathan mit zuckenden Mundwinkeln. »Wer ist er?«

Beinahe schießt mir die Lava die Kehle hoch. »W-was?«

»Du weißt schon«, sagt Nathan. »Dein kleiner Schwarm. Wer ist es?«

Mir bleiben die Worte im Hals stecken. Nicht mal Geräusche kriege ich raus.

Nathan legte die Hände auf die Rücklehne seines Stuhls.

»Armer, armer Al. Du musst dir echt mal angewöhnen, deine Suchanfragen zu löschen. *Woran erkennt man, dass man schwul ist? Was tut man, wenn man in einen anderen Jungen verknallt ist?* Echt erbärmlich!?«

»Ich habe doch ein Passwort«, presse ich hervor.

»DerAlteG1tarrenspieler. Dein Passwort ist der Titel von dem Picasso-Poster, das in deinem Zimmer hängt. Mit einer 1 statt dem i. Ich begreife nicht, was Miss Richter an jemandem findet, der so dumm ist wie du. Wenn du ein würdiger Gegner sein willst, Bürschchen, solltest du damit anfangen, dir etwas zu suchen, wofür es sich wirklich lohnt zu kämpfen. Also. Wer ist der Typ?«

Ob es wohl möglich ist, mit zwölf einen Herzinfarkt zu bekommen? »Ich hab das für einen Freund gegoogelt«, antwortet der Goldfisch und bringt dann keinen Ton mehr heraus.

»Ach ja? Für wen?«

Ich sage nichts. Ich kann schließlich nicht jemand anderen für mich bluten lassen, außerdem weiß Nathan genau, dass ich keine Freunde habe. (Da er der Grund dafür ist, sollte er es auch wissen!) Ich probiere es noch mal. »Ich bin nicht sch-sch-sch…« Ich versuche zu atmen. Kein Glück. »Ich bin nicht so.«

»Ja, genau«, sagt Nathan. »Und wie war das damals, als wir bei Abercrombie und Fitch waren und du stehen geblieben und fünf Minuten lang das Model angestarrt hast? Was ist mit Jonah, dem Sohn vom Pastor? In der Kirche guckst du immer mit offenem Mund zu ihm rüber und kriegst ganz glasige Augen, als würdest du dir wünschen, dass er kommt und dir die Zunge in den Hals steckt. Willst du das etwa nicht, Al? Den Sohn des Pastors abknutschen?«

»Nein«, sage ich, während mir die Luft im Hals steckenbleibt, mein Gesicht knallrot anläuft und auf meinem Shirt Schweißflecke auftauchen. »Nein, das ist … das ist nicht … ich bin nicht …«

Nathan kommt langsam zu meinem Stuhl herüber. »Aber es ist nicht Jonah, oder? Es ist irgendwer an der Schule. Und in den bist du verliiiiiiebt. Du wirst mir sagen, wer es ist. Du kannst es auf die leichte Tour haben, oder wir können es auf die lustige Art machen. Was soll's sein?«

Das ist die schlimmstmögliche Katastrophe. Die allerschlimmstmögliche. Der Präsident der Vereinigten Staaten könnte mit zig Fernsehteams an unsere Tür klopfen und sagen: »Alan Cole, du bist auserwählt worden, bis zu deinem Tod bei den Maulwurfmenschen unter der Erde zu leben« – und es wäre weniger schlimm.

Folgende Möglichkeiten habe ich jetzt: Ich kann den Mund halten und Nathan nichts sagen, aber dann wird er es aus mir rausprügeln. Ich könnte auch gleich mit der Info rausrücken, aber dann weiß er es, und das bedeutet – o Gott, warum muss das jetzt so laufen? Warum ist aus »eigentlich ist alles grad ganz okay« nun »die schlimmstmögliche Katastrophe in der Geschichte der Menschheit« geworden?

Und als er einen Schritt vortritt, nehme ich Reißaus. Der Goldfisch schwimmt so schnell, wie ihn seine kleinen Flossen tragen können, durch den Hinterhof.

Bloß, hab ich nicht bereits erwähnt, dass ich nicht schwimmen kann?

Nathan hat mich innerhalb von Sekunden gepackt und zu Boden geworfen. Ich versuche, unter ihm hervorzukriechen, aber er schnappt sich meinen Kopf und presst ihn ins Gras, tief hinein in die Erde. Als er damit fertig ist, zieht er mich an den Haaren wieder hoch. Ich schnappe keuchend nach Luft, aber er reißt mich herum und boxt mir wieder und wieder in den Bauch und auf die Brust, bis mir ganz schwindlig wird und ich Unmengen blaue Flecken habe. Schließlich rammt er mir seinen Ellenbogen in den Magen, so dass die Lava beinahe doch noch nach oben kommt.

Und als er damit fertig ist, streicht er mir die Haare aus der Stirn und tätschelt meine Wange.

»Armer Al«, sagt er. »Du zwingst mich dazu, so was zu machen. Immer musst du in der Gegend rumlaufen und so tun, als wärst du was Besonderes. Also, wer ist es? Ich kann die ganze Nacht so weitermachen.«

Als Nathan mich ins Gras hinunterdrückt, fällt mir eine dritte Möglichkeit ein. »Vic Valentino«, spucke ich hervor.

Nathan denkt darüber nach. Schließlich nickt er. »War das so schwer?«

Er lässt mich los. Ich setze mich auf, noch ganz verblüfft, dass mein Plan aufgegangen ist. Kein Mensch an der Evergreen Middle School heißt Vic Valentino (zumindest hoffe ich das). Nathan würde nie darauf kommen, dass ich clever genug wäre, mir einen falschen Namen auszudenken. Aber was nun?

»Also, ich nenne dir jetzt die Einsätze«, fährt er fort und marschiert im dunklen Garten auf und ab. »Spiel das Spiel mit, dann erzähle ich keinem, dass du auf den kleinen Vickie stehst. Aber wenn du mich hängenlässt, sorge ich dafür, dass es die ganze Evergreen erfährt, und dann werde ich nicht mehr der Einzige sein, der dein Gesicht in den Dreck drücken will. Was Mom und Dad machen werden, will ich mir gar nicht ausmalen. Haben wir 'ne Abmachung?«

O Gott, Mom und Dad. Kaum war ich in die Mittelstufe gekommen, schon hat Mom mich nach Mädchen ausgefragt, und Dad hat praktisch drauf bestanden, dass ich mir bis zum Ende der siebten Klasse eine Freundin zulege, damit ich nicht »wie Nathan ende«, der in die neunte Klasse geht und es immer noch nicht geschafft hat, dass sich irgendwelche Mädchen für ihn interessieren. Ich bin mir nicht sicher, ob … ihr wisst schon, was ich meine … überhaupt in ihrem Wortschatz auftaucht. »Und was soll dich davon abhalten, es doch allen zu sagen, wenn du nicht gewonnen hast?« Ich versuche, nicht loszuheulen, während ich mir den Bauch reibe und den Dreck von den Wangen wische.

»Was, mein Wort genügt dir nicht?« Nathan beugt sich herunter und rupft ein Büschel Gras aus. »Dabei halte ich meine Versprechen immer. Ich hab mir allerdings schon gedacht, dass du eine zusätzliche Sicherheit haben willst. Wie wär's also mit Folgendem: Ich hab letztes Jahr die Stinkbombe im Lehrerzimmer hochgehen lassen.«

Ich bekomme große Augen. »Das warst du? Ich hab gehört, sie konnten es eine ganze Woche lang nicht mehr betreten!«

»Das war ich«, sagt er. »Marcellus hat mich herausgefordert. Wenn du auf dein Zimmer gehst, wirst du sogar einen Beweis finden, dass ich es war. Jetzt kennst du also mein Geheimnis. Wenn ich versuche, zu schummeln oder die Regeln zu ändern oder dein Geheimnis verrate, ohne dass du mir einen Grund dafür gegeben hast, kannst du im Gegenzug meins verraten. Ich werde die Klappe halten, solange du mitspielst, also musst du es genauso machen. Du hältst mich unter Kontrolle und ich dich. Keine Tricks. Kapiert?«

Ich nicke, auch wenn diese verquere Logik so schnell in meinem Kopf herumschießt, dass ich kaum hinterherkomme. Die Hauptsache ist jedoch: Nathan sagt, er wird es niemandem erzählen, wenn ich mitspiele. Zumindest den Teil hab ich begriffen.

»Also«, fährt Nathan fort und macht schnellere Schritte. »Wenn ich dieses Spiel gewinne – und seien wir ehrlich: Bisher habe ich immer ziemlich gut abgeschnitten –, musst du dich outen. Wenn du verstehst, was ich meine.«

Ich springe auf die Füße. »Das kannst du nicht machen!«

»Klar kann ich.« Er lehnt sich gegen unseren Werkzeugschuppen. »Und ich werde dich auch outen, wenn du verlierst. Und dann werden dich alle hassen – nicht mehr nur ich.« Er reibt sich den Hinterkopf. »Hey, mir ist es egal, ob du schwul bist oder hetero oder was auch immer. Ist nicht mein Problem. Aber ich werde es trotzdem der ganzen Welt erzählen, wenn dich dadurch alle hassen.«

Beinahe rutscht mir raus: *Sie würden mich nicht alle hassen.* Zack und Madison *wahrscheinlich* nicht. Allerdings nur, weil sie dann niemanden mehr zum Reden hätten. Ansonsten stimmt es aber wohl. Selbst Connor würde mich hassen. Aber … »Es muss doch noch was anderes geben, was du haben willst«, sage ich, »etwas, das ich dir geben kann, wenn du gewinnst.«

Nathan grinst höhnisch. »Versuchst jetzt schon, dich da rauszuwinden, was, Al? Ich will nichts von dir. Ich will nur zusehen, wie du in die Knie gehst.«

»Aber …«

»Spiel nicht mit, dann ist das Resultat dasselbe. Du kannst wählen: Pest oder Cholera.«

Ich blicke hinab auf den Rasen, während ein leichter Windzug durch meine Haare fährt.

»Im unwahrscheinlichen Fall, dass du gewinnst«, fährt Nathan fort, »darfst du mich um einen Gefallen bitten.«

»Mann o Mann«, murmele ich, »da lässt du dich ja echt nicht lumpen.«

»Was soll das heißen? Ein Gefallen ist ja wohl 'ne ziemlich große Sache. Die Möglichkeiten sind endlos! Natürlich darf der Gefallen nichts enthalten, was mein Leben oder meine Gesundheit in Gefahr bringen könnte, und er darf auf keinen Fall darauf hinauslaufen, dass ich nett zu dir sein muss.«

Als müsste ich mir den Ablaufplan meiner eigenen Beerdigung anschauen (was dies auch gut sein könnte), schleppe ich mich zum Tisch hinüber und werfe einen Blick auf die Liste:

CgC: Alans Liste

1. Zum bekanntesten Schüler unserer Schule werden
2. Die Schwimmprüfung bestehen
3. Jemanden zum Weinen bringen
4. Ein Blatt Papier zurückholen, das Nathan versteckt hat
5. Deinen ersten Kuss ergattern
6. Deinen wertvollsten Besitz aufgeben
7. Sich offen gegen Dad stellen

Ich lese die Aufgaben einige Male durch. So langsam beginnt die Lava meine Eingeweide zu zersetzen. »Nichts von alldem kann ich schaffen«, stöhne ich.

»Klar kannst du«, sagt Nathan. Er dreht den Stuhl herum, lehnt sich wieder gegen den Tisch und trinkt noch einen Schluck Orangensaft. »Heute ist Mittwoch, du hast also Zeit bis nächste Woche Freitag vor Schulbeginn. Wenn du dich anstrengst, kannst du bis dahin Schwimmen lernen. Und du kannst irgendein x-beliebiges Mädchen – oder einen Typen – finden, mit dem du rumknutschst. Und wer weiß, vielleicht machen dich dann deine Triumphe zum bekanntesten Schüler der Schule.«

»Ich soll mich offen gegen Dad stellen?«, flüstere ich.

Nathan zuckt mit den Schultern. »Alles ist möglich«, sagt er, als hätte ich behauptet, die Erde würde aus Schweizer Käse bestehen. »Würdest du Dad nicht liebend gern sagen, was er mit seinem Firmenessen und seiner Beförderung machen kann? Im Grunde war er als Dad ja ganz okay, bis *du* alles kaputt gemacht hast, und deshalb verdienst du auch den ganzen Müll, den er auf dir ablädt.« (Da haben wir es wieder.) »Aber er muss auch wirklich *merken*, dass du ihm die Stirn bietest. Also, jetzt bin ich dran. Gib mir sieben Aufgaben.«

Ich atme tief ein und versuche mir nicht vorzustellen, wie ich im Schwimmbecken um mich schlage wie ein blinder Delfin oder von einem Klassenraum zum nächsten renne und mich allen persönlich vorstelle, bis ich als der

Irre bekannt bin, dessen Handschlag sich anfühlt wie kalte Spaghetti … oder wie ich jemanden zum Heulen bringe. Und ich weiß, Nathan wird sowieso alles abschmettern, was ich vorschlage. Es sei denn …

… es sei denn …

»Warum übernimmst du nicht dieselben Aufgaben?«, frage ich.

Es ist ein gewagter Schachzug, aber so wie ich Nathan kenne, wird es ihn zumindest in Versuchung führen. Und tatsächlich: Statt zu lachen oder mich Goldfisch zu nennen, nickt er langsam.

»Na gut«, sagt er. »Ich arbeite dieselbe Liste ab.« Und als könne er meine Gedanken lesen und würde absichtlich so reagieren, wie ich es mir vorgestellt habe, sagt er: »Ich hatte nicht damit gerechnet, dieselben Sachen machen zu müssen, also habe ich auch keinen unfairen Vorteil. Wir treten auf Augenhöhe gegeneinander an. Keine Tricks. Alles was du kannst, kann ich besser.«

Er greift sich den Zettel und liest ihn noch einmal durch. »Bekannt werden – kein Problem … Schwimmprüfung, keine große Sache … erster K…« Er verstummt und läuft rot an. Als er weiterliest und am Ende ankommt, bei Punkt sieben, schluckt er und greift sich an den Hinterkopf. »Okay.« Jetzt knallt er die Hände auf den Tisch. »Ich wollte eine Herausforderung, und die krieg ich. Das bedeutet, wenn ich gewinne, hab ich es diesmal auch wirklich verdient.«

Er zieht einen Stift aus seiner Pyjamahose und schreibt oben auf die Seite: CgC: Alans (und Nathans) Liste. »Dies«, sagt er und reißt dramatisch den Stift vom Papier, »ist die letzte, alles entscheidende Runde CgC. Danach ist Schluss. Das verspreche ich.«

Eins muss man über meinen Bruder wissen: Nathan hält seine Versprechen wirklich immer. Allerdings trickst er ganz gern bei den Formulierungen. Ich bin schon in manche Falle getappt. Diesmal muss ich einiges im Voraus klarstellen. »Was hält dich denn davon ab, ein neues Spiel ins Leben zu rufen, das du bloß anders nennst?«

Nathan lächelt. »Misstrauisch, junger Student? Dann verspreche ich, dass dies das letzte Spiel sein wird, bei dem es um Aufgaben geht, die wir erfüllen müssen, ganz egal, wie es heißt.« Er lässt den Stift zwischen seinen Fingern herumwandern, wobei er fast ins Gras hinunterfällt. Aber Nathan ist zu euphorisch, um darauf zu achten.

»Was hat es mit dem versteckten Zettel auf sich?«

»Du nimmst einen Bogen Druckerpapier, schreibst meinen Namen auf ein Blatt und versteckst es irgendwo in der Schule. Man muss es sehen können, und es muss an einem Ort sein, zu dem wir beide Zutritt haben. Ich muss es finden und dir zurückbringen, und du musst mir mein Papier zurückbringen. Streng dich also an.«

Ich seufze. »Kann ich nicht …«

»Nein, du kannst nicht, es sei denn, du möchtest, dass ich eine große Coming-Out-Party für dich schmeiße.«

Ich bin kurz davor, Nathan zu sagen, dass ich von nun an alles tun werde, was er verlangt, solange er nur niemandem von meinem Geheimnis erzählt. Fast möchte ich mich weigern, sein Spiel mitzuspielen. Aber er würde es mir sowieso nicht so leichtmachen, er würde mich zwingen mitzuspielen. Er will mich bestrafen.

Der Goldfisch kann der Hyäne nichts abschlagen.

Ich trete gegen das Stuhlbein. »Okay.«

Nathan grinst. »Möge der beste Cole gewinnen.«

Bevor ich mich ins Bett lege, checke ich noch meine Mails. Tatsächlich wartet da ein Video, in dem man sieht, wie Nathan eine Art kleinen Kanister in einem Raum mit einem langen Tisch aufstellt.

```
Habe das an Marcellus geschickt als Beweis,
dass ich es war, steht in der Mail.
Jetzt gehört's dir. Denk an unseren Pakt. ;-)
```

Wie selbstbewusst muss er sein, um mir das zu schicken?

Wie sicher ist er, dass ich nie zurückschlagen werde?

Als ich meinen Computer herunterfahre, gebe ich ein neues Passwort ein:

```
Ichbineinfeigling
```

Darauf könnte Nathan wahrscheinlich *immer noch* kommen, aber es passt auf jeden Fall.

Gerade als ich die Änderung abspeichern will, sehe ich, wie sich mein grüner Freund draußen im Wind beugt. Und ich schaue auf mein Skizzenbuch. Und ich denke nach.

Noch nicht.

Nicht bevor mein Kretpoj fertig ist.

Nicht bevor ich die Welt verändert habe.

Neues Passwort:

`IchbinKEINfeigling`

Darauf würde Nathan niemals kommen. Nicht in einer Million Jahren.

3. KAPITEL

DIE FAHRT ZUR EVERGREEN dauert am Donnerstag ewig, und das liegt nicht nur daran, dass die Werther Street 16 der erste Halt des 19er Busses ist. In meinem Kopf hämmert es im Takt mit den dahinholpernden Reifen. Man könnte auf die Idee kommen, dass der Fahrer für jedes Schlagloch, das er bis zur Schule erwischt, einen extra Bonus bekommt. Nathan fährt bei Marcellus Mitchell mit zur Schule, seinem besten Freund (sie erlauben mir nicht, bei ihnen mitzufahren – aber darauf habe ich sowieso keine Lust). Man sollte also meinen, dass ich mich auf der Fahrt entspannen könnte, aber das ist nicht der Fall. Ihr könntet euch auch schlecht entspannen, wenn euch die Gefahr der völligen sozialen Ausgrenzung im Nacken säße. Es kommt mir vor, als würde ich mich, nur mit einer winzigen Taschenlampe bewaffnet, durch einen gewaltigen Gewittersturm durchschlagen.

Und dazu taucht auch noch seine Stimme immer wieder in meinem von den Schlaglöchern durchgerüttelten Kopf auf.

Möge der beste Cole gewinnen.

Deswegen bin ich also ein wenig geistesabwesend im Bus. So sehr, dass ich nicht mitbekomme, wie sich ein paar Haltestellen später jemand auf den Platz neben mir setzt. »Mach mal Platz«, sagt eine Stimme. Ich rücke nach rechts und drücke mein Gesicht gegen das Fenster. Ob es da draußen irgendwelche Familien gibt, die noch ein zusätzliches Kind gebrauchen könnten? Vielleicht sollte ich eine Anzeige aufgeben: *Charmanter Zwölfjähriger, bereit, die Rolle des gehorsamen Sohns und Bruders zu spielen. Nimmt nicht viel Platz weg. Gratisgemälde von Familienmitgliedern und Obstschalen sind mit inbegriffen.*

»Morgen ist die Debatte«, sagt da Talia MacDonald neben mir. »Stell mir mal 'ne Frage.«

»Äh, was für 'ne Debatte?«

Talia schüttelt langsam den Kopf. »Alan Cole, du passt wirklich nie auf. Die Debatte darüber, wer Jahrgangspräsidentin werden soll. Direktor Dorset hat doch zugestimmt, dass es eine Debatte zwischen mir und Bridget Harvey geben soll. Die anderen Jahrgänge kommen auch. Weißt du das nicht mehr?«

»Doch, kann sein«, sage ich.

Talia seufzt. »Also, stell mir eine Frage. Ich kenne mich überall aus. Bridget Harvey weiß allerhöchstens, welches Make-up zu braunem Lidschatten passt, als könnte man mit der Information als Jahrgangspräsidentin irgendwas anfangen. Stell mir 'ne Frage.«

Der rechte Vorderreifen des Busses knallt in ein weiteres Schlagloch, so dass mir das Gehirn mit einem doppelten Salto durch den Schädel hüpft. »Mir fällt keine Frage ein.« Zumindest keine, bei der mir nicht einer von Talias niemals enden wollenden Vorträgen blühen würde.

»Alan Cole«, sagt Talia erneut. »Schau mich an. Nein, nicht aus dem Fenster – schau mich an. Dies ist der wichtigste Tag des ganzen siebten Schuljahrs. Wenn ich gewählt werde, werde ich ganz viele Dinge umsetzen, an die andere Jahrgangspräsidenten nie gedacht haben. Ich habe mich schon mit Miss Richter unterhalten. Ich habe so viele Ideen, wie ich … mich sollst du angucken, du Dumpfbacke, nicht den Boden … wie ich den Wettbewerbsgeist wieder an unsere Schule bringe. Ist dir nicht auch aufgefallen, dass hier allen alles egal ist? Die Einzigen, denen es hier noch um was geht, sind Leute wie Madison Truman, und jemand, der sich so aufspielt, ist ja kein gutes Vorbild. Mehr Ehrgeiz, mehr Verantwortung. Der Notenschnitt muss einfach besser werden. Findest du nicht auch?«

Jeder Tag, an dem ich nicht mit Talia MacDonald reden muss, ist ein kleines Wunder.

»Stell mir ’ne Frage«, wiederholt sie.

Ich frage: »Wie würdest du es anstellen, die bekannteste Person der Schule zu werden?«

Talia beugt sich mir auf ihrem Sitz entgegen. »Was soll das denn für ’ne Frage sein? Als Jahrgangspräsidentin bist du automatisch die bekannteste Person der Schule, abgesehen von den Erwachsenen. Bist du neidisch auf meinen Erfolg, Alan Cole? Ist schon okay. Wenn ich erst mal ins Amt gewählt wurde, werde ich die kleinen Leute wie dich nicht vergessen.«

Sie macht eine steife Rauf-Runter-Bewegung mit ihrem Hals, die wahrscheinlich ein Nicken darstellen soll. Dann, beim nächsten Halt, rückt sie ein paar Reihen weiter nach vorn, zu Rudy Brighton. Vermutlich muss er ihr jetzt Fragen stellen.

Nur Talia MacDonald würde auf die Idee kommen, die Wahl zur Präsidentin des siebten Jahrgangs anzugehen wie einen Kampf bis aufs Messer.

Noch ein Schlagloch.

Ich fahre mit der Hand über meinen Rucksack, den ich zwischen mich und das Fenster gestopft habe. In ihm befindet sich ein zusammengefalteter Zettel, auf dem NATHAN steht, sowie das, was meinem kostbarsten Besitz vermutlich am nächsten kommt.

Ich habe keine Ahnung, wo ich den Zettel verstecken soll. Ein Klassenraum kommt nicht in Frage; einer von den Lehrern würde ihn sehen und wegwerfen. Ein Schließfach geht auch nicht: Da käme Nathan ohne Schlüssel nicht heran. Als die Evergreen im Sonnenschein am Horizont aufragt, fällt es mir ein: Was ist der Ort, an den Nathan niemals gehen würde?

Der Probenraum der Schulband. Nathan spielt schon seit Ewigkeiten Cello, und es gibt die eiserne Regel in der Evergreen, dass die Mitglieder des Schulorchesters die Mitglieder der Schulband hassen, und umgekehrt. Im Probenraum der Band würde er niemals lebend gesehen werden wollen, aber rein theoretisch hindert ihn nichts daran, ihn zu betreten.

Möglicherweise wird dieses Ende der einzige Punkt sein, den er nicht lösen können wird.

Also, los geht's mit der Liste. Sieben Aufgaben.

Mein Plan lautet, meinen wertvollsten Besitz einem bestimmten Schüler zu schenken, aber er ist noch nicht im Klassenraum, als ich dort ankomme. Ich schaue mich unauffällig um. Unsere Tische sind in einem U angeordnet, Miss Richters Tisch steht am Kopfende. Talia hat Shariq Hakim in eine Ecke gedrängt – »Stell mir 'ne Frage!«, Madison Wilson Truman liest den Wirtschaftsteil der Tageszeitung, Miss Richter trinkt einen großen Schluck Kaffee aus ihrer baumstammgroßen Thermoskanne, und Connor Garcia (schluck!) lehnt sich in seinem Stuhl zurück und überfliegt seine Chemienotizen. Der Raum ist erfüllt von dieser besonderen Energie, zur Hälfte erwartungsvoll, zur Hälfte erschöpft, die man nur in einem Klassenraum des siebten Jahrgangs um sieben Uhr morgens erleben kann. Was würden meine Klassenkameraden wohl zu mir sagen, wenn sie es wüssten? Wie würden sie mich nennen? Was würden sie mir *antun*?

Ich muss wohl mal wieder mit meinen Gedanken ganz

woanders gewesen sein, denn plötzlich stehen alle auf und leisten den Treueschwur. Ich schmeiße beim Aufstehen beinahe meinen Tisch um, was Connor natürlich sofort mitbekommt. Er nickt mir kurz zu und lächelt. Aber bevor ich meiner Sammlung von peinlichen Momenten einen weiteren hinzufügen kann, taucht mitten im Treueschwur ein gewisser Mitschüler auf, in der gleichen Verfassung wie jeden Morgen seit Beginn des Schuljahrs: völlig außer Atem zur Tür hereinstürmend.

Miss Richter unterbricht sich kurz, macht eine Bewegung mit dem Kopf, und Zack stellt sich an den Tisch neben mir, um den Schwur zu Ende aufzusagen.

Als alle wieder sitzen (diesmal entscheidet sich mein Tisch dafür, keinen Ringkampf mit mir zu veranstalten), macht Miss Richter eine Notiz ins Klassenbuch.

»Tut mir leid«, sagt Zack, der immer noch nach Luft schnappt, während aus dem Lautsprecher über der Tür die Stimme des Direktors ertönt, der, wie jeden Morgen, seine Ankündigungen für den Tag macht. Zack gibt sich nicht mal die Mühe zu flüstern. »Ich wollte nicht zu spät kommen. Wusstet ihr, dass man vom Dach aus auf die ganze Main Street runterschauen kann?«

»Warum warst du denn auf dem Dach?«, fragt Rudy Brighton.

»Hab mich verlaufen.«

Einige Leute fangen an zu lachen. Aber Zack wird nicht rot, denn im Gegensatz zu mir hat Zack kein Schamgefühl.

Miss Richter legt einen Finger an ihre Lippen. Als die Ankündigungen beendet sind, sagt sie: »Ich kann mir gut vorstellen, wie faszinierend es auf dem Dach ist, aber Schüler dürfen dort nicht hinauf. Und ist es das wirklich wert, schon wieder nachsitzen zu müssen? Komm bitte pünktlich, sonst siehst du mich in Zukunft häufiger *nach* Unterrichtsschluss als vorher.«

Als endlich die erste Stunde zu Ende ist und es läutet, schlucke ich und starte meinen Schachzug. Zack ist gerade vollauf damit beschäftigt, mit zusammengekniffenen Augen zu den Deckenlampen hinaufzustarren, als würde er erwarten, dass sie sich in rosa und lilafarbene Meerjungfrauen verwandeln, aber als er mich bemerkt, lächelt er und sagt: »Hi.«

»Ich möchte dir was schenken«, sage ich.

Zack schnappt nach Luft. »Du willst mir was schenken? Ist es ein Mixer? Einen Mixer wollte ich schon immer haben. Wusstest du, dass es Mixer gibt, mit denen man Erdnussbutter machen kann? Ich wollte schon immer mal Erdnussbutter aus dem Mixer probieren, denn die ist ja garantiert besser als die normale Butter aus dem Supermarkt, und bessere Butter ist Besserbutter und nicht Schlechterbutter. Gemixte Besserbutter – Moment, warte, bessere Mixerbutter ist die beste Besserbutter ...« Und dann kriegt er sich nicht mehr ein und grunzt vor Lachen.

Ich schaue mich um. Hoffentlich bekommt niemand

dieses Debakel mit. »Es ist kein Mixer. Es ist mein wertvollster Besitz.«

»Wow«, sagt Zack, als wir den Klassenraum verlassen und den Flur entlanggehen. »Und den gibst du mir? Echt? Ist ja toll!«

»Es ist, äh«, flüstere ich, »meine Glücksunterhose.«

Ja, meine Glücksunterhose ist mein kostbarster Besitz. Ihr könnt jederzeit wieder mit dem Lachen aufhören, wenn ihr wollt.

Als Mom mir das Paket mit den weißen Hanes-Unterhosen mitbrachte, war eine davon (und nur die eine) leuchtend orange. Mom hätte sie beinahe weggeworfen, aber ich habe sie angefleht, sie behalten zu dürfen. Ich meine, es kommt ja nicht jeden Tag vor, dass einem ein orangefarbener Schlüpfer in die Hände fällt. Ausgerechnet an dem Tag, als ich sie zum ersten Mal anhatte, ist Nathan auf irgendein Projekt gestoßen, an dem er arbeiten wollte, und hat mich eine ganze Woche lang in Ruhe gelassen! Als ich einen Zwanzigdollarschein auf dem Busparkplatz gefunden habe, hatte ich sie auch an. Und als ich Mom vor zwei Wochen fragte, ob ich ein neues Skizzenbuch haben dürfe, da mein altes langsam voll war, trug ich sie ebenfalls, und Mom nahm mich tatsächlich mit ins Einkaufszentrum und kaufte mir eins. Und auch an meinem ersten Mittelstufen-Tag habe ich sie getragen, und wieder war Nathan zu beschäftigt, um sich mit mir abzugeben. Und als er Hüttenkäse in all meine Unterhosen schmierte, war es nur sie, die dem Käsemassaker entkam, weil ich sie in die Tasche meiner Sonntagshose geschmuggelt hatte. Ich habe ihr auch einen Namen gegeben: Orville Orange.

Ich habe ganz bewusst Orville und nicht mein Skizzenbuch als wertvollsten Besitz gewählt. Mein Kretpoj wird die Welt verändern, klar, aber erst irgendwann. Solange es nicht fertig ist, wird es wohl auch nichts bewirken. Orville dagegen hat mir mehr als einmal den Hintern gerettet, und das ist schwer zu schlagen. Ich hätte Orville bis zum Schluss behalten können, damit er mir noch ganz viel Glück bringt, aber ihn aufzugeben, ist der einfachste Punkt auf der Liste, also bringe ich es am besten schnell hinter mich.

Nur ein letztes Mal muss Orville mir Glück bringen.

Ich weiß, ich weiß: Es ist albern. Aber Zack grinst. Ich wusste schon, warum ich ihn ausgewählt habe. »Toll«, sagt er. »Das ist ja so toll. Willst du sie wirklich hergeben? Jeder braucht doch hin und wieder ein bisschen Glück!«

»Ist schon okay«, lüge ich. Natürlich verrate ich Zack nicht, warum ich ihm dieses heilige Artefakt aushändige. Er würde mir sonst auch noch bei den übrigen CgC-Aufgaben helfen wollen, und das wünsche ich mir in etwa so sehr, wie von einer Boa Constrictor verschlungen zu werden. Und natürlich fragt mich Zack auch nicht, warum ich sie ihm schenke, schließlich ist Zack Zack.

Wir bleiben vor einem leeren Klassenraum stehen, und ich ziehe Orville hervor, eingewickelt in drei Plastiktüten, damit keiner mitkriegt, dass ich knallbunte Unterwäsche mit mir rumschleppe. Ich atme tief ein, dann drücke ich sie Zack in die Hand. Er nimmt das Bündel entgegen, als wäre er König Arthur und hätte soeben den Heiligen Gral gefunden.

Und dann will er die Tüten öffnen, aber ich sage: »Warte, bis du zu Hause bist«, und er nickt, als würden wir hier ein uraltes Heiligtum austauschen, das nur im Geheimen angeschaut werden darf. Aber das ist wohl der einzige Weg, wie ich verhindern kann, dass er sofort seine Hose runterlässt und den Schlüpfer mitten auf dem Flur anprobiert.

Wir gehen weiter, diesmal schweigend. Schließlich zieht Zack etwas aus seiner Tasche. »Guck mal. Das hier ist mein wertvollster Besitz.« In der Hand hält er ... einen ganz normal aussehenden Stein.

»Oh«, sage ich.

»Das ist mein besonderer Stein. Mein Dad hat ihn mir geschenkt. Schick, was?«

Ich will nicht unhöflich sein – wertvollste Besitztümer sind ja eine ernste Angelegenheit –, also nicke ich, während Zack den Stein zurück in seine Tasche steckt. »Ja, total.«

In der Nähe der Aula trennen sich unsere Wege. Ich habe jetzt Schwimmunterricht, und dort warten keinerlei freundliche Gesichter auf mich. »Danke«, sage ich.

»Ich bin es doch, der ein tolles Geschenk bekommen hat«, sagt Zack. »Ich muss mich bei dir bedanken.«

»Okay«, sage ich. »Gern geschehen. Sei gut zu Orville.«

Zack bekommt große Augen. »Orville?«

Ich spüre, wie mein Gesicht knallrot anläuft.

Wieder kichert er. Ein lautes Grunzen hallt durch den Flur. »Ich werde gut auf Officer Orville aufpassen, ich werd dich nicht enttäuschen!«

»Das ist super«, murmele ich.

Zack legt sich die Hand auf die Brust und verbeugt sich so tief, dass er beinahe umfällt. Als ich nicht drauf reagiere, kichert er wieder los. »Händeschütteln ist so steif. Verbeugungen machen viel mehr Spaß. Findest du nicht?«

Ich versuche die Oberstufenschüler zu ignorieren, die uns mit hämischem Grinsen beobachten. »Okay, sagen wir, meine Verbeugung hebe ich mir für später auf, okay?«

Er lächelt und zieht ab. Wer weiß, wo ihn sein Weg hinführen und wie spät er dort ankommen wird. Irgendwas sagt mir, dass sein nächster Kurs nicht mal in diesem Teil des Gebäudes stattfindet. Er hüpft mit Orville davon (ja, tatsächlich, er hüpft), und als sie zusammen verschwinden, habe ich das Gefühl, als würde ein unsichtbarer Faden zerreißen. Das war's also mit meiner Glücksunterwäsche. Keine magischen Kräfte mehr. Keine Hoffnung mehr, dass irgendeine geheimnisvolle Macht mir zu Hilfe eilen wird.

Jetzt bin ich auf mich allein gestellt.

Eine Aufgabe abgehakt, bleiben noch sechs.

4. Kapitel

Falls ihr noch nie den frühen Morgen damit verbracht habt, in einem kalten Schwimmbecken mit Armen und Beinen um euch zu schlagen, um nicht unterzugehen, während sich vierzig Minuten lang eure Lungen mit Chlor füllen, und ihr dann den Rest des Tages riecht wie ein Hausmeisterschrank von innen, habt ihr eindeutig was verpasst.

Es ist das erste Jahr, in dem Schwimmen zum Pflichtfach für Siebtklässler erhoben wird. (Ja, ich weigere mich nach wie vor, mich als Setzling zu bezeichnen, aber danke der Nachfrage.) Wenn man bestehen und den Kurs in der achten Klasse nicht noch mal wiederholen möchte, muss man die große Schwimmprüfung ablegen: zwei komplette Bahnen schwimmen – eine Bahn Kraulen, eine halbe Bahn Rücken-, eine halbe Bahn Brustschwimmen. Schon in unserer ersten Stunde sollten wir das ausprobieren, nachdem Coach Streit, unsere Sportlehrerin, einiges erklärt hatte, zum Beispiel die Benimmregeln für die Kabinen (»Wenn ich auch nur ein einziges Mal höre, wie ihr euch mit dem Handtuch versohlt, wird es ein sehr langes Jahr für euch.«) und die Benimmregeln am Beckenrand. (»Wenn ich euch nur einmal am Becken langrennen sehe, wird das ein sehr langes Jahr für euch.«) Als ich an der Reihe mit dem Probeschwimmen war, blieb ich jedenfalls am Rand stehen.

»Cole?«, fragte Coach Streit. »Alan Cole?«

»Hi«, sagte ich.

»Du bist dran«, sagte Coach Streit.

»Ähm, es gibt da ein Problem«, sagte ich und versuchte nicht zu beachten, dass alle anderen mich anstarrten.

Coach Streit verschränkte ihre Arme. Dann veränderte sich ihre Stimme. »Kannst du nicht schwimmen?«

Ich nickte.

Irgendwer lachte, und Coach Streit drehte sich auf dem Absatz um und rief: »Es ist überhaupt nichts dabei, wenn man nicht schwimmen kann. Deswegen sind wir schließlich alle hier: Weil wir was lernen wollen. Wenn ihr nichts lernen wollt, wird das ein sehr langes Jahr für euch. Aber du hast Glück, Cole, es gibt jemanden unter den Blüten, der dieses Jahr im Sportunterricht seine Ausbildung zum Rettungsschwimmer macht. Der wird mit dir arbeiten und auch allen anderen helfen, die zusätzliche Übung brauchen. Es ist ein erstklassiger Schüler, der sich sehr ins Zeug legt, du wirst daher in guten Händen sein.«

Dreimal dürft ihr raten, wen sie mit diesem Schüler meinte.

Wenn ihr denkt, was ich denke, erinnert ihr euch sicher daran: Nathan kann nicht schwimmen.

Heute hebt also Marcellus Mitchell, der beste (und einzige) Freund meines Bruders, seine Hand zum Gruß, als ich in das flache Ende des Beckens klettere. Er ist offensichtlich ein ziemlich guter Schwimmer, allerdings hat er mir bisher eigentlich nicht viel beigebracht, außer, wie ich mein Gesicht nassmache. Marcellus hat bei Nathans CgC-Spielen nie mitgemacht, aber eins steht fest: Abgehalten hat er Nathan auch nie von …

Oh, Mist!

Er weiß von den CgC – und arbeitet hier für Nathan gegen mich.

»Halt dich am Beckenrand fest«, sagt Marcellus. Er schnappt sich meine Hände und sieht sich nach Coach Streit um. »Du konzentrierst dich einfach immer nur auf ein Bein. Dreh ein Bein im Kreis, bis du nicht mehr kannst, dann machst du es mit dem anderen, und das immer abwechselnd so weiter.«

»Kommt mir nicht sehr hilfreich vor«, sage ich.

»Ich bin hier der Coach«, sagt Marcellus. »Findest du nicht, dass du auf mich hören solltest?«

Also, ich hab ja keine große Ahnung vom Schwimmen, aber ich weiß, dass man nicht sehr weit kommt, wenn man versucht, nur mit einem Bein zu schwimmen. »Coach Streit ist doch nicht bescheuert«, sage ich.

»Ich auch nicht«, sagt Marcellus mit ruhiger Stimme.

»Wenn sie rüberkommt, nimmst du beide Beine. Und dann strampelst du ordentlich im Wasser. Zeig ihr, wie sehr du dich ins Zeug legst.«

»Ich könnte zu ihr gehen und …«

»Und was?«

Er mustert mich. So aufbrausend Nathan ist, so ruhig ist Marcellus. Nie wendet er den Blick von mir ab. Weiß immer genau, was ich als Nächstes vorhabe.

»Okay«, sage ich und starre ins grüne Poolwasser. »Ich mache, was du sagst.«

Marcellus nickt. »Gut gemacht, Kleiner. Zeig allen, wie sehr du dich anstrengst.«

Ich hebe ein Bein, und in diesem Augenblick wird es mir klar: Er hat nicht erwähnt, dass ich verknallt bin. Ganz bestimmt hätte er sich über mich lustig gemacht (oder Schlimmeres), wenn Nathan es ihm erzählt hätte.

Ich werde die Klappe halten, solange du mitspielst, also musst du es genauso machen. Du hältst mich in Schach und ich dich. Keine Tricks. Kapiert?

Was auch immer Marcellus mit mir vorhat oder nicht, er scheint wenigstens keine Ahnung von »Vic Valentino« zu haben. Zumindest an die wirklich wichtige Bedingung unseres Paktes hält sich Nathan. Zumindest bei diesem Teil trickst er nicht. Immerhin: Die Welt ist noch nicht untergegangen.

Der Lärm aus dem Becken hallt überall um mich herum wider: Die anderen machen ihre Übungen, Coach Streit bläst in ihre Pfeife, und überall spritzt das Wasser auf. Ich drehe langsam ein Bein, und Marcellus schaut zu, wie ich mich ins Zeug lege.

In der Mittagspause denke ich über die Farben der Cafeteria-Wände nach, hässliche Beige- und Grüntöne, die überhaupt nicht zusammenpassen. Im Stillen schärfe ich mir ein, diese Kombination von Pastellfarben nie in einem meiner Bilder zu verwenden – niemals. Ich hätte gedacht, dass es etwas Gutes wäre, die meisten anderen Schüler zu überragen, aber wenn das Einzige, was ich nun zu sehen bekomme, kotzefarbene Wände sind, hätte ich auf den Wachstumsschub gut verzichten können. Dann höre ich ein seltsames Krächzen in meinem Ohr, wie ein Pterodactylus mit Bronchitis. Erschrocken mache ich einen Satz nach vorn und pralle gegen ein Mädchen, das mich ansieht, als würde ich flüssigen Giftmüll auf ihre teuren Sneaker kippen.

»Wie findest du meinen Schildkrötenruf?«, fragt Zack hinter mir. »Ich übe für Oprah, meine Schildkröte. Ich versuche ihr anzutrainieren, dass sie auf Kommando zu mir kommt. Aber du bist ja keine Schildkröte, deshalb hat es dich wahrscheinlich erschreckt, was?« Er lacht so schallend, dass ihm die Spucke aus dem Mund und auf mein Shirt fliegt.

»Du hast mich zu Tode erschreckt«, entgegne ich tonlos.

»Hey«, sagt Zack, während wir in der Schlange vorrücken. »Ich wollte dir auch was schenken. Na ja, ich will's immer noch, also sollte ich wohl sagen: Ich will dir was schenken. Und nicht: Ich wollte dir was schenken. Ich könnte auch sagen: Ich möchte, dass du etwas von mir bekommst. Ich weiß nicht. Verben sind so verwirrend. Ich wünschte, wir hätten keine Verben und könnten einfach sagen: Ich möchte dir was. Ich glaube, damit würde man's auch kapieren.« Er holt kurz Luft. »Also, ich möchte dir was, Alan.« Er kichert. Schon wieder.

»Was ist es denn?«, frage ich, obwohl ich mir nicht sicher bin, ob ich es wirklich wissen will.

»Du mir was, ich dir auch was. Das ist verbenfreie Sprache für: Du hast mir was geschenkt, jetzt schenk ich dir auch was.« Er gräbt in seiner Tasche herum und zieht einen Klumpen kleiner Zettelchen hervor, die mit einem Gummiband zusammengehalten werden.

»Sind das Zettel aus Glückskeksen?«, frage ich.

Zack nickt. »Ich sammele sie und bringe sie manchmal mit in die Schule. Meine Mom und ich holen uns oft was zu essen von diesem China-Restaurant an der Ecke, und in deren Keksen sind immer Zettel mit Sprüchen, die einem verraten, wie die Zukunft aussieht. Na los. Zieh einen Zettel.«

»Ich soll in die Zukunft schauen?«

»Du brauchst doch Glück, oder? Mach die Augen zu und zieh einen Zettel.«

Seufzend schließe ich die Augen und schnappe mir

den erstbesten Zettel. Darauf steht, geschrieben mit einer Schreibmaschine, die offenkundig älter ist als ich:

Wo kommen die Babys her?

Ich drehe den kleinen Zettel um. »Wo steht jetzt, wie meine Zukunft aussieht?«

Zack schaut sich den Zettel an und fängt grunzend an zu lachen. »Oh, du hast den Besten gezogen! Den hab ich erst letzte Woche bekommen. Kannst du das glauben?«

»Das ist keine Zukunftsvoraussage. Das ist eine Frage.«

»Das geht auch mit Fragen.«

Ob er nun recht hat oder nicht – er hat nicht recht –, irgendwas sagt mir: *Wo kommen die Babys her?* sollte nur in extremen Ausnahmefällen in einem Glückskeks stecken.

Zack schwatzt weiter über einige der anderen Sprüche, die er in dem Restaurant bekommen hat, zum Beispiel: »Kaufen Sie keine Marken-Taschentücher«. »Es war sehr laut hier, oder?« und den einen, der nur die Zahl 19 enthielt, die, glaube ich, im Periodensystem für Kalium steht. Wer hätte gedacht, dass einem Glückskekse beim Chemie-Pauken helfen können?

Als wir beim Wackeltisch angekommen sind, trinkt Madison sein Mineralwasser mit einem Strohhalm aus der Flasche und stochert mit der Gabel in einer Tupperware-Dose herum, in der jede Menge grüne Blätter liegen. »Salat«, sagt er und verzieht das Gesicht. »Mom war auch schon mal weniger direkt.«

»Vielleicht möchte sie bloß, dass du dich ausgewogen

ernährst?«, schlägt Zack vor und versenkt das Gesicht in seinem Hackfleisch-Sandwich.

Madison fährt fort: »Sie will auch, dass ich in diesen privaten Fitnessclub gehe, bei dem sie und Dad Mitglieder sind, damit ich in Form komme. Es ist so lächerlich.«

»Glaubst du nicht, dass du da abnehmen wirst?« Zack versprüht Fleischstückchen beim Sprechen.

Madison schüttelt den Kopf. »Natürlich werde ich das. Ich bin Madison Wilson Truman. Ich werde so viel Gewicht verlieren, dass ich nur noch eine Bohnenstange sein werde. Der glücklichste Bohnenstangen-Junge in Rose Fields.« Er spießt ein Salatblatt auf.

Ich schlucke einen großen Bissen Nudeln herunter und versuche, nicht zu Connor hinüberzuschauen, der am Nachbartisch irgendeinem Typen auf den Arm boxt. Ich versuche, auch nicht darüber nachzudenken, was er denken würde, wenn er wüsste, was ich wirklich empfinde. Diese ganze Grübelei kann nicht gut für mich sein. Wenn Nathan vorgehabt haben sollte, mich bis zum Ende der Woche grau und runzlig werden zu lassen, dann hat er bisher alles richtig gemacht.

Natürlich fällt Connor genau in diesem Augenblick auf, dass ich ihn anstarre. Er nickt und lächelt mir zu. Vor lauter Panik halte ich mir mein Tablett vors Gesicht. Dann wird mir klar: *Oh, mein Gott, ich halte mir ein Tablett vors Gesicht!* Aber inzwischen schaut er schon nicht mehr zu mir. Ein weiterer Moment, der hätte peinlich werden können, und der nun megapeinlich geworden ist, Alan Cole sei Dank.

»Hmpf«, macht Madison und schluckt ein durchgeweichtes Blatt Grünkohl so angestrengt hinunter, als müsse er verhindern, dass es wieder raufklettert. »Ich brauche unbedingt jemanden, dem ich Nachhilfe geben kann. Aber niemand möchte Physik von einem Zwölfjährigen beigebracht bekommen. Na ja, die Leute sind selber schuld.«

»Kennst du dich gut aus in Physik?«, fragt Zack.

Madison räuspert sich. »So mit diesem und jenem schon. In Elektrostatistik zum Beispiel kenne ich mich gut aus.«

Zack nickt. »Wow. Ist ja echt abgefahren.«

(Ich vermute stark, dass Madison *Elektrostatik* meint, aber ich halte meinen Mund.)

Als könne er meine Gedanken lesen, wendet sich Madison mir zu und sagt: »Alan, schreib mir mal alle deine Kurse auf, sortiert von ›Da bräuchte ich Madisons Hilfe am meisten‹ bis ›Brauche keine Hilfe, vielen Dank‹.«

»Brauche keine Hilfe, vielen Dank«, sage ich.

»Ich könnte ein bisschen Hilfe in Physik gebrauchen«, sagt Zack. »Ich verstehe diese ganze Sache mit den Zeitreisen nicht.«

Madison zieht seine Augen zusammen. »In Physik geht's nicht um Zeitreisen.«

Zack atmet aus. »Ach so, das erklärt's natürlich.«

»Also ehrlich«, sagt Madison und schüttelt den Kopf. Dann seufzt er. »Manchmal wünschte ich, ich hätte einen Bruder oder eine Schwester. Jemand, der den Druck von mir nimmt. Das muss schön sein.«

»Kann ich nichts zu sagen«, erwidert Zack. »Aber Alan hat doch einen älteren Bruder, oder?«

Ich schaue auf. Woher weiß er …

»Ich hab gesehen, wie er neulich in einem leeren Klassenraum auf dich gewartet hat«, sagt Zack mit einem Schulterzucken. »Sieht nicht so aus, als würdest du ihn besonders mögen.«

Nun schaue ich wieder auf mein Essen hinunter, auch wenn mir gerade der Appetit vergeht. »Ich möchte lieber nicht über ihn reden.«

»Ich hab jedenfalls noch nie von ihm gehört«, sagt Madison. »Er muss ziemlich still sein. Ich nehm an, das liegt in der Familie.« Er kichert.

»Mir gegenüber verhält er sich nicht gerade still«, grummele ich, bevor ich mich zurückhalten kann.

»Aber er scheint ziemlich witzig zu sein«, sagt Zack.

Ich schaffe es einfach nicht, meinen dummen Mund geschlossen zu halten. »Er ist witzig, auf jeden Fall. Und er findet es total witzig, mein Leben zum Albtraum zu machen, zum Beispiel mit diesen dämlichen CgC-Spielen, bei denen ich alle möglichen erniedrigenden Sachen für ihn machen muss. Und jetzt zwingt er mich zu einem neuen Spiel mit noch schlimmeren Aufgaben. Diesmal gibt es

Einsätze, und ich musste dir meine Glücksunterhose schenken, und wenn ich nicht mitspiele, dann …«

Ich schnappe erschrocken nach Luft und rutsche in meinem Stuhl nach hinten. Ich schlage mir sogar eine Hand vor den Mund, damit nichts mehr rauskommt.

»Wow«, sagt Madison mit großen Augen.

»T-tut mir leid«, stottere ich und hoffe, dass mich möglichst bald der Erdboden verschluckt.

»Spiele?«, fragt Zack. »Was für Spiele?«

»Vergesst einfach, was ich gesagt habe.« Ich ziehe den Kopf ein.

Zack rückt näher heran. »Ich will auch so ein Spiel spielen. Darf ich mitmachen?«

»Nein«, fahre ich ihn an. Ich glaube, so laut habe ich noch nie gesprochen. »Auf keinen Fall. Wenn Nathan wüsste, dass mir jemand hilft, würde er demjenigen die Hölle heißmachen. Das lasse ich nicht zu …« Nicht schon wieder, füge ich beinahe hinzu, kann mich aber noch stoppen.

»Hat dein Bruder Hilfe?«, fragt Zack.

Dreh ein Bein im Kreis, bis du nicht mehr kannst, dann machst du es mit dem anderen, und das immer abwechselnd so weiter.

»Vielleicht.«

»Na komm schon, Alan«, sagt Zack. »Du hast mir deine Glücksunterhose geschenkt und ich dir den Glückskekszettel. Das macht uns zu besten Freunden.«

»Du hast dir von ihm eine Unterhose schenken lassen?«, fragt Madison. »Warum überrascht mich das nicht?«

»Was für Aufgaben müsst ihr denn machen?«, fragt Zack. »Ich will dir helfen, das Spiel zu gewinnen. Na komm, Alan.«

Ich seufze. »Nein. Vergesst, dass ich überhaupt was gesagt habe.«

»Warte mal.« Mit einer dramatischen Geste schiebt Madison den Salat von sich weg. »Ich könnte dir dabei helfen. Hat eine dieser Aufgaben vielleicht etwas mit Elektrostatistik zu tun?«

»Ja!«, sagt Zack. »Wir können das doch zusammen machen. Wir bilden ein Team, verbinden unsere Kräfte und sind nicht aufzuhalten! Wie Wirbelstürme oder wütende Moms!«

Die Gezeiten drehen sich. Die Wellen krachen herab, Strudel bilden sich, Stürme schlagen gegen die Felsen. »Warum wollt ihr das machen?«, frage ich.

»Hab ich doch schon gesagt«, erwidert Zack. »Wir sind beste Freunde.«

»Wir sind keine …«

»Na schön«, sagt Madison. »Ich bin auch dabei.«

Zack jubelt laut und dreht sich auf seinem Stuhl.

Ich weiß, dass ich den Kampf verloren habe. Wenn man so oft verliert wie ich, weiß man genau, wann es wieder einmal so weit ist und man sich in Großbuchstaben eine neue Niederlage ins Tagebuch schreiben kann.

Zack streckt eine Hand aus und hört so plötzlich mit seiner Dreherei auf, dass er beinahe vom Stuhl fällt. Madison flüstert mir zu: »Mach dir keine Gedanken. Ich führe dich zum Sieg. Ich werde der Welt zeigen, wozu ich imstande bin. Du bist in guten Händen.« Er reibt sich die Hände und stößt ein leises Kichern aus.

Als Zack sich erholt hat, beugt er sich über den Tisch. Auf seinem Gesicht ist ein fettes Grinsen zu erkennen. »Okay, Spielleiter Alan. Deputy Zack und Officer Orville melden sich zum Dienst. Was müssen wir als Erstes tun?«

Ich mustere Zack Kimble: Die borstigen Igelhaare stehen kreuz und quer von seinem erwartungsvollen Gesicht mit den strahlenden Augen ab. Und ich betrachte Madison Truman, dessen rappelkurzer Haarschnitt seinen entschlossenen Blick betont. Und dazu stelle ich mir mich selbst vor, Alan Cole, dem das gescheitelte schwarze Haar locker über die Stirn fällt. Drei Gesichter, die geradezu danach schreien, in einem Kretpoj verewigt zu werden, einem Kretpoj, das kein Bruder mit seinen Spielchen verhindern kann. Der Wackeltisch macht einen bedenklichen Ruck, als ich meine Ellbogen auf der Platte aufstütze.

Ich puste mir eine Haarsträhne aus den Augen und sage: »Ihr müsst mir helfen, der bekannteste Schüler der Schule zu werden.«

5. KAPITEL

»Nein.«

»Na komm. So peinlich wäre das gar nicht.«

»Ähm, doch, das wäre es.«

»Na ja, gut, am Anfang schon, aber ich bin mir sicher, du würdest dich schnell dran gewöhnen, nackt zur Schule zu kommen. Das ist, wie wenn man eine Badehose anhat, nur ohne die Badehose und mit noch mehr Gänsehaut.«

So geht das schon die ganze Zeit, seit ich ihnen von dem Spiel erzählt habe. Es ist wie beim Pingpong. Zack wirft mir irgendwelche Ideen an den Kopf, wie ich bekannt werden könnte, und ich schmettere sie mit einem klaren »Nein« zurück. Die Idee mit dem Nacktsein ist nicht mal die schlimmste, die er gehabt hat. Madison musste ihn davon überzeugen, dass ich von der Schule fliegen würde, wenn sie ein riesiges Bild von mir an die Schultür sprayen würden. (»Ich dachte, du magst Kunst!«) Sicher, es würde mich zum bekanntesten Schüler der Schule machen, aber wahrscheinlich auch das eine oder andere Problem nach sich ziehen.

Das war ein Fehler. Ich hätte bei meinem ursprünglichen Plan bleiben sollen: Ein brillantes Kretpoj mitten in den Flur hängen und damit eine Million Bewunderer bekommen. Oder die Cafeteria neu streichen, und zwar mit Farben, die den Schülern nicht das Gefühl geben, im Knast zu sitzen. Stattdessen muss ich jetzt Zack zuhören, der die Aufmerksamkeitsspanne einer Mücke im Zuckerrausch hat und eine Idee nach der anderen rausfeuert. Von Madison kommen bislang auch keine besseren Einfälle: Sein Fokus liegt gänzlich auf »Problemen«, die »für die Jugend von heute hochgradig relevant sind«. Bisher hat er politischen Lobbyismus, freie Krankenversicherung und Insider-Börsenhandel vorgeschlagen. Ich weiß nicht mal annähernd, was er damit überhaupt meint.

Meine Frage, was ein Lobbyist eigentlich macht, außer in einer Lobby zu sitzen, hat er jedenfalls nicht beantwortet, so dass ich mir ziemlich sicher bin, dass er es selbst nicht weiß.

Es ist wohl besser, dass ich an die Sache genauso herangehe wie an das Schwimmen: Ich lasse es einfach auf mich zukommen und warte auf die rettende Idee.

Dann wird wenigstens niemand verletzt.

Nach der Mittagspause haben wir Sozialkunde. Als wir den Klassenraum betreten, klopft mir Madison auf die Schulter und sagt: »Du solltest dich geehrt fühlen. Du hast die grandiose Gelegenheit, ganz groß rauszukommen und etwas Bedeutendes zu leisten, etwas, das …«

»Madison«, sagt Jenny Cowper, als sie an uns vorbeigeht, »leiste du doch mal was Bedeutendes und halt deine Klappe.«

Madison bläst seine Backen auf. »Mit dir müsste ich mal ein ernsthaftes Wort reden!«

Jenny grinst. »Ja, klar.«

Ich entkomme Madisons Fängen und setze mich an meinen Tisch. Aber gerade als ich mich in Sicherheit wiege, setzt sich Zack neben mich und platzt heraus: »Hey, mir ist was eingefallen: Du hast mir doch schon deine Unterwäsche gegeben, das heißt, du bist doch sowieso schon halb nackt!« Er grinst und streckt einen Daumen in die Höhe.

Ich sinke hinter meinem Tisch zusammen und bete, dass mich bald keiner mehr anstarren wird.

»Alles klar bei dir, Alan?«, fragt jemand. Ich schaue auf, und sofort bildet sich ein Kloß in meinem Hals. Es ist mein anderer Tischnachbar, der mich das fragt, und dieser Tischnachbar ist zufällig niemand anderes als Connor.

»Äh, j-ja, hi«, stottere ich.

Connor lächelt sein breites Lächeln, kaut auf seinem Kaugummi herum und wendet sich wieder seinem Notizblock zu, während in meinem Bauch mehr Schmetterlinge ihr Unwesen treiben als auf jeder Frühlingswiese. Ich versuche die Hitze zu ignorieren, die in meinem Gesicht aufsteigt, und stecke meine Nase in irgendwelche Zettel, die ich schnell aus meinem Rucksack ziehe.

Es ist nicht so, als hätte Connor mich zum ersten Mal angesprochen. Wir sind schließlich zusammen auf die Pine Garden Grundschule gegangen, und dort haben wir auch viele Fächer zusammen gehabt. Aber erst seit letztem Jahr werde ich in seiner Gegenwart total nervös – viel nervöser als normalerweise bei anderen Leuten. Connor ist ziemlich gewachsen und hat überall Muskeln bekommen, und seine Stimme ist ein bisschen tiefer geworden, und sein Lächeln ... Vorher hatte ich nie bemerkt, wie strahlend sein Lächeln war.

Ich hab auch erst kürzlich eins und eins zusammengezählt, daher meine gegoogelten Fragen, die Nathan in meinem Rechner aufgestöbert hat. Ich habe oft gehört, dass Jugendliche in meinem Alter anfangen, sich selbst zu finden, sich über gewisse Dinge aber erst klarwerden, wenn sie älter sind. Das könnte also auch bei mir nur so eine Phase sein. Aber eins kann ich euch sagen, ganz unter uns: Ich mag Connor mehr als ich je ein Mädchen gemocht habe. Und es hat auch definitiv schon andere Typen gegeben, auf die ich ein Auge geworfen habe und bei denen ich gedacht habe ... na ja, ihr versteht schon.

Als wir alle sitzen, nimmt Miss Richter einen Schluck aus ihrer riesigen Kaffee-Thermoskanne. »Okay«, sagt sie. »Heute hab ich ein Arbeitsblatt für euch ... ja, Madison?«

Nur eine Millisekunde, nachdem Miss Richter ihre Thermoskanne abgestellt hat, ist Madisons Hand in die Höhe geschossen. »Miss Richter, ich habe einen Fehler in unserem Unterrichtsbuch gefunden.« Er hält den gigantischen Wälzer *Entdecke Amerika, achte Ausgabe* hoch und wirft ihn mit Schwung auf seinen Tisch. Der laute Knall lässt uns alle zusammenzucken. »Seite 56«, fährt Madison fort. »Da steht, die Leistungen von Präsident James Madison seien weniger weitreichend als die seines Amtsvorgängers Thomas Jefferson. Wie Sie sich vorstellen können, war ich außer mir, als ich das lesen musste. Ich habe für die ganze Klasse einen Aufsatz über die großen Errungenschaften von Präsident Madison geschrieben und mitgebracht.«

Allgemeines Stöhnen erfüllt den Raum.

»James Madison war ein langweiliger Präsident«, sagt Talia ein paar Plätze weiter. »Thomas Jefferson hat die Unabhängigkeitserklärung verfasst.«

»Die von James Madison mit unterzeichnet wurde«, sagt Madison.

Talia lehnt sich ihm entgegen. »Unterzeichnen und verfassen ist ja wohl ein kleiner Unterschied, Madison Truman. Schon traurig, dass dir das nicht klar ist.«

Ich starre angestrengt auf meine Tischplatte und bin kurz davor, mir die Finger in die Ohren zu stecken, als Madison sagt: »Jetzt hilf mir doch mal, Alan.«

Die ganze Klasse schaut mich an.

»Äh, was?«

»Hilf mir«, wiederholt Madison. »Team Madison. Wir lassen uns doch nicht vom Team Jefferson kleinkriegen, hab ich recht?«

Ich sinke weiter auf meinem Stuhl zusammen. Talia sieht aus, als wolle sie mich mit ihren Blicken durchbohren. Connor beobachtet mich und kaut langsamen seinen Kaugummi. »Äh … ähm …«

»Unfassbar«, sagt Talia, und jede Silbe ist ein Schlag in meinen Bauch. »Jungs gegen Mädchen? Schön. *Ich* bin auf der Seite von Miss Richter. Unsere Lehrerin, falls ihr das vergessen habt. Und sie sagt, Team Madison ist ’ne ganz schwache Nummer.«

»Du bist selber ’ne ganz schwache Nummer«, schnauzt Madison. »Alan? Hilf mir doch!«

Ich wünschte aus ganzem Herzen, ich könnte mich in Wasserdampf auflösen und durchs Fenster hinauswehen. Zack scheint neben mir mal wieder total weggetreten, starrt mit offenem Mund nach draußen und ist vermutlich völlig fasziniert von irgendwas ganz Tollem, einem fliegenden Vogel zum Beispiel oder einem Ast im Wind. Connor sieht mich immer noch an.

»Das reicht«, sagt Miss Richter endlich. »Diskussionen sind ja in Ordnung, aber hier wird niemand beleidigt. Ich bin enttäuscht von euch. Besonders von dir, Talia, schließlich willst du Jahrgangspräsidentin werden.«

Talia reckt die Nase in die Luft.

»Aber Miss Richter«, jammert Madison. »Die Leute müssen doch die Wahrheit erfahren. Wenn sie meinen Aufsatz gehört haben, werden es alle verstehen.«

»Dafür gibt es keinen Grund«, sagt Miss Richter.

»Manchmal – und das gilt für euch alle – müsst ihr einfach akzeptieren, dass andere Menschen nicht eurer Meinung sind. Ich werde dich jetzt keine Rede halten lassen, Madison, aber beim nächsten Geschichtsprojekt kannst du das nachholen. Wie findest du das?«

Madison schaut zu Talia, die ihn hämisch angrinst. »Ganz toll«, sagt er. Dann wirft er mir einen bösen Blick zu. Als hätte ich was falsch gemacht. Als hätte ich irgendwie das Team Madison betrogen. Dabei bin ich mir sehr sicher, dass es dieses Team überhaupt nicht gibt. Außerdem bin ich mir sicher, dass es höchstens drei oder vier amerikanische Präsidenten gab, die mehr geleistet haben als Thomas Jefferson, und James Madison ist eindeutig keiner von denen.

Aber Madison Wilson Truman das zu sagen, wäre ebenso sinnvoll, wie einem Jungen namens Bruce Wayne mitzuteilen, dass Fledermauskostüme und Verbrecherjagd in seinem Leben keine Rolle spielen werden. Madison wirft mir noch einen letzten Blick zu und fährt sich mit der Hand durchs Haar.

Als das Arbeitsblatt, das Miss Richter austeilt, Zacks Tisch erreicht, dreht er sich um und schaut mich an. »Hey«, flüstert er. »Was hab ich verpasst?«

»Ihr arbeitet bitte in Zweiergruppen«, sagt Miss Richter und kehrt zu ihrem Platz zurück. »Geht die Aufgaben durch und helft einander. Eure Klasse hat eindeutig Nachholbedarf in Sachen Teamarbeit.«

Ich schaue nach links zu Zack, aber der ist bereits widerwillig von Julie Linder vereinnahmt worden, die in etwa so begeistert aussieht, als müsse sie aus einem Abwasserrohr trinken. Das bedeutet, dass ich mit meinem anderen Sitznachbarn zusammenarbeiten muss.

»Wir zwei, Alan«, sagt Connor und nimmt den Kaugummi aus seinem Mund. »Wie früher, was?«

»J-ja«, stottere ich. Ich schlage *Entdecke Amerika* auf und konzentriere mich auf die Seite, damit ich nicht meinen Arbeitspartner anschauen muss.

»Hey, Mann«, sagt Connor. »Es geht doch um den Revolutionskrieg, und das ist ein Bild von Martin Luther King. Ich glaube, du bist ein bisschen zu weit hinten.«

Ich nicke. »Tut mir leid.«

Er lächelt. »Mann, bin ich froh, dass wir zusammenarbeiten. Du hast mir damals in der Grundschule echt oft geholfen. Irgendwie komm ich mir bei diesem ganzen Kram manchmal wie ein totaler Idiot vor, weißt du?«

»Du bist kein Idiot.«

»Hey!« Connor lacht. »Du bist echt der netteste Typ der Welt, weißt du das?«

Ich schwöre, mein gesamter Körper ist kurz davor zu explodieren. Ich versuche zu schlucken, aber leider steckt mir eine Bowlingkugel im Hals.

»Ich hoffe, alle arbeiten an ihren Aufgaben und tratschen nicht über Eichhörnchen«, sagt Miss Richter in Zacks Richtung.

»Aber die sind so cool!«, entgegnet Zack. »Die haben so niedliche kleine Bäckchen und …«

»Spar dir das auf für später, Zack«, entgegnet Miss Richter. »Konzentriert euch auf das Arbeitsblatt.«

Zack flüstert: »Wir reden dann später mal weiter über Eichhörnchen«, und Julie Linder verdreht die Augen.

Den größten Teil der Stunde verbringen wir damit, die Aufgaben zu bearbeiten. Am Ende bin ich es, der alle Antworten aufschreibt. Nicht weil Connor keine Lust hätte, sondern weil ich mich mit dem Stoff einfach besser auskenne. Als die letzte Frage an der Reihe ist, sagt er: »Hey, lass mich die mal beantworten. Du hast schon die ganze Arbeit gemacht.«

»Ist schon okay«, sage ich. »Macht mir nichts aus.«

»Ich muss ja auch meinen Teil dazu beisteuern«, sagt Connor mit einem Lächeln. »Welches Prinzip lag der Monroedoktrin zugrunde? Ich weiß, wir haben das durchgenommen.«

Ich öffne den Mund, aber Connor sagt: »Schon gut, Mann, diese Nuss muss ich mal knacken. Ähm, die Monroedoktrin ist doch diese Sache, wo sie festgelegt haben, dass die Vereinigten Staaten in Nordamerika machen konnten, was sie wollten, oder?«

»So in etwa«, sage ich. »Sie besagt, dass wir Nordamerika kolonialisieren durften, ohne Europa mit einbeziehen zu müssen, und dass wir uns dafür aus den europäischen Kolonien heraushalten mussten.«

»Ach, ja, genau«, sagt Connor.

Ich beginne, die Antwort aufzuschreiben. »Ist doch gut, du warst ganz dicht dran.«

»Aber es ist echt komisch. Warum ist Europa nicht gekommen und hat gesagt: Wir vergessen einfach diese Doktrin und übernehmen Texas. Was hat sie davon abgehalten?«

Ich lege meinen Stift für einen Augenblick an meine Lippen. Vielleicht kannte Amerika ein Geheimnis von Europa, und Amerika war einverstanden, es niemals jemandem zu verraten, wenn beide Seiten sich an die Abmachung hielten. »Keinen Schimmer.«

Connor lächelt. »Geht mir gleich besser, wenn es auch was gibt, dass der grandiose Alan Cole nicht weiß.«

»Pfftylarg«, sage ich und speichele unkontrolliert auf die *Entdecke-Amerika*-Seite.

»Hm?« Connor schreibt die Antwort auf. »Was hast du gesagt?«

»N-nichts«, antworte ich und wische mir so schnell wie möglich den Mund ab. »Ist alles klar.«

Als es läutet, gebe ich Miss Richter das Arbeitsblatt. »Geht's dir wieder besser?«, flüstert sie mir zu. »Bei der Diskussion vorhin sahst du aus, als würdest du am liebsten im Erdboden versinken.«

»Oh, mir geht's gut«, erwidere ich und werde ein bisschen rot.

Sie mustert mich eingehend, kommt aber nicht dazu, noch etwas zu sagen, weil Madison mürrisch neben mir auftaucht. »Warum hast du mich nicht unterstützt?«

»Ähm …« Weiter fällt mir nichts ein, aber mal ganz im Ernst: Was soll man da noch sagen? Tut mir leid, dass ich dir im dämlichsten Streit der Welt nicht zur Seite gesprungen bin, und übrigens: Herzlichen Glückwunsch zum Sieg?

Madison seufzt. »Tut mir leid. Ich hätte dich wohl nicht so bloßstellen sollen. Ich dachte halt, irgendwer würde mir ausnahmsweise mal …«

»Alan«, ruft Zack vom Flur aus. »Komm mal.«

Madison verstummt so plötzlich, als hätte ihm jemand in den Magen geboxt. Er räuspert sich, nickt steif und verlässt den Klassenraum. Ich schaue noch einmal Miss Richter an, deren Blick aber sofort in eine andere Richtung schießt, und folge Madison.

Zack steht neben dem leeren, kaputten Snackautomaten. Das Ding funktioniert schon nicht mehr, seit das Schuljahr angefangen hat. Keine Chips und keine Schokoriegel sind darin zu sehen, die einzelnen Fächer sind leer. Es gibt nichts Traurigeres als einen leeren Snackautomaten. Zack schaut ihn aber an, als würde doch etwas darinstecken.

Moment mal. Das tut es auch.

Wir gehen näher heran. Mittlerweile haben sich auch ein paar andere Schüler vor dem Automaten versammelt und tuscheln. Zack blickt mich mit großen Rehaugen an, und ich schaue genauer hin.

Es ist ein Zettel. Dreckig, mit jeder Menge Flecken darauf. Klar sichtbar ist aber, was mit schwarzem Edding daraufgeschrieben wurde:

Mein Magen versucht, aus meinem Hals zu springen. Wie zum …

»Die sollten das Ding echt abbauen«, schimpft Madison. »Na los, wir kommen zu spät zum nächsten Kurs.«

Zack beobachtet mich immer noch. Dann greift er nach der Glastür des Apparates und versucht sie aufzureißen.

»Was machst du denn?«, stößt Madison aus. »Das ist Beschädigung von Schuleigentum! Ich sagte, man sollte das Ding abbauen, aber deshalb musst du doch nicht …«

»Klappt nicht«, sagt Zack. »Wir müssen an diesen Zettel ran. Oder, Alan?«

Madison zuckt zusammen. »Warum sollte …« Er unterbricht sich. »Ich wusste gar nicht, dass du Al genannt wirst.«

»Weil das auch nicht der Fall ist.« Meine Stimme klingt tonlos, so leer wie der Automat.

»Ich hab's kapiert.« Zack starrt durch die Scheibe. »Das gehört zum Spiel. Das ist auch eine Aufgabe, bei der du deinen Bruder schlagen musst. Oder, Alan?«

»Du musst uns alles über dieses Spiel verraten«, sagt Madison und verschränkt die Arme.

»Und wir müssen einen Weg finden, diesen Zettel da rauszukriegen«, sagt Zack. »Stimmt's?«

Die Regeln besagten, dass ich in der Lage sein muss, an den Zettel heranzukommen. Aber es gibt keine Möglichkeit, ohne den Automaten auseinanderzunehmen oder kaputtzumachen. Wenn ich meine Hand durch den Schlitz ganz unten stecke, komme ich jedenfalls nicht heran. Er schummelt. Es ist unmöglich.

Oder?

Aber wenn er schummelt, darf ich allen von der Stinkbomben-Geschichte erzählen. Es sei denn, dass auch das zu seiner Falle gehört. Womöglich will er, dass ich es allen erzähle, weil ich dadurch irgendwie noch schlechter dastehen würde und … und …

Ich halte meine Versprechen immer.

»Alan«, sagt Madison langsam. »Was passiert, wenn du das Spiel verlierst?«

Ich schaue den Automaten an. Diesen schmutzigen Bogen Papier. Er hat den Zettel wahrscheinlich extra so eingesaut, damit ich ihn nicht anfassen will, bloß um sich über mich lustig zu machen – und es ist dieser Gedanke, der etwas freisetzt. Vielleicht liegt es aber auch daran, dass ich mein Spiegelbild auf der Scheibe sehe, die Haare vor meinen Augen, oder die Tatsache, dass ich mich an Connors Stimme erinnere und wie er mich »der grandiose Alan Cole« nennt.

Woran es auch liegen mag, ich denke: Ich bin KEIN Feigling.

Woran es auch liegen mag, ich sage zu Madison: »Es ist egal, denn ich werde siegen.«

Als ich es ausspreche, glaube ich es – fast.

Und fast ist besser als gar nicht.

Zack schwingt seine Faust durch die Luft und brüllt »Ohhhhh!« den ganzen Flur hinauf und hinunter, bis ein Lehrer kommt und ihm sagt, dass er den Mund halten soll.

»Du schuldest mir immer noch eine Erklärung«, sagt Madison auf dem Weg zum Bio-Raum. »Eine volle Erklärung.«

»Bist du dir sicher, dass du mir helfen willst?«, frage ich.

Madison richtet sich zu seiner vollen Größe auf (so dass er mir etwa bis zum Hals reicht). »Dies wird meine größte Leistung sein. Du wirst nicht nur bekannt werden, du wirst jede Menge Sachen auf die Beine stellen, und ich werde bei jedem Schritt des Weges direkt hinter dir stehen.«

»Und den ganzen Ruhm einstreichen.«

Er räuspert sich. »Klingt nicht nett, wenn du das so sagst.«

»Tut mir leid«, murmele ich. »Sollte ein Witz sein.«

»Hhm«, sagt Madison. »Klang für mich nicht wie Witz.«

»Für mich auch nicht.«

»Aber der Stil passt zu dir. Ich würde sagen, behalte ihn bei.«

Ich nicke. »Vielleicht mach ich das.«

6. Kapitel

Das rhythmische Ticken der hölzernen Wanduhr legt sich über den Esstisch und schallt zusammen mit dem Quietschen des Bestecks und dem entfernten Summen des Kühlschranks durch meinen Kopf. Moms Hühnereintopf ist lecker, und die kleinen Chilistückchen, die sie darübergesprenkelt hat, versengen mir regelrecht den Hals, aber das bemerke ich kaum.

Ich denke über die Prinzipien der Bildkomposition nach, von denen Mrs Colton heute im Kunstunterricht gesprochen hat, und wie die Szene vor mir aussähe, wenn ich sie malen würde. Was würde ich in den Mittelpunkt stellen? Die Uhr? Den Kopf der Tafel? Das sorgsam arrangierte Essen? Wie würde ich die Blickrichtung des Betrachters steuern? Welche Muster würden sich wiederholen?

»Wie läuft's in der Schule?«, fragt Mom irgendwann.

Ich schaue Nathan an. Nathan schaut mich an. »Gut«, sagt er.

Sie lächelt und lehnt sich in meine Richtung. »Hast du heute irgendwelche süßen Mädchen kennengelernt?«

Ich verschlucke mich an einem Stück Chili. »Noch nicht«, presse ich hervor.

»Dann beeil dich mal lieber, sonst endest du noch wie dein Bruder«, sagt Dad und stößt ein kurzes, grobes Lachen aus.

Nathans Wangen laufen knallrot an. Er schaut auf seinen Teller hinunter.

Als Dad mit dem Essen fertig ist, sagt er: »Am Samstag ist das Firmenessen. Richard Franklins Kinder spielen Cello.« Er schweigt. Vielsagend.

Nathan plustert sich auf. »Also, ich war erstes Cello letztes Jahr im Schulorchester, und in diesem Jahr werden wir ein Stück spielen, das ich selbst komponiert habe.«

(Er geht da etwas großzügig mit der Wahrheit um. Nathan hat tatsächlich etwas komponiert, aber der Orchesterleiter meinte bloß, er würde mal drüber *nachdenken*, es mit ins Programm zu nehmen. Das erste Cello spielt er allerdings tatsächlich.)

Dad reagiert nicht auf Nathans Angeberei. Stattdessen fragt er Mom: »Hast du inzwischen dein Kleid aus der Reinigung geholt?«

Mom nickt. »Ich hab auch noch ein paar andere Sachen reinigen lassen, für die Kirche und …«

»Bist du dir sicher, dass es noch passt?«, fragt Dad.

Die Hitze und die Stille füllen jetzt die ganze Küche. Aber nachdem Dad Mom eine ganze Weile anschaut, ohne zu blinzeln, senkt sie den Blick auf die Reste des Eintopfs in ihrem Teller. Abwärtsbewegung. »Es wird passen«, sagt sie.

Dad schaut mich an. »Was treibst du für Sport?«

Noch mal: Ich mache keinen Sport. Aber das will er nicht hören. »Ich mache Langstreckenläufe, beim Baseball bin ich in der Defensivposition, und ich könnte ihnen meinen Fallauszieher zeigen, wenn ich meinen Fußball dabeihätte.«

Dad verengt seine Augen. »Ähm, Fallrückzieher, Fallrückzieher«, stottere ich, aber er hebt seine Hand, und ich erstarre.

Blickrichtung: Aufwärts.

Er trinkt sein Wasser in einem Schluck aus und stellt das Glas ganz sacht auf den Tisch. Er starrt mich an, ohne zu blinzeln. Ich bewege mich nicht. Niemand rührt sich. Nur die Uhr tickt. »Das hast du nun von diesem ganzen Kunstquatsch«, sagt er. »Keinen gesunden Menschenverstand mehr. Niemand lässt sich von Künstlern beeindrucken.«

Nathans Ellbogen gleitet vom Tisch, und dabei fällt ihm der Löffel zu Boden. »Möchtest du irgendwas sagen, kleines Ferkel?«, fragt Dad seinen Ältesten. Ein Muster, das sich wiederholt.

»Nein«, murmelt Nathan. »Nein, Vater.«

Ferkel suhlen sich in ihrem eigenen Mist und sauen auf Schritt und Tritt alles ein. Aber ich wäre trotzdem lieber ein Ferkel als ein Goldfisch. Immerhin machen sich die Leute so viel aus Ferkeln, dass sie sie gerne essen.

»Unser kleines Ferkel«, sagt Dad. »Im Moment bekommst du alles auf dem Silbertablett gereicht, weil du was im Kopf hast, aber manchmal reicht es nicht, bloß was im Kopf zu haben. Du musst hart arbeiten. Das weißt du noch nicht.«

»Ich weiß so einiges«, flüstert Nathan vor sich hin.

Dad hebt wieder den Kopf. »Zum Beispiel?«

Ich mache mich so klein wie möglich auf meinem Stuhl. Nathan schaut auf den Tisch hinunter. »Ich weiß, dass niemand aus unserer Familie uns je besucht«, sagt er leise.

Ich kralle mich am Rand meines Stuhls fest. Nathan ist zu weit gegangen. Und daran, wie er seinen Stuhl ganz unauffällig vom Tisch wegschiebt, kann ich erkennen, dass er das auch weiß. Dad ist totenstill geworden. Mom sagt zu mir: »Warum zeigst du uns nicht, was du gerade malst ...«

»Wir haben keine Familie.« Dads Worte durchschneiden den Raum wie eine Kettensäge. »Es gibt nur uns. So ist es schon immer gewesen und so wird es auch immer sein. Familie, Familie, Familie. Bin ich nicht genug Familie für dich, Ferkel?« Er schnappt sich sein leeres Wasserglas und schaut hinein, als würde es die Lösung eines komplizierten Rätsels enthalten. Dann steht er urplötzlich auf und stürmt wutschnaubend aus der Küche.

Dad staucht jeden zusammen (meistens ist es Nathan), der die Familie oder die Vergangenheit erwähnt. Da gibt es nun Millionen Coles auf dieser Welt, sogar ein oder zwei in der Evergreen, und keiner von denen soll mit uns verwandt sein? Ich weiß nicht, ob wir irgendwelche Großeltern haben oder Tanten oder Onkel oder Cousinen. Ich weiß bloß, dass sich Dad strikt weigert, über sie zu reden, und dass auch Mom kein Wort darüber verliert.

Mom geht zum Kühlschrank und kehrt mit einem Glas Orangensaft zurück. Sie stellt es vor Nathan auf den Tisch und faltet angespannt ihre Hände. Er starrt den Saft einige Sekunden lang an, dann trinkt er ihn in einem Schluck aus und geht die Treppe hinauf. Er sieht irgendwie aus … wie ich, wenn wir CgC spielen.

Die Muster. Alles widerholt sich.

Mrs Colton sagt: »Das Leben imitiert die Kunst.« Ich frage mich, ob sie in ihrer Kindheit eine Werther Street 16 gehabt und ob sie das je zu einem eigenen Kretpoj inspiriert hat.

Mit dem Pinsel in der Hand starre ich die letzte Seite meines alten Skizzenbuchs an und versuche, all diese hochtrabenden Kompositionsprinzipien anzuwenden. Zumindest gelingt mir der grobe Entwurf eines Gesichts.

Wer soll das sein? Welches Gesicht könnte ich malen, das die Welt verändert? Ich verbringe inzwischen so viel Zeit damit, darüber nachzudenken, wen ich malen könnte, dass ich gar nicht mehr male.

Vielleicht liegt das Problem darin, dass ich gar kein Gesicht malen *will*. Vielleicht will ich es bloß erzwingen. Vielleicht sollte ich wieder nach unten gehen und die Teller im Spülbecken malen oder mein Fenster öffnen und noch mal meinen grünen Freund als Motiv wählen.

Aber ich will nicht aufgeben. Noch nicht. Ich will nicht vor jedem Problem davonlaufen.

Gerade als ich mit den ovalen Umrissen des Kopfes anfangen will – irgendeines Kopfes –, wird mir mein Skizzenbuch aus der Hand gerissen und hoch in die Luft gehalten.

Mist.

»Entschuldige die Störung.« Nathan lässt all meine Arbeiten aus dem letzten Jahr über meinem Kopf baumeln, und es sieht aus, als könne er sie jederzeit aus dem Fenster werfen. »Ich wollte nur mal hallo sagen.«

»Hallo«, jammere ich. Wenn ich dick auftrage und ihm zeige, wie sehr mich seine Unterbrechung fertigmacht, wird Nathan einen Gang runterfahren. Hoffentlich.

Mein Bruder schleudert das Skizzenbuch in eine Zimmerecke und fängt dann an, auf und ab zu marschieren. »Weißt du«, sagt er, »ich hab nachgedacht. Ich frage mich, ob du deine kleinen Bildchen überhaupt noch malen kannst nach unserem CgC. Wie sollst du deine geheimnisvolle Inspiration bekommen, wenn alle dich hassen? Wo willst du dann noch die Schönheit der Welt finden oder was auch immer?«

Ich bleibe stumm.

»Das setzt natürlich voraus«, fährt er fort, während er auf mein Bett hüpft und dort auf und ab springt, »mein kleiner Pinselschwinger, dass du nicht mehr Aufgaben erfüllst als ich. Was aber, seien wir mal realistisch, nicht passieren wird.« Er springt immer wilder, als wolle er einen Salto ausprobieren, und fällt beinahe vom Bett.

Also, ich bin ja vieles. Wenn es nach Dad geht, bin ich ein Goldfisch, laut meinem Beinahe-Passwort bin ich ein Feigling, und Connor sagt, ich sei der netteste Typ auf der Welt. Aber eins bin ich nie gewesen, und zwar tollkühn. Ich bin ein Überlebenskünstler. Ich passe immer auf mich auf.

Nur eben jetzt nicht. Weil ich gerade ein tollkühner Volldepp bin, sage ich: »Eine Aufgabe habe ich bereits erledigt. Wie viele hast du schon geschafft?«

Er hört mit dem Rumspringen auf.

Ich schnappe hastig nach Luft. »Ich bin mir sicher, du wirst trotzdem gewinnen.«

Nathan geht zu meinem Schrank, öffnet das Fach mit meinen Klamotten für die Kirche und greift in die Tasche meiner Sonntagshose hinein. »Ha«, sagt er. »Du hast sie weggegeben.«

»Woher weißt du …«

»Hab ich immer gewusst«, erwidert er. »Bin darauf gekommen, weil du nach der großen Hüttenkäse-Sause immer noch 'ne Unterhose hattest. Hast du's immer noch nicht kapiert, Al? Ich weiß alles über dich. Mich kannst du nicht überraschen. Du hast also deinen wertvollsten Besitz weggeben. Na und? Das war die leichteste Aufgabe. Hast du sie weggeworfen? Wahrscheinlich leuchtet unsere ganze Mülltonne orange.«

»Ich hab sie jemandem geschenkt. So haben wir es schließlich in den Regeln festgelegt.«

Ein Kichern kommt aus Nathans Kehle und verwandelt sich in hämisches Gelächter. »Im Ernst? Du hast wirklich jemandem deine Unterhose geschenkt? Ein echtes, lebendes Wesen hat sich von dir Unterwäsche schenken lassen? Die Regel war: Etwas aufgeben, nicht verschenken. Meinetwegen hättest du sie einfach ins Feuer werfen können.«

Apropos Feuer: Nun steht mein ganzes Gesicht in Flammen.

»Das ist eine Ehrensache zwischen uns«, fährt Nathan fort. »Weißt du noch? Wir wahren das Geheimnis des anderen. Du bist so dämlich, Al. Ich fass es nicht, dass du jemanden dazu gebracht hast, deine *Unterhose* anzunehmen!« Hyänengelächter umgibt mich und dringt mir bis ins Mark.

»Ach ja?«, frage ich im Angriffsmodus. Aber ich habe nichts in der Hand. Wieder mal bin ich in die Falle seiner Formulierungen getappt.

Nathan stützt die Hände auf seine Knie. Vor lauter Lachen scheint ihm ganz schwindlig zu sein. »Na egal, das war der leichteste Teil. Alles andere kriegst du sowieso nicht hin. Und ich erledige meine Aufgaben ganz nebenbei wie immer.«

Zeit, das Thema zu wechseln. »Was ist denn dein wertvollster Besitz?«

»Geht dich nichts an. Aber du wirst es schon erfahren, wenn ich ihn aufgebe. Hast du meinen Zettel schon gefunden?«

Mein Rücken versteift sich, und Nathan lacht. »Hervorragend«, sagt er. »Denk dran, du musst den Zettel wirklich in Händen halten, ihn nicht bloß finden. Ja, junger Padawan, du bist durchaus in der Lage, den Zettel aus dem Automaten rauszubekommen, ohne ihn auseinanderzubauen oder die Scheibe einzuschlagen. Versprochen.«

Als Nathan mein Zimmer verlässt, hole ich mir nicht sofort mein Skizzenbuch. Ich setze mich erst mal an meinen Schreibtisch und denke nach. Ist es das, was passiert, wenn man ein bisschen Selbstbewusstsein bekommt? Man verhält sich sofort komplett dämlich? Wie ein komplett dämlicher Goldfisch?

Neben meiner Tastatur liegt Zacks Glückskekszettel. Wenn Glückskekse Fragen stellen wollen, sollten sie sich gute überlegen, und nicht fragen, woher die Babys kommen. Sie sollten fragen: Was ist dein wertvollster Besitz? Was würde es dich kosten, ihn wegzugeben? Sie sollten fragen: Wie bricht man in einen Snackautomaten ein? (Sie könnten es einem auch einfach erklären. Das wäre auch gut.)

Ich muss nach diesem Katastrophenabend dringend einen Schluck Wasser trinken, also gehe ich die Treppe runter. Ich höre eine leise Stimme aus dem Wohnzimmer. Ich spähe um die Ecke und sehe Mom auf dem Sofa sitzen mit ihrem Handy in der Hand. Der Fernseher ist auf stumm geschaltet. Sie redet mit der Person am anderen Ende, wahrscheinlich mit Denise, einer ihrer Freundinnen von der Kirche. (Denise hat Kinder, die etwa so alt sind wie Nathan und ich, aber die hat Nathan schon vor Jahren vergrault.) Ich kann das meiste, was sie sagt, verstehen, aber ein Satz sticht besonders hervor:

»Ich habe alles verloren.«

Als ich meinen Fuß bewege, knarrt eine Diele. Sie schaut auf, murmelt eine eilige Verabschiedung ins Telefon und schaut zu mir hinüber. »Du solltest längst im Bett sein«, sagt sie.

»Ich hab Durst.«

Sie faltet die Hände im Schoß. Jetzt, wo ich so in der Wohnzimmertür stehe, fällt mir ein, wie sie mich angelächelt hat, als ich damals mit einem Goldenen Stern fürs Zeichnen nach Hause gekommen bin, und wie sie gelacht hat, als ich ihr einen Klopf-Klopf-Witz erzählt habe, den ich in der Pause aufgeschnappt hatte, und wie sie mich umarmt hat, als ich hingefallen war und mir das Knie aufgeschlagen hatte. Damals hatte ihr Gesicht weniger Falten. Ich muss auch daran denken, was sie für einen leichten Schlaf hat, wie sie immer alles gehört hat, was zwischen Nathan und mir vorging. Aber irgendwann hat sie sich von mir zurückgezogen, hat mich schutzlos den Krallen des Habichts ausgeliefert, und alle Gläser Orangensaft der Welt können dagegen nichts mehr tun.

Ein Glückskeks sollte fragen: Was bringt einen Menschen dazu zu verschwinden? Was bringt ihn dazu, eine Situation, die weh tut, zu akzeptieren, abzuschalten, sich von den Menschen, die ihm wichtig sind, zurückzuziehen? Und wie holt man jemanden, den man liebt, wieder zurück aus so einer Dunkelheit?

Geht das überhaupt?

»Du solltest dich ausschlafen«, sagt Mom. »Morgen ist ein neuer Tag.« Sie lächelt ein müdes Lächeln und schaut wieder zum Fernseher hinüber.

Ich habe alles verloren.

Ich stehe da, Gott weiß, wie lang, beobachte sie, wie sie vor den Nachrichten sitzt und ins Nichts starrt. Ich weiß nicht, wonach ich suche. Ich schaue sie bloß an.

Im Bildmittelpunkt.

7. KAPITEL

MUSS ICH EUCH schon wieder daran erinnern, dass das Toilettenpapier nur in den Waschräumen benutzt werden darf und ihr es nicht in euren Büchertaschen herumschleppen sollt?«

Um mich herum kichern alle. Rudy Brighton ruft: »Und wenn's mal mitten im Unterricht dringend wird?«

»Dann wirst du dir wohl eine neue Büchertasche kaufen müssen«, sagt Miss Richter. Sie nimmt einen Schluck aus ihrer Thermoskanne. »Jetzt seid ruhig und passt auf.«

Aus den Lautsprechern plärrt die knackende, verrauschte Stimme von Direktor Dorset: »Heute ist es so weit. Heute wählen die Setzlinge, Knospen und Blüten ihre Jahrgangspräsidenten. Die Kandidaten werden sich in einer Debatte den Fragen ihrer Mitschüler stellen. Ich möchte noch einmal betonen, dass wir uns dabei alle von unserer besten Seite zeigen sollten. Bitte stellt keine Fragen, die unanständig, verletzend oder banal sind.«

»Warum gucken mich da schon wieder alle an?« Rudy grinst und zeigt mit beiden Daumen auf sich selbst.

»Keiner guckt dich an, Mann«, murmelt Sheila Carter genervt.

Connor beugt sich zu mir. »Was bedeutet banal?«, flüstert er.

O Gott, ich kann den Kaugummi an seinem Atem riechen. »K-klischeehaft. Einfallslos. Langweilig.«

»Und was soll daran verletzend sein?«, fragt Connor.

Ich zucke mit den Schultern. »Vielleicht weiß er selber nicht, was es bedeutet.«

Connor lacht, was Miss Richter dazu bringt, einen lauten Seufzer auszustoßen. »Können wir nicht einmal morgens still und friedlich den Ankündigungen zuhören?«, fragt sie.

»Klar, Miss Richter«, sagt Rudy. »Können kann man ja, müssen aber nicht.«

»Bitte erschießt mich mal einer«, stöhnt Sheila.

Als die Ankündigungen zu Ende sind, steht Miss Richter auf. »Lasst uns Talia heute ganz viel Glück wünschen, wenn sie gegen Bridget Harvey antritt.«

Talias Augen sehen aus, als könnten sie alles in Brand stecken, was sich ihr in den Weg stellt. »Ich brauche kein Glück. Gegen mich hat sie keine Chance.«

»Wenn du siegst, kannst du dafür sorgen, dass die Wasserspender repariert werden?«, fragt Zack. (Er hat es heute in allerletzter Sekunde pünktlich zur ersten Stunde geschafft, dafür hingen allerdings auch jede Menge Blätter in seiner Vogelnestfrisur. Fragt nicht.) »Es kommt kaum Wasser raus, höchstens ein paar Tropfen, und das schmeckt dann total abgestanden. Würde man ja gar nicht erwarten, aber das Wasser aus den Spendern schmeckt wie Wasser aus Plastikflaschen, die jemand den ganzen Sommer auf dem Rücksitz seines Autos hat liegenlassen. Das solltest du zu deiner Top-Priorität machen. Talia-Wasserspender-Retterin-MacDonald. Dann würd ich dich wählen.«

»Darauf geh ich gar nicht ein«, sagt Talia. »Muss ich dazu was sagen? Ich beantworte das nicht.«

Rudy schnaubt wie ein Pferd und sagt: »Genau die richtige Einstellung für eine Debatte! Du solltest in die Politik gehen! Hey, wusstet ihr, dass Politik ein so schmutziges Geschäft ist, weil das Wort mit *Po* anfängt? Kapiert? Das ist witzig, weil …«

Miss Richter schneidet ihm mit einer energischen Handbewegung das Wort ab. »Seid respektvoll, und macht keine dummen Witze. Reiß dich zusammen, Rudy.«

Als es läutet, wendet sich Zack mir zu und sagt: »Ich hab einen Plan. Du rettest mir einfach das Leben. Wir finden irgendwo ein riesiges Pendel, vielleicht im Theaterfundus, und ich binde mich darunter fest, und dann kommst du heldenhaft hereingestürmt und rettest mich, bevor ich in lauter kleine Zack-Teilchen zersäbelt werde. Oder von *Entdecke Amerika* erdrückt werde. Klingt das gut?«

Ich seufze. »Was soll das bitte?«

»Wie willst du denn sonst berühmt werden?«, fragt er. »Das ergibt doch voll Sinn. Du rettest jemandem das Leben, und schon bist du auf dem Titelblatt der Schülerzeitung, und alle kennen dich. Da kann dein Bruder einpacken!« Er streckt beide Daumen hoch und wackelt damit über seinem Kopf.

»Auf keinen Fall«, sage ich so tonlos wie immer, wenn er einen Vorschlag macht.

»Komm schon, wolltest du denn nie ein Superheld sein? Das ist deine Chance. Du kannst Alanman sein oder der Megaschwimmer. Ja, genau – ich tu so, als würde ich ertrinken, und du rettest mir das Leben. Bravissimo!«

»Ich kann nicht schwimmen. Schon vergessen?«

Zacks hochgestreckte Daumen sacken langsam ab. »Ach ja.«

Gestern habe ich Zack und Madison die ganze CgC-Geschichte erzählt. Nur, was auf dem Spiel steht, habe ich für mich behalten. Ich habe einfach behauptet, ich dürfe ein ganzes Jahr lang keine Bilder mehr malen, wenn ich verliere … Jetzt wissen sie, was ich alles schaffen muss, womit ich es zu tun habe. Sie haben mir versichert, dass sie mir nach wie vor helfen wollten, den Sieg davonzutragen, aber ich war mir nicht sicher, ob ich ihnen danken oder gleich fragen sollte: »Welche Papiertütengröße würde wohl am besten auf meinen Kopf passen?« Madison war ganz versessen darauf, mir Tipps zu geben, wie ich an meinen ersten Kuss kommen kann. Aber selbst Kuss-Tipps von einem hungrigen Löwen wären mir, ehrlich gesagt, lieber.

»Meine Herren«, sagt Madison als wir den Klassenraum

verlassen, »ich hab's. Ich weiß, wie Alan berühmt werden kann.«

»Soll er dein Leben auch retten?«, fragt Zack. »Ich finde die Nummer mit dem Pendel ja nach wie vor genial. Das wird sooooo cool.« Er schlägt sich den Handrücken vor die Stirn, als würde er vor lauter Aufregung gleich in Ohnmacht fallen.

Madison schaut Zack an wie etwas, das er sich dringend von der Schuhsohle kratzen möchte, dann konzentriert er sich wieder auf mich. »Du wirst heute bei der Debatte eine Frage stellen.«

»Bei der Debatte?« Mir dreht sich der Magen um. »Vor allen Siebtklässlern?«

»Nicht bloß vor den Setzlingen. Die anderen Jahrgänge werden doch auch da sein. Deswegen ist es ja so perfekt. Du stellst eine tiefgründige und bedeutsame Frage und lenkst die Aufmerksamkeit auf ein ernsthaftes Problem ...«

»Wie zum Beispiel die kaputten Wasserspender!«, ruft Zack aus.

»Ich kann nicht.« Meine Stimme dringt kaum durch das Gewühl der Schüler auf dem Flur. »Ich kann das nicht.«

Madison bleibt stehen, streckt die Arme aus und greift sich meine Schultern. Sofort knallt ihm Zack in den Rücken. »Alan, hör mir zu«, sagt Madison und schüttelt Zack ab. »Du kannst das. Du musst es tun. Wenn du die richtige Frage stellst, werden sich die Leute nicht bloß an dich erinnern, du wirst für sie zum Helden werden. Ich lasse mir

Fragen für dich einfallen. Du bist in guten Händen!« Er reibt sich seine »guten Hände« und verschwindet.

Nathan hat sich schon viele schreckliche CgC-Aufgaben für mich ausgedacht, aber immerhin musste ich noch nie in der Öffentlichkeit auftreten und sprechen. Ich hab mich schon so oft zum Affen gemacht, aber nach vorne zu gehen und vor einem ganzen Saal etwas zu sagen? Ich glaube, nicht mal Nathan wäre darauf gekommen.

Und doch, hier stehe ich nun.

Ob's mir gefällt oder nicht: Die Idee ist gut. Vor der ganzen Schule melde ich mich bei der Debatte zu Wort, und schon kennen mich alle … als den großen weißen Jungen, der irgendeine Frage gemurmelt hat. Sollte das genügen, um berühmt zu werden?

Nachdem Nathan gestern Abend mein Zimmer verlassen hatte, konnte ich nicht mehr malen. Nicht mal den Umriss eines Kopfes. Werde ich überhaupt je wieder malen können, wenn ich das Spiel verliere? Werde ich jemals entspannt genug sein, um wieder etwas auf die Reihe zu kriegen?

Ich muss an Dads alte Wanduhr denken, die in unserer Küche tickt. Mir bleibt noch eine Woche, und die Zeit hält für niemanden an, ganz gewiss nicht für Alan Cole.

Ich bleibe kurz stehen, versuche meine Gedanken zusammenzubekommen, und schon knallt mir Zack in den Rücken.

Nach dem Schwimmunterricht (»Heute wirst du ein bisschen die Arme bewegen, immer einen nach dem anderen, und lass es immer so aussehen, als würdest du dich mächtig ins Zeug legen, wenn Coach Streit vorbeikommt«) steht die große Versammlung an. Will man die gesamte Evergreen in der Aula unterbekommen, wird es ziemlich eng, und dann kommt auch noch der Lärm hinzu. Es ist, als würde man eine riesige Herde jodelnder Kühe in den Stall treiben.

Nachdem ich mich bei Miss Richter gemeldet habe, winkt mich Madison ungeduldig zu einem Platz herüber. »Ich habe Brainstorming betrieben«, brüllt er mir ins Ohr. »Mir sind mehrere grandiose Ideen gekommen.«

»Ich kann das nicht«, murmele ich.

Ich weiß nicht, ob Madison mich nicht hören kann oder es einfach ignoriert, jedenfalls redet er weiter. »Du musst eine Frage stellen, die einen wunden Punkt berührt, etwas, worüber die Kandidaten wirklich nachdenken müssen, weil es ein Problem betrifft, mit dem viele Schüler zu kämpfen haben. Hier ist eine Liste.« Er zieht einen Bogen Papier aus seinem Rucksack, und mir fallen fast die Augen aus dem Kopf. Beide Seiten sind komplett vollgeschrieben. »Also, was haben wir denn da … neue Klassenraummöblierung … ich habe ein Schaubild mit Beispielen angefertigt … Ausflüge zu Museen und Kunstausstellungen statt zur örtlichen Papierfabrik, was allerdings mit einer kompetenten Führung auch aufregend sein könnte … aktuellere Computerausstattung … Abschaffung veralteter Lehrbücher, die James Madison ungerechtfertigterweise in einem ungünstigen Licht darstellen … das ist ein Punkt, den du definitiv ins Auge fassen solltest …«

»Ich kann das nicht«, wiederhole ich. Die Scheinwerfer auf der Bühne sind auf zwei Pulte gerichtet, vor denen Direktor Dorset mit Talia und Bridget Harvey redet. Talia wirft immer wieder Blicke in die Menge, während sich Bridget Haarsträhnen um den Finger wickelt. Ich vermute, dass Direktor Dorset ihr gerade sagt, dass sie den Kaugummi aus dem Mund nehmen soll, denn jetzt spuckt sie etwas in ein kleines Papierstück und winkt jemandem zu, der in der ersten Reihe sitzt.

»… diese Frage ist ein bisschen kontrovers, aber du musst eben mit Nachdruck auftreten, wenn sich die Leute an dich erinnern sollen.« Madison redet weiter. Und weiter. »Wenn du meine ehrliche Meinung hören willst, bist du eigentlich viel zu still für einen öffentlichen Redner, deshalb musst du besonders deutlich sprechen. Atme durch den Bauch und stottere nicht. Achte darauf, dass dir die Haare nicht ins Gesicht hängen; nur gut gepflegte Leute hinterlassen einen bleibenden Eindruck. Außerdem …«

Zack schiebt sich auf den Platz neben mir. »Hilf mir«, flüstere ich.

Im Gegensatz zu Madison versteht mich Zack ohne Probleme. »Du stellst einfach eine Frage«, sagt er. »Ist doch eigentlich nicht schwer, oder?«

»Entschuldige mal«, sagt Madison und funkelt Zack böse an. »Wir sind hier im Gespräch.«

»Ich dachte, für ein Gespräch bräuchte man mindestens zwei Leute«, sagt Zack überrascht. »Wow, ich lerne heute echt 'ne Menge.«

Madison bläst seine Wangen auf. »Alan braucht deine Hilfe nicht. Er ist in guten Händen.«

»Ich finde, Alan sollte einfach er selbst sein«, sagt Zack.

Madison fuchtelt mit seinem Zettel samt Diagrammen und Tabellen vor meiner Nase herum. »Es ist doch um einiges komplizierter! Es gibt Gesetze und Regeln, und wenn Alan seine Fragen stellt …«

»Ich *kann* das nicht«, stöhne ich auf. Es ist so laut hier. Warum ist alles so laut?

Zack wuschelt mir durch die Haare. Das hat mit ziemlicher Sicherheit noch niemals jemand getan, wirklich noch nie. »Sei einfach du selbst«, sagt er.

Bevor Madison einen weiteren Einwand vorbringen kann, bittet Direktor Dorset um Aufmerksamkeit, und die Menge verstummt. »Habt vielen Dank, alle miteinander«, sagt er mit seiner tiefen Baritonstimme. »Heute widmen wir uns einem wichtigen Teil des demokratischen Prozesses. Wir werden heute drei Debatten abhalten, für jede Jahrgangspräsidentenwahl eine. Die Kandidaten werden eure Fragen beantworten, und anschließend werdet ihr für jeweils einen von ihnen eure Stimme abgeben. Ich möchte alle daran erinnern …«

»Du schaffst das, Bridget!«, brüllt jemand aus dem vorderen Bereich der Aula, worauf einzelne Leute leise applaudieren. Bridget winkt und lächelt. Talia umklammert den Rand ihres Pultes.

»Ich möchte euch *alle* daran erinnern«, fährt Direktor Dorset fort, »dass ihr Schüler der Mittelstufe seid. Wir erwarten von euch, dass ihr euch entsprechend benehmt.« Er rückt seine Krawatte zurecht. »Die Setzling-Kandidatinnen haben Eingangs-Statements vorbereitet. Miss MacDonald, fangen Sie bitte an.«

Talia biegt ihr Mikrophon ein Stück hinunter. Sie blickt auf ihr Pult – und sagt nichts.

Jemand hustet.

»Wenn ich Jahrgangspräsidentin bin«, sagt Talia jetzt, spricht aber sehr langsam, »werde ich einiges ändern. Dies wird, ähm, eine Schule werden, in der Wettbewerb und Verantwortung und Leistung und … und … und …«

Der Zettel mit ihrem Eingangsstatement fällt auf den Boden. Ihre Hände zittern, und sie ist ganz blass, und all ihr Selbstbewusstsein hat sich offenbar durch den Notausgang verabschiedet. Talia stellt sich ungefähr so gut an wie ich, wenn ich da oben stünde, woran ich in diesem Augenblick lieber nicht denken möchte. Einige Leute im Publikum lachen, als sie ihren Zettel aufgehoben hat und ihre Brille die Nase hochschiebt. »Ähm, das wär's«, sagt sie leise. »Ich bin fertig.«

Vom Mikrophon abgewandt, redet Direktor Dorset kurz

mit ihr, aber sie schüttelt bloß den Kopf. »Na schön«, sagt er. »Miss Harvey?«

»Vielen Dank, Direktor Dorset«, beginnt Bridget und zeigt ein perfektes, weißes Lächeln. »Jahrgangspräsidentin zu sein, ist ein überaus wichtiger Job, und ich denke, dass ich die bestmögliche Kandidatin dafür bin. Wenn ihr mich wählt, werde ich daran arbeiten, Schüler und Lehrer zusammenzubringen, und ich werde ein offenes Ohr haben für die Anliegen aller Schüler und mein Bestes tun, um dem Jahrgang und der Schule zu dienen. Habt vielen Dank.«

Noch mehr Applaus, hauptsächlich aus den ersten Reihen. »Sie hat doch überhaupt nichts gesagt!«, flüstert Madison. »Sie hat alle möglichen Ankündigungen gemacht und kein einziges konkretes Beispiel gegeben.«

»Immer noch besser als Talia«, sagt Rudy auf Madisons anderer Seite. »Autsch.«

Miss Richter, die neben ihnen steht, zischt, damit sie den Mund halten.

Bridget streicht sich ihren Rock glatt und schaut ins Publikum für die erste Frage. Talias Augen sind immer noch fest auf ihr Pult gerichtet. Sie kaut so verbissen auf ihrer Unterlippe herum, als hätten ihre Zähne dem Rest ihres Gesichts den Krieg erklärt.

Das wird übel ausgehen für sie.

Und natürlich, als jemand die beiden fragt, welches Schulfach sie am liebsten haben (was für die Debatte ziemlich egal ist, wie Madison sofort anmerkt), flötet Bridget fröhlich: »Naturwissenschaften und Sozialkunde, aber ich finde, jedes Fach hat seine lehrreichen Aspekte.« Talia stammelt vor sich hin: »I-ich mag die Schule.« Diesmal lachen noch mehr Leute.

Nach der dritten Frage – »Wer ist eure Lieblingsband?« – wirft Direktor Dorset ein: »Denkt daran: Dies ist eure Gelegenheit, wichtige Fragen zu stellen, um die Kandidatin kennenzulernen, die eure Interessen am besten vertritt.« Jetzt stupst Madison mich am Arm. Ich schaue zu Boden. Es muss doch einen anderen Weg geben, wie ich bekannt werden kann. Es muss einen anderen Weg geben, um das Spiel zu gewinnen.

Ich schaue auf und sehe, dass Zack mich anlächelt.

In meinem Kopf höre ich, wie Connor über den *grandiosen Alan Cole* spricht.

Ich sehe Gesichter, überall. Eines davon könnte zu meinem Kretpoj werden. Aber mein Bruder wird niemals zulassen, dass ich die Welt verändere, es sei denn, dass ich ihm die Stirn biete. Es wird wieder passieren, immer und immer wieder, bis keinerlei Kunst mehr in mir übrig ist. Es wird nie aufhören, wenn ich es nicht beende.

Verdammt.

Meine Hand zittert so sehr, dass ich sie kaum hochbekomme. Aber ich schaffe es.

Und ich weiß, irgendwo hier im Publikum sitzt Nathan und ist schlagartig nicht mehr angeödet.

Alle Augen – die von jedem einzelnen Schüler in der Evergreen – sind jetzt auf mich gerichtet. Der Rücken meines Shirts ist augenblicklich schweißnass. Jemand reicht das Mikrophon zu mir durch. »Steh auf«, ruft irgendein Junge ein paar Reihen vor mir, also richte ich mich langsam auf. Es ist echt ziemlich hell, wenn man so mitten im Publikum steht. Hell und verschwommen, und, o Gott, ich glaube, ich werde ohnmächtig.

»Hast du eine Frage, junger Mann?«, ruft Präsident Dorset.

Natürlich habe ich eine Frage! Warum sollte ich das Mikrophon nehmen, wenn ich keine Frage hätte? Aber weil ich ein riesiger Vollidiot bin, dessen Gehirn die Größe einer Erbse hat, fällt mir keine Frage ein. Ich habe mich viel zu sehr von Zacks dämlicher Ermutigung einlullen lassen, um mir eine auszudenken. Das ist also eindeutig seine Schuld und nicht meine. Ich versuche, all das irgendwie ins Mikrophon zu sagen, mich vor der gesamten Schule dafür zu entschuldigen, dass ich hier so viel Zeit verschwende, und möchte fragen, ob ich schnell mal aufs Klo rennen darf, weil ich glaube, einen Blasenkrampf zu haben, und, Herrgott, sind diese Scheinwerfer hell, wie kann hier überhaupt irgendwer was sehen, wo sie so grell aufgedreht sind, ich glaube das ist meine eigentliche Frage, hahaha, vielen Dank, dass ich diesen besonderen Moment mit euch teilen durfte. Aber stattdessen kommt bloß Folgendes aus meinem Mund: »Bruhgurgelfupffuofrangelpan.«

»Junger Mann, stell bitte deine Frage oder reich das Mikrophon weiter«, sagt Direktor Dorset. »Diese Debatte ist eine ernsthafte …«

Also, ich weiß nicht, warum es passiert. Ich weiß nicht, ob ich ein ernsthaftes Problem angehe oder ganz ich selbst bin oder Worte aus mir rausbrechen, als hätte ich Sprachdurchfall. Aus welchem Grund auch immer – ich unterbreche Direktor Dorset und frage:

»Wo kommen die Babys her?«

Das gesamte Publikum – nein, die gesamte *Welt* – beginnt zu kreischen vor Lachen. Ich habe immer noch nicht begriffen, was ich gefragt, was ich getan habe, bis Madison mich auf meinen Platz zurückreißt. Inmitten des dröhnenden Gelächters der gesamten Schule habe ich das Gefühl, in Flammen aufzugehen und als Aschehaufen auf den Boden zu sinken.

Das hätte vermutlich ein bisschen besser laufen können.

»Ruhe, alle miteinander!«, brüllt Direktor Dorset über den Lärm hinweg. »Das ist ein absolut inakzeptables Verhalten – seid jetzt endlich ruhig …«

»Alan«, ruft Zack, »Alan, schau mal!«

Ich kann kaum meinen Kopf heben, tue es aber trotzdem. Talia hat das Mikrophon ergriffen, und die Entschlossenheit steht ihr ins Gesicht geschrieben. »Das ist ganz einfach«, sagt sie.

Und dann erklärt sie, wie Babys gemacht werden.

In allen Details.

Sie kommt allerdings nicht weit, weil sie von noch lauterem Gelächter übertönt wird und ihr Direktor Dorset das Mikrophon aus den Händen reißt. Sie sieht aus, als wäre sie überrascht und nicht peinlich berührt. (Bridget Harvey lacht übrigens genauso laut wie alle anderen.)

Direktor Dorset brüllt ins Mikrophon: »Setzling-Lehrer, bringen Sie Ihre Schüler bitte zurück in die Klassenräume. Eure Debatte ist vorbei.«

»Was war das denn?«, stöhnt Madison, während sich alle zum Abmarsch aufstellen. »Was *war* das? Alan … was *war* das?«

»Ich wusste doch, dass mein Glückskeks nützlich sein würde«, sagt Zack mit breitem Grinsen. »Und stimmte es nicht, Alan? Hat er nicht die Zukunft vorausgesagt?«

Ich kann nicht sprechen. Ich kann mich kaum bewegen. Dies war eine Massenkarambolage von gigantischen Ausmaßen. Schlimmer kann es nicht werden.

»Alan Cole!«, ruft Direktor Dorset ins Mikrophon, bevor wir die Aula verlassen. »Alan Cole! Du bleibst hier. Du kommst mit mir.«

Madison und Zack, endlich vereint, werfen mir einen entsetzten Blick zu. »Behaltet mich als Helden in Erinnerung«, krächze ich, während ich mich bereitmache, durch die Reihe zu laufen, vorbei an allen anderen Schülern, die …

Die mir auf den Rücken klopfen.

Die brüllen: »Großes Kino, Alan!«

Hm.

… hm.

8. KAPITEL

••• KEINE AHNUNG, was öffentlicher Anstand bedeutet. Ich sehe schon die wütenden Briefe von sämtlichen Eltern kommen wegen … wegen … nun, ich muss ja wohl nicht wiederholen, was du gesagt hast, oder?«

Jetzt gehe ich gerade mal seit einem Monat auf die Mittelstufe, und schon werde ich vom Direktor angebrüllt. Seit ich sein Büro betreten habe, hat er mich nicht ein einziges Mal zu Wort kommen lassen. Er ist ziemlich wütend. Nicht auf derselben Stufe wie Dad, wenn er wütend ist, aber immer noch wütend genug, um mich zum Zittern zu bringen. Aber andererseits: Würdet ihr nicht zittern, wenn ihr getan hättet, was ich getan habe?

Talia, die mit mir zusammen ins Büro geschoben wurde, schont er auch nicht. »Und sich vorzustellen«, fährt Direktor Dorset fort, »dass eine Kandidatin für die Jahrgangspräsidentin solche Unanständigkeiten verbreitet. Vor der gesamten Schülerschaft!«

»Ich hab doch bloß die Wahrheit gesagt«, entgegnet Talia.

»Und glaubst du wirklich, eine Schülervollversammlung

wäre die beste Plattform dafür? Ich sollte dich für die Wahl disqualifizieren.«

Sie beißt sich auf die Lippe. »Es … es tut mir leid.«

Ich habe noch nie gehört, dass Talia MacDonald sich für irgendwas entschuldigt hätte. Damit ist klar, dass wir wirklich tief in der Tinte stecken.

Direktor Dorset massiert sich die Schläfen. Noch so eine Dad-Angewohnheit. Mein Zittern wird schlimmer, und als ich anfange zu sprechen, kommen die Worte ziemlich wacklig heraus. Aber ich spreche trotzdem. »Direktor Dorset, bitte b-bestrafen Sie Talia nicht. Sie hat doch nur gemacht, w-was man bei einer Debatte machen soll.«

»Was man machen soll?«, wiederholt Direktor Dorset. »Junger Mann, verstehst du denn nicht, dass man über solche Themen nicht einfach so sprechen kann, bloß weil man gerade Lust dazu hat? Es gibt Regeln, und ihr habt sie gebrochen.«

»Sie hat getan, was sie tun musste. Wenn Sie da oben vor all den anderen Schülern stehen würden und Ihnen wären die Zettel runtergefallen und Sie würden unbedingt die Wahl gewinnen wollen und das wäre Ihnen so wahnsinnig wichtig und Sie würden nur darauf warten, dass Ihnen eine Frage gestellt wird, damit Sie sie beantworten und allen zeigen können, wie klug Sie sind, würden Sie, ähm … würden Sie …« Mir gehen die Worte aus, und ich schaue zu Boden.

Es herrscht jetzt Stille im Büro von Direktor Dorset.

Hier tickt keine Uhr wie bei uns zu Hause. Nur das entfernte Summen einer Klimaanlage ist zu hören. Dann trifft mich blitzartig ein Gedanke: Womöglich wird Direktor Dorset Dad anrufen und ihm die Sache erzählen. Ich umklammere meinen Stuhl. Wenn ich ihn einfach nicht mehr loslasse, muss ich vielleicht nie mehr nach Hause.

Schließlich ergreift der Direktor das Wort. »Junge Dame, was du getan hast, war unangemessen, und du musst dafür bestraft werden. Ich werde dich jedoch nicht von der Wahl disqualifizieren.«

Talia sackt in sich zusammen. Ich kann sie schlucken hören. »Danke«, haucht sie.

»Aber ihr müsst beide eine Strafe erhalten«, fährt Direktor Dorset fort. »Ich denke, ein Nachsitzen für euch beide ist angemessen. Das sollte euch reichlich Zeit geben, darüber nachzudenken, was ihr getan habt.«

Er lässt uns gehen, ohne bei uns zu Hause anzurufen. Ich atme wieder aus. Ich hatte gar nicht gemerkt, dass ich die Luft angehalten hatte.

Keiner von uns spricht auf dem Flur ein Wort. Talia schaut mich nicht mal an. Als ich endlich die Nerven aufbringe, etwas zu sagen, auch wenn ich keine Ahnung habe, was (man sollte meinen, dass mir das nicht schon wieder passiert), lässt sie mich stehen und marschiert zu ihrem nächsten Kurs.

Sie wird die Wahl verlieren, und das ist allein meine

Schuld. Vielleicht hätte ich lieber zulassen sollen, dass sie disqualifiziert wird.

Na ja, es ist ja nicht so, als hätte sie sowieso gewonnen.

Bei dem Gedanken fühle ich mich zumindest ein bisschen besser. Aber nur ein bisschen.

Die seltsamsten Dinge sind immer die, die man nicht erwartet. Wenn es eines Tages Steckrüben und Austern regnen würde, wäre das ziemlich abgefahren, weil niemand damit gerechnet hätte. Wenn sich einem die Finger plötzlich in kleine Gartenschläuche verwandeln würden, aus denen Feuerzeugbenzin schießt, wäre das … ja, genau, ziemlich unerwartet.

Und als ich den Klassenraum für meine dritte Stunde betrete und mit spontanem Applaus begrüßt werde, ist das ebenfalls unerwartet.

Und genauso ist es, als ich später den Flur hinuntergehe und mir Sachen zugerufen werden wie: »Da ist er!« oder »Geniale Frage, Cole!« und »War das Beste an der ganzen Versammlung!«

Und als selbst die älteren Schüler mich angrinsen – und zwar nicht auf fiese Art.

Als ich von Mitschülern wie eine Berühmtheit behandelt werde, die ich seit der ersten Klasse kenne, die aber nie auch nur ein einziges Wort zu mir gesagt haben.

Und als andere Schüler aus anderen Grundschulen meinen Namen wissen, weil Direktor Dorset ihn nach der Versammlung durch den Saal gerufen hat.

Alle wissen jetzt, wer ich bin.

Und das ist unerwartet.

Und noch unerwarteter ist – als könnte etwas unerwarteter sein, als dass ein extrem beliebter Neuntklässler mir auf dem Klo High Five gibt –, dass sich mir eine Hand entgegenstreckt und mich in denselben leeren Klassenraum zerrt wie schon vor ein paar Tagen.

»Al.«

Nathan sieht nicht besonders glücklich aus. Marcellus steht direkt neben ihm und verschränkt die Arme. »Was geht hier ab, Goldfisch?«, fragt mein Bruder. »Hätte ich dir nicht zugetraut.«

Ich bleibe stumm.

»Und du behauptest immer, ich wär der Verrückte in meiner Familie«, sagt Nathan zu Marcellus.

Der nickt. »Bist du auch.«

Nathan hebt die Hände. »Ich bin vielleicht ein bisschen verrückt, aber was Al da gemacht hat, hätte ich nie getan. Du hast ernsthaft vor der gesamten Schule gefragt: Wo kommen die Babys her?«

Ich nicke.

Nathan atmet ein. »Warum?«

Ich zögere. »Ich will gewinnen.«

Marcellus flüstert Nathan etwas ins Ohr. Es klingt ziemlich nach: »Hab ich dir doch gesagt.«

Als hätte ich ihm gerade eins über den Schädel gezogen, öffnet Nathan einige Male den Mund, aber es kommen keine Worte hervor. Schließlich schüttelt er den Kopf. »Genieß es«, zischt er. »Wird nicht lange dauern.«

Er schiebt mich mit seiner Schulter aus dem Weg und murmelt Marcellus ein »Komm schon« zu, bevor er das leere Klassenzimmer verlässt. Marcellus dreht sich noch für einen Augenblick nach mir um, bevor er meinem Bruder folgt. Dann sind sie verschwunden.

Habt ihr jemals ein Gefühl empfunden, dass ihr nie zuvor gehabt habt? Als würden Teile eures Körpers anfangen zu brodeln wie der Zaubertrank in einem Glasgefäß. Und was da in euch heraufgeblubbert kommt, ist eine völlig neue Erfahrung. Wenn ich jetzt atme, habe ich das Gefühl, dass mich nicht mehr so viel beschwert wie vorher. Als könnten sich meine Augen zum ersten Mal auf das konzentrieren, was direkt vor mir liegt, so dass ich mich gar nicht mehr ständig umschauen muss, um sicherzugehen, dass sich niemand an mich heranschleicht. Als würde mein Herz ein wenig freier schlagen bei jedem Schritt, mit dem ich auf die Cafeteria zugehe, und als würden meine Beine auf dem Linoleum mit viel mehr Schwung ausschreiten.

Zwei abgehakt, noch fünf sind übrig.

Also das ist wirklich unerwartet.

Hungrig stehe ich in der Schlange der Cafeteria, als mir schon wieder dieses schreckliche Geräusch in die Ohren fährt – wie eine Eidechse, die keuchend in der Sonne verendet. »Hi, Zack«, sage ich, ohne mich umzudrehen.

»Ach, Mist«, sagt Zack. »Das funktioniert wohl nur beim ersten Mal, was?«

»Ich nehm's an.« Wir treten in der Schlange einen Schritt vor.

Zack lächelt. »Sieht ganz so aus, als würden alle über dich reden. Was hast du für 'ne Strafe aufgebrummt bekommen?«

»Nachsitzen.«

»Wow. Könnte schlimmer sein. Sie hätten dich auch aus 'ner Kanone rausschießen können.«

Ich strecke mein Tablett aus, um meinen Teller zu bekommen. »Ja, das wäre schlimmer gewesen.«

Zack bedankt sich bei der Frau hinter der Essensausgabe und sagt: »Ich hoffe, Talia gewinnt.«

Der Gedanke versetzt meiner guten Laune einen kleinen Dämpfer. »Ich auch.«

Kurz bevor wir den Wackeltisch erreichen, ruft jemand: »Alan! Hey, Alan!« Ich schaue mich nach der Stimme um, und – oh, mein Gott – es ist Connor, der am Tisch neben unserem sitzt. Er winkt mich zu sich, deutet auf den leeren Platz neben seinem.

Ich bleibe wie erstarrt stehen, und prompt knallt Zack von hinten in mich rein, so dass wir beinahe unser ganzes Essen verschütten.

Connor Garcia will, dass ich … will, dass *ich* …

Ich sehe, wie Madison uns vom Wackeltisch aus beobachtet, während er in seiner Lunchbox herumstochert. Ich atme tief ein, murmele Zack ein »Sorry« zu und steuere den freien Platz neben Connor an, wobei ich versuche, meine eigentlichen Tischkollegen nicht anzusehen. Erst als ich bei Connors Tisch ankomme, schlägt mein Magen einen Salto, und ich frage mich, ob ich vor Aufregung überhaupt in der Lage sein werde, mein Essen unten zu behalten.

Und ich dachte schon, die Debatte wäre schlimm gewesen.

»Hey, Mann«, sagt Connor mit einem breiten Lächeln, das tatsächlich an mich gerichtet ist. »Das war echt sensationell heute. Leute, das ist Alan, er ist mit mir im Geschichtskurs. Er ist echt cool.«

Er ist echt cool.

»Was war das denn für 'ne Nummer?«, fragt Connor. »Warum hast du die Frage gestellt?«

Wenn dich der Junge, in den du verknallt bist, einlädt, an seinem Mittagspausentisch voller beliebter Schüler zu sitzen, und sich tatsächlich für etwas interessiert, was du getan hast – was *du* getan hast –, und dich danach fragt, warum du es getan hast, ist es hilfreich, wenn einem eine gute Antwort einfällt. Etwas, das einen interessant und cool wirken lässt, und das den anderen vielleicht sogar dazu bringt, dich zu *mögen.* Selbstverständlich kann ich bloß stottern: »Es war lustig … ich meine, ich glaube. Lustig. War es. Ähm, ziemlich lustig. Babys. Ich meine, Babys. Lustig. Ja.«

Connor sagt gar nichts, gefühlte achtzehn Stunden lang, dann zuckt er halb mit den Schultern und isst weiter.

Muss ich mit leben.

Die vier anderen Jungs an Connors Tisch – dem Nicht-Wackeltisch – scheinen nicht allzu sehr an mir interessiert zu sein. Sie fangen an, über Fußball zu reden, und wie sowohl das Jungen- als auch das Mädchenteam nächste Woche die Broadleaf Middle School vom Platz fegen werden. (Ich habe im Lauf des letzten Monats schon gelernt, dass von mir erwartet wird, dass ich die Broadleaf hasse. Dabei habe ich gar nichts gegen diese Schule. Aber dann nennt Connor die Leute von der Broadleaf Volldeppen, und schon verachte ich sie aus ganzem Herzen.) Schließlich fragt mich Connor: »Wie kommst du bei der Englisch-Hausaufgabe voran, Alan?«

»Ähm«, sage ich und bin mir nur allzu bewusst, dass mich diese ganzen muskelbepackten Megasportler anstarren. »Ganz gut, glaub ich.«

Connor schüttelt den Kopf. »Ich kriege einfach diesen ganzen Relativpronomen- und Relativsatzkram nicht auf die Reihe. Keine Ahnung, wie du das machst.«

»Hey, er ist halt ein Nerd«, sagt einer von den Nicht-Wackeltisch-Typen, der mir vage bekannt vorkommt. »Nerdgehirne sind wie Minicomputer.«

Ich runzele die Stirn, aber der Typ wendet seinen Blick

nicht von mir, und schließlich schaue ich auf mein Tablett hinunter.

»Komm schon, Ron«, sagt Connor.

Ron hebt die Arme. »War nur Spaß. Stimmt aber.«

»Ron mag es nicht, wenn andere etwas besser können als er«, flüstert Connor mir zu, aber laut genug, dass es auch der Rest des Tisches hören kann. »Er ist einfach immer mies drauf.«

Ron wirft mit einer Ketchupflasche nach Connor, der sie lachend auffängt. Ich werfe einen Blick hinüber zum Wackeltisch. Wie's aussieht, redet Zack mal wieder ohne Punkt und Komma, und Madison isst schweigend seinen Salat, wobei er sich vermutlich nach Kräften bemüht, Zack zu ignorieren. Kurz schaut Madison mich an, aber er senkt sofort wieder den Blick. In meinem Bauch rumort es.

»Also, was ist eigentlich los mit dir?«, fragt Ron, der den ganzen Mund voller Pommes hat.

Ich brauche eine Sekunde, bis mir klarwird, dass er mich angesprochen hat. »Was meinst du?«, frage ich.

»Warum kannst du nicht schwimmen?«

Dann wird mir klar, wo ich Ron schon mal gesehen habe: Er ist in meinem Schwimmkurs. »Ich, ähm, hab's nie gelernt.«

»Ist ja nicht so schwer«, sagt Ron. »Immer wenn ich dich im Kurs sehe, plantschst du nur so planlos rum. Sieht aus, als würdest du dir gar keine Mühe geben.«

Connor hebt seine Stimme. »Ron, lass das, Mann.«

Ron hebt eine Hand. »Ich mein ja bloß. Gibt's keine Badeanstalten bei euch in Nerd-City?«

Rund um den Tisch wird gekichert. »Woher soll ich das wissen?«, sage ich so scharfzüngig wie möglich, was sich aber völlig idiotisch anhört.

Ron fährt fort: »Hat dir dein Dad nie Schwimmen beigebracht? Meiner hat es mir gezeigt, als ich zwei war.«

In meinem Kopf höre ich Dad murmeln: *Ich hab keine Zeit, dir so was beizubringen.* Und: *Wir fahren ja sowieso nie ans Meer, was soll das also?* Das waren die einzigen Gründe, die er Nathan und mir genannt hat.

»Manche Leute haben Angst vorm Wasser«, sagt ein Mädchen, das ich noch aus der Grundschule kenne.

Ron zuckt mit den Schultern. »Manche Leute sind einfach Weicheier.«

Ich spüre, wie mein Gesicht rot anläuft. Das läuft hier nicht so, wie ich es mir vorgestellt hatte. Wieder schaue ich zum Wackeltisch hinüber, wo Zack gerade so tut, als wäre er ein Flugzeug, inklusive ausgebreiteten Armen und lauten Sound-Effekten. Madison starrt nur vor sich hin.

Schließlich wendet sich das Gespräch von mir ab, es wird über anderes geredet. Ich sitze schweigend da, bis Connor mir auf den Arm tippt. »Tut mir leid«, flüstert er. »Ron ist manchmal echt ein Idiot.«

»Schon okay«, lüge ich. Ich hoffe, dass ihm meine Gänsehaut nicht auffällt.

Connor deutet auf den Wackeltisch. Zack winkt mich herüber. »Ich glaube, dein Typ wird verlangt«, sagt Connor.

Ich stehe auf. Dem Rest des Nicht-Wackeltisch fällt es nicht mal auf.

»Hey«, sagt Connor, bevor ich mich abwende. »Mir ist egal, was Ron sagt. Ich find dich toll.« Er versetzt mir einen leichten Boxhieb auf den Arm.

Ich schwebe zum Wackeltisch hinüber, spüre kaum, dass meine Füße den Boden berühren. »Hey«, sagt Zack, ungefähr eine Trilliarde Kilometer entfernt. »Ich hab grad einen absolut genialen Witz erzählt, und dachte, den musst du auch hören.«

»Na ja«, stößt die dunkle Wolke aus, die neben ihm sitzt und wie Madison aussieht. »Ich vermute, du bist jetzt viel zu cool, um noch bei uns zu sitzen.«

Zack beobachtet mich. »Du siehst anders aus.«

Das dringt zu mir durch. »Was?«

»Du lächelst«, sagt er.

Ich bewege meinen Mund ein wenig. Stimmt: Meine Mundwinkel zeigen nach oben. Ich lächele.

Ich lächele.

Madison scheint es nicht aufzufallen. Er murmelt mürrisch: »Heute muss ich in den Fitnessclub meiner Eltern. Das wird sehr unerfreulich. Da erwartet mich jede Menge Rumgerenne und Schwimmen, und vermutlich muss ich auch noch Protein-Shakes trinken, und nichts davon klingt besonders lustig.«

»Warte mal«, sage ich. »Schwimmen?«

»Ja«, fährt Madison fort. »Die haben auch ein Schwimmbecken da. Ich schwimme ja gern, aber wenn ich schon in der Schule schwimmen muss, reicht's auch mal.«

In meinem Kopf wechsele ich rasend schnell die Gänge. »Du wolltest mir doch so gerne Nachhilfeunterricht geben. Gilt das noch?«

Madison lehnt sich auf dem Wackeltisch vor. »Ich bin ganz Ohr.«

Die Schulwoche ist fast vorüber. Das CgC-Spiel läuft seit zwei Tagen, und irgendwie habe ich es geschafft, tatsächlich so einiges in Gang zu bringen: Versteckte Zettel, Glücksunterwäsche, rapiden Anstieg des Bekanntheitsgrads und sogar eine »Fitness-Konsultation« von Madison (sein Ausdruck) am kommenden Wochenende im privaten Fitnessclub seiner Eltern. Er war ganz außer sich vor Glück. Und ein schlechterer Schwimmlehrer als Marcellus wird er kaum sein, oder?

Wir sind gerade drauf und dran, den Englischunterricht zu verlassen, die letzte Stunde des Tages, als die Stimme von Direktor Dorset aus dem Lautsprecher dringt: »Ich würde gern die Ergebnisse unserer Jahrgangspräsidentenwahl bekanntgeben.«

In der ersten Reihe zuckt Talia zusammen.

»Die Präsidentin des Blüten-Jahrgangs ist Kelly Richards.«

Applaus und Jubel dringen vom Flur herbei.

»Der Präsident des Knospen-Jahrgangs ist Darnell Simmons.«

Talia lässt ihren Stift so rasch durch ihre Finger gleiten, dass es aussieht, als würden sie gleich Feuer fangen.

»Und die Präsidentin des Setzling-Jahrgangs ist …« Lange Pause. »Talia MacDonald.«

Talia schnappt laut und lange nach Luft, und es sieht fast aus, als würde sie vorn über ihren Tisch sacken. Unsere Englischlehrerin, Mrs Ront, beginnt zu applaudieren, und wir schließen uns alle an.

Direktor Dorset fährt fort: »Herzlichen Glückwunsch an die Sieger und auch an die Unterlegenen dafür, dass sie sich derart ins Zeug gelegt haben. Ich bitte die Jahrgangspräsidenten, sich morgen früh vor Unterrichtsbeginn in meinem Büro zu melden.«

Ich achte nicht mehr auf den Lautsprecher und schaue stattdessen Talia an. Sie sieht völlig verblüfft aus – mehr noch. Es ist, als wäre dieses Ergebnis so unvorstellbar gewesen, dass sich gerade ein Teil ihres Gehirns verabschiedet hat.

Alle gratulieren ihr beim Rausgehen. (Rudy sagt: »Wie hätte ich nach *der* Antwort nicht für dich stimmen können?«) Aber unsere Jahrgangspräsidentin möchte scheinbar nur mit einem Menschen reden, und so bahnt sie sich den Weg bis zu meinem Platz. »Alan Cole«, sagt sie.

»Hi.«

»Ich habe gewonnen.«

Ich nicke.

Sie starrt mich eine ganze Weile an, bevor sie endlich etwas sagt. »Ich hätte … nicht gewonnen, wenn du nicht deine Frage gestellt hättest.«

»Das stimmt nicht …«

»Jetzt komm mir nicht so. Ich war so mies da oben auf dem Podium, dass es zum Himmel gestunken hat. Ich bin … nicht so cool, wenn es um große Menschenmengen geht. Aber ich habe mir innerlich gesagt, ich würde einfach die nächste Frage ganz ehrlich beantworten, ganz gleich, was es für eine sein würde. Ich war wie weggetreten, und dann hab ich einfach losgeredet und … und deshalb hab ich gewonnen. Es gibt keinen anderen Grund.«

Talia rückt ihre Brille zurecht. »Daraus entsteht jetzt natürlich ein Problem für uns beide.«

Oh-oh. »Ein Problem?«

»Ich schulde dir was«, sagt sie. »Ich stehe in deiner Schuld. Nicht bloß wegen der Debatte, sondern auch wegen der Sache im Büro vom Direktor. Ich wäre disqualifiziert worden, wenn du nicht gewesen wärst. Ich schulde dir einen Gefallen, also sag mir möglichst bald, was ich tun soll, damit mir das nicht ewig im Nacken sitzt.«

»Du musst nicht …«

»Mach dich nicht lächerlich. Ich zahle meine Schulden immer zurück. Das heißt allerdings nicht, dass es mir Spaß machen würde. Denk drüber nach.«

Sie dreht sich um, will den Raum verlassen, bleibt aber noch einmal stehen. »Es fällt mir nicht leicht, zuzugeben, dass ich …« Sie bricht ab. »Danke.«

Unerwartete Dinge können gut oder schlecht sein. Aber manchmal ist es schon eine Überraschung, wenn überhaupt etwas Gutes passiert, ob es nun die Tatsache ist, dass man zum bekanntesten Schüler der Schule wird oder eine Präsidentenwahl gewinnt oder jemandem etwas beibringen darf, worin man gut ist. Oder wenn man toll und cool genannt wird von dem Jungen, in den man verknallt ist.

Manchmal, wenn es so aussieht, als wäre die ganze Welt gegen einen, passiert eben doch etwas Unerwartetes, etwas Gutes. Vielleicht sind es ja genau diese Augenblicke, die alles andere weniger schlimm aussehen lassen. Vielleicht sind es diese Augenblicke, die einen zum Lächeln bringen.

9. Kapitel

Morgen ist das Firmenessen«, sagt Dad. »Hannah Jacksons Sohn hat übrigens den Bezirksbuchstabierwettbewerb gewonnen.«

Bevor Dad seinen Satz zu Ende sprechen kann, platzt Nathan hervor: »Chrysantheme. C-H-R-Y-S-A-N-T-H-E-M-E. Pflanze aus der Familie der Korbblütler. Balalaika. B-A-L-A-L-A-I-K-A. Russisches Saiteninstrument. Psittaciformes. P-S-I-T-T-A-C-I-F-O-R-M-E-S. Zoologischer Name der Papageienvögel. Ich könnte ewig so weitermachen.«

(Das stimmt. Hat er auch schon oft getan.)

»Trägst du deinen besten Schmuck?«, fragt Dad.

Mom nickt. »Mommys Kreuz.«

»Die Kette deiner Mutter?« Dad schüttelt den Kopf. »Du solltest den Schmuck tragen, den ich dir gekauft habe.«

Diesmal schaut Mom nicht auf ihren Teller. Stattdessen sagt sie: »Dieses Kreuz … es hat eine besondere Bedeutung für mich.«

»Alte Erinnerungen«, erwidert Dad. »Wir haben doch

längst unsere eigenen. Ich möchte nicht, dass Mr Harrison eine Frau trifft, die sich an der Vergangenheit festklammert.«

»Es ist nichts falsch daran, an der Vergangenheit festzuhalten«, sagt Mom. »An glücklicheren Zeiten.«

Mir fallen förmlich die Augen aus dem Kopf. Bei Nathan ist es genauso, und unsere Blicke huschen zwischen unseren Eltern hin und her.

Dad stößt ein Lachen aus, das so rau klingt wie Sandpapier. »Was denn für glücklichere Zeiten?«

Mom senkt den Blick.

»*Jetzt* solltest du glücklich sein«, sagt Dad. »Glücklich über meine Beförderung. Trag mein Kreuz, und enttäusch mich nicht.«

Mom knetet ihre Hände, sagt aber nichts.

Dad massiert sich die Schläfen und schaut mich an. »Was treibst du für Sport?«

Ich brauche einen Augenblick, um meine Stimme zu finden. »Ich mache Langstreckenläufe, beim Baseball bin ich in der Defensivposition, und ich könnte ihnen meinen Fallrückzieher zeigen, wenn ich meinen Fußball dabei hätte.«

Dad hebt die Augenbrauen. »Kein Fehler. Du hast geübt. Gut gemacht.«

Sein Lob erreicht mich, hat aber nicht die gleiche Wirkung wie sonst. Ich schaue auf meinen Teller hinunter.

»Dad«, sagt Nathan. Wenn Worte auf Zehenspitzen laufen könnten, würden seine es jetzt tun. »Kann ich nicht zu Marcellus gehen? Du brauchst mich da doch gar nicht.«

»Alle kommen mit«, sagt Dad.

»Aber Dad …«

Dad hebt den Kopf. »Du hast morgen eine Aufgabe. Das ist keiner von deinen Geschichtstests, Ferkel, mach also bloß keinen Fehler. Nimm dir ein Beispiel an deinem Bruder.«

Es ist, als hätte Nathan eine schallende Ohrfeige bekommen. Jetzt steht Dad auf, was bedeutet, dass das Abendessen beendet ist, und Nathan stürmt die Treppe hinauf. Mom räumt langsam den Tisch ab, greift nach vier Tellern gleichzeitig. Sie lässt ein Messer fallen. Ich schaue mich um – von Dad keine Spur.

Als Mom bei der Spüle ankommt, tippe ich ihr auf die Schulter und reiche ihr das Messer. Sie nimmt es mir ab und dreht sich wieder um.

Ich greife zu einem der Handtücher und beginne, das Geschirr abzutrocknen, das sie abwäscht. Sie gibt mir den nächsten Teller, schaut mich an, und ein kleines Lächeln taucht auf ihrem Gesicht auf. Gerade will ich zurücklächeln, aber …

»Was tust du da?«

Dad taucht hinter mir auf. Ich schaue zwischen meinen Eltern hin und her, während ich geistesabwesend weiter den Teller trockenreibe.

»Lass das«, sagt Dad. »Wenn du dich nützlich machen

willst, hilf mir in der Garage. Das ist der Job deiner Mutter.«

»Ich wollte bloß helfen«, presse ich hervor.

»Das ist der Job deiner Mutter.«

Er schaut mich an – sie schauen mich beide an. Langsam senke ich den Blick, lege Teller und Tuch auf die Ablage und gehe nach oben. Ich kann meiner Mutter nicht in die Augen sehen.

Der grandiose, coole Alan Cole, der bereits zwei von sieben CgC-Aufgaben gemeistert hat und derzeit der bekannteste Schüler der Schule ist, kann seiner Mom nicht mal beim Abwasch helfen.

Was für ein Feigling ich doch bin.

Aber jetzt, da ich in mein Zimmer komme und zu meinem grünen Freund hinausschaue, ist immerhin das Wochenende angebrochen. Der Gedanke an das schreckliche Firmenessen ist zwar immer da, wie ein stinkendes Parfüm, das man nicht mehr aus der Nase bekommt, aber nun kann ich mich endlich entspannen. Ich kann mit meinem Kretpoj anfangen, denn jetzt weiß ich, wen ich porträtieren werde. Gerade will ich meine Utensilien hervorholen, als …

… als ich zu Boden geworfen werde und schon im nächsten Augenblick den Mund voller Teppichflusen habe.

»Mrmpf!« Ich versuche auszuspucken, aber Nathan drückt mein Gesicht mit einer Hand fest nach unten, und mit der anderen reißt er mir den linken Arm auf den Rücken, genau im richtigen Winkel, so dass er ihn mir jederzeit auskugeln kann, wenn er will.

In den Rücken presst er mir sein Knie. Ich sehe nur noch helle weiße Lichter. Er reißt weiter an meinem Arm, aber mein Schrei wird vom Teppich abgedämpft.

Alles dreht sich, und ich habe das Gefühl, dass mir jeden Moment das Abendessen wieder hochkommt. Er zieht mir den Arm vom Körper weg, ich höre ein schreckliches Knackgeräusch und denke: Oh, mein Gott, er hat mir den Arm gebrochen. Aber dann ist da eine leise Stimme in meinem Kopf, die sagt: *Jetzt musst du wenigstens nicht mit zu dem Firmenessen*, doch sie verschwindet auch gleich wieder mit einem weiteren Ruck. Noch einmal schreie ich, und dann ringe ich nach Luft und kann nur noch schluchzen wie ein kleines Baby.

Dazu hat er mich gemacht, in weniger als einer Minute.

Er springt von mir runter und dreht mich auf den Rücken. Ich kann mich nicht mal aufsetzen, so schwindlig ist mir. Ich reibe mir den Arm. Immer noch ganz. Wie's aussieht, muss ich wohl doch zu dem Essen.

Nathan fletscht die Zähne. »Du denkst, du bist klüger als ich, was?«

Mein Kopf dreht sich immer noch. Was er sagt, kommt gar nicht bei mir an.

Er verpasst mir eine – gewaltige – Backpfeife. »Das denkst du. Du denkst, du wärst klüger als ich. Du kleines Stück Scheiße.«

Ich heule immer noch ein bisschen, versuche Luft zu kriegen und mein Gleichgewicht zu finden. »Nathan …«

Er zieht mich auf die Füße und presst mich gegen die Wand, direkt unter mein Poster vom *Alten Gitarrenspieler*. »Sag es!« Er spuckt mir die Worte ins Gesicht. »Sag, dass ich klüger bin als du.«

»Du bist … klüger als ich.« Ich bekomme Schluckauf, muss hicksen.

»Lauter!«

»Du bist klüger als ich. Du bist – hicks – k-klüger als ich.«

Nathans Augen verengen sich, und er lässt mich los. Ich massiere meinen brennenden Arm und reibe mir die Wange, wobei ich endlich wieder zu Atem komme. Mein Bruder läuft im Zimmer auf und ab, wütender als ich ihn seit langer Zeit gesehen habe. »Ich hab ihn gefunden«, sagt er schließlich.

Ich bleibe stumm. Das ist einer dieser Momente, wo man am besten nur dasitzt und beobachtet und sich auf den nächsten Ausbruch gefasst macht.

Nathan zieht etwas aus seiner Tasche und schleudert es auf mein Bett: einen kleinen, zusammengefalteten Zettel, auf dem NATHAN steht. »Im Bandprobenraum«, sagt er. »Hast du wirklich geglaubt, ich würde da nicht nachsehen? Ich weiß genau, wie du tickst, weil du so viel dümmer bist als ich.«

»Oh«, stoße ich aus.

»Und ich habe jemanden zum Weinen gebracht«, fährt er fort. »Damit hab ich zwei Aufgaben geschafft. Wir sind gleichauf.«

Beinahe frage ich, wen. Dann muss ich wieder hicksen. Ach so, stimmt.

Nathan fährt fort. »Ich bin heute dem Schwimmteam beigetreten. Es haben sich im Sommer nicht genug Leute angemeldet, also haben sie mich aufgenommen. Bis Donnerstag werd ich Schwimmen gelernt haben. Du wirst den Zettel niemals aus dem Automaten rauskriegen, und auch sonst nichts schaffen. Du gehst unter, Goldfisch. Und wenn's so weit ist, werde ich dafür sorgen, dass jeder dein schreckliches kleines Geheimnis erfährt.«

Und in diesem Moment wird mir endlich klar, was mit ihm los ist.

Ich habe Nathan schon oft ängstlich erlebt, aber jedes Mal lag das an Dad.

Dies ist das erste Mal, dass er vor mir Angst hat.

Nathan beginnt zu lachen. Nicht sein lautes, dröhnendes Hyänengelächter – es ist unsicherer, verkrampft und ziemlich irre. »Ich werd's genießen, dich zu zerstören«, faucht er. »Du bist eine Schande. Du bist ja gar kein richtiger Mensch. Bald werde ich dich dafür bezahlen lassen, dass du geglaubt hast, klüger zu sein als ich.«

Er stampft aus dem Zimmer, knallt die Tür hinter sich zu, und ich bleibe zurück, reibe mir den Arm und wische mir die Augen trocken.

Warum habe ich, auch nur für eine Sekunde, geglaubt, das wäre zu schaffen?

Ich wünschte, ich wüsste, was ihn dazu bringt, derartig durchzudrehen, und warum er mich plötzlich für eine Bedrohung hält. Wenn er mich schlägt, macht ihm das eigentlich Spaß, aber das eben hat ihm keine Freude bereitet. Ich weiß nicht mal, was das eigentlich war. Noch nie hat er sich von mir in einem CgC-Spiel bedroht gefühlt. Ist es vielleicht der unvorstellbare Gedanke, dass er womöglich etwas nicht gewinnt? Oder ist es etwas anderes?

Ein leise summendes Vibrieren holt mich zurück in den Raum: Ich habe eine SMS auf dem Handy bekommen. Es gibt nur zwei Leute, außerhalb meiner Familie, die meine Nummer kennen, und beiden habe ich sie erst heute nach dem Mittagessen gegeben. Natürlich lautet die SMS:

Wann soll ich dich morgen abholen?

Ich lass mich auf meinen Stuhl sinken. Immer noch tut mir alles weh. Auf meinem Schreibtisch liegt mein altes Skizzenbuch. Das Brennen in meinem Körper lässt nach, als ich die letzte leere Seite aufschlage und nach meinen Farben greife.

Aber erst muss ich noch eine Antwort tippen:

Je früher, desto besser.

10. KAPITEL

AM SAMSTAGMORGEN FAHREN DIE TRUMANS vor der Werther Street 16 vor. Kaum haben sie an die Tür geklopft, schnappe ich mir meinen Rucksack, in den ich Badehose, ein Handtuch, ein bisschen Geld und ein paar Snacks gestopft habe. Ich habe vergessen, Madison zu fragen, wie viel der Eintritt in diesen Schickimicki-Fitnessclub kostet, also habe ich acht Dollar und zweiundzwanzig Cents dabei. Vor ein paar Tagen konnte ich noch deutlich mehr als acht Dollar und zweiundzwanzig Cents mein Eigen nennen, aber dann hat sich ein gewisser Jemand die Ersparnisse eines gewissen kleinen Bruders unter den Nagel gerissen. Ich hoffe einfach mal, dass ich mit acht Dollar zweiundzwanzig nicht bloß eine Runde im Pool drehen und kurz an einem Proteinshake nippen darf.

Ich renne mit viel mehr Energie die Treppe hinunter als sonst. Zum Teil, weil ich so versessen darauf bin, aus dem Haus zu kommen. Aber auch, weil hier jemand letzte Nacht sein Kretpoj begonnen hat und deswegen ein wenig aus dem Häuschen ist.

Mir ist egal, was irgendwer sagt. Ich finde dich toll.

Doch als ich Richtung Haustür stürme, kommt Dad mir zuvor und öffnet sie.

»Hallo, Sir!« Madison steht kerzengerade da und streckt seine Hand aus. »Mein Name ist Madison Wilson Truman. Ich bin Alans Coach. Ich bin hier, um ihn zu seiner Fitnesskonsultation abzuholen.«

Dad rührt sich nicht. Ich vermute, Madison bemerkt, dass sein Angebot zum Händeschütteln verpufft wie ein Blindgänger beim Feuerwerk, also lässt er seine Hand verlegen sinken und sagt: »Das ist wirklich ein sehr hübsches Haus, das Sie hier haben. Und so hübsche Auslegeware. Grüner Teppich – wer hätte das gedacht?«

Ich trete rasch aus der Tür, bevor sich die Situation noch weiter verschlimmert. »Hey. Ich bin so weit.«

Meine Anwesenheit scheint Dad wieder in Gang zu bringen: »Mein Sohn hat mir gar nichts davon gesagt. Ich bin fest davon ausgegangen, dass er das wichtige Abendessen nicht vergisst, zu dem er heute Abend geht.« Seine Stimme klingt freundlich, aber an seinen Worten ist gar nichts freundlich.

Das Rückenteil meines Shirts wird feucht. »Ich bin bis fünf wieder hier.«

»Ganz sicher sogar«, sagt Dad. »Um halb fünf.«

Ich nicke.

Dad lächelt Madison an. »Wenn du ihn bis dahin nicht zurückgebracht hast, kannst du meinen Sohn behalten und zum Abendessen kochen.« Er lacht kurz auf, dann noch einmal, und jedes Mal hört er sich an wie ein Habicht, der sich in die Tiefe stürzt, um nach seiner Lieblingsspeise zu schnappen.

Ich kann die Tür kaum schnell genug hinter mir zuziehen.

Als wir zur Straße gehen, murmelt Madison: »Ähm, dein Vater ist sehr …«

»Du musst es nicht sagen.«

Madison atmet aus. »Okay. Alles klar.«

»Tut mir leid«, sage ich. »Ich würde sowieso kein gutes Abendessen abgeben.«

»Hast recht«, sagt Madison, als wir an einem winzigen Auto ankommen, das vorn in unserer Einfahrt parkt. »Zum Frühstück wärst du bestimmt besser.«

Er lacht, ich lache auch ein bisschen, und der Herbstwind weht an meinen Haaren vorbei und dringt mir in die Augen. Der grüne Freund winkt mir zum Abschied, als ich in den Wagen steige.

Die Frau auf dem Fahrersitz lächelt. »Du musst Alan sein, ich bin Dorothy Truman, das ist Bob, mein Mann.«

»Wie geht's, Champ?« Bob Truman greift nach hinten auf den Rücksitz und schüttelt meine Hand.

»Hi«, sage ich. »Vielen Dank, dass Sie mich in Ihren Club mitnehmen.«

»Es ist nicht *unser* Club, Champ«, sagt Mr Truman, als Mrs Dorothy Truman von der Auffahrt biegt. »Der Helen's

Crest Wellness- und Fitnessclub gehört all seinen Mitgliedern. Und heute bist du ebenfalls ein Mitglied.«

»Ich, ähm«, sage ich und werde rot, »ich habe nicht sehr viel Geld …«

Dorothy Truman tritt mitten auf der Werther Street auf die Bremse, so dass ich in meinem Gurt nach vorn geschleudert werde. »Maddie! Hast du einem Freund etwa gesagt, dass er etwas bezahlen muss?«

»Ähm, nicht wirklich«, stammelt Madison. »Ich hab bloß nicht dran gedacht, zu erwähnen …«

»Maddie«, sagt Bob Truman ganz langsam. »Davon reden wir die ganze Zeit. Dass du dich wie ein Erwachsener verhalten sollst. Du verhältst dich nicht wie ein Erwachsener, wenn du deine Freunde anlügst. Stimmt das nicht?«

»Aber ich habe nicht …«

»Wenn du möchtest, dass wir dich wie einen Erwachsenen behandeln«, sagt Dorothy Truman, »musst du dich auch wie einer benehmen. Hab ich recht?«

Madison sinkt auf seinem Sitz zusammen. »Ja, Ma'am«, murmelt er.

Ich kann förmlich die Gedankenblase über Madisons Kopf sehen, in der steht: *Alan, hilf mir!*

Dann sitzen wir eine ganze Weile auf dem Rücksitz und diskutieren leise darüber, wie wir einen leeren Snackautomaten aufbrechen können. Als Bob Truman sagt, dass wir lauter reden sollen, damit alle im Wagen verstehen, worüber wir sprechen, halten wir aber schnell den Mund.

Als wir im Helen's Crest ankommen, sagt Dorothy Truman, dass wir uns alles erst einmal anschauen können, aber keines der Geräte benutzen dürfen ohne professionelle Aufsicht. (Madison seufzt leise auf.)

»Wow«, stoße ich beim Eintreten aus. Dieser Ort ist der reine Wahnsinn. Flachbildfernseher in jeder Ecke, glänzende Fitnessgeräte, ältere Jungs, die Smoothies trinken … irgendwas an diesem letzten Bild ist besonders anziehend, und es ist definitiv nicht die Extraportion Beerenprotein. Ganz plötzlich wird mir allzu bewusst, worauf sich meine Augen richten, also suche ich rasch einen Fleck an der Wand, wo es keine Muskeln zu sehen gibt.

Madisons Mom bleibt vor der Damenumkleide stehen. »Denk daran, Maddie: Sieben Kilo bis zum Monatsende. Du willst doch, dass die Mädchen dich mögen und nicht auslachen, oder?«

»Ja, Ma'am«, murmelt Madison. Er schlurft in die Männerumkleide.

Ich gehe noch kurz zum Wasserspender, um etwas zu trinken, als Bob Truman mich zurückhält. »Danke dir, Adam«, sagt er.

»Ähm, ich heiße Alan.« Ich wische mir über den Mund. »Wofür?«

Madisons Dad lächelt. »Unser Junge ist nicht gerade der Beste, wenn es darum geht, Freunde zu finden. Wir haben versucht, ihn dazu zu bringen, etwas weniger dick aufzutragen, aber er lernt es einfach nicht. Es ist schön zu wissen, dass jemand genug Mitleid mit ihm hat, um ihm eine Chance zu geben.«

Ich spüre, wie mein Gesicht rot anläuft. »Ich hab kein Mitleid mit Madison. Er bringt mir Schwimmen bei.«

Bob Truman fängt an zu lachen, hört aber wieder damit auf, als er merkt, dass ich nicht mitlache. »Ist das dein Ernst?«, fragt er. »Er bringt es dir bei?«

Ich schlucke. »Mr Truman …«

»Du kannst mich Bob nennen, Adam.«

»… Madison, ähm, braucht mein Mitleid nicht. Er ist, ähm, okay so wie er ist. Vielleicht könnten … vielleicht könnten Sie …«

Mr Truman klopft mir auf die Schulter. »Du bist ein echt anständiger Kerl, Adam. Ein echt anständiger Kerl.« Das Wort *Kerl* lässt er eine Weile in der Luft hängen, dann lächelt er und steuert die Umkleiden an.

Der Junge in meinem Kretpoj hat mir gesagt, dass ich grandios bin. Wie grandios kann ich schon sein, wenn es mir nicht mal gelingt, für jemanden einzustehen?

Madison zieht sich eine Badehose an, lässt aber ein weites T-Shirt an, auf dem »Ich liebe meine Bibliothek« steht, und er kommt auch nicht mit mir ins Becken. Stattdessen setzt er sich an den Rand und lässt seine Füße im blaugrünen Wasser baumeln. »Also gut«, befiehlt er, und seine Stimme hallt von den Wänden des fast leeren Schwimmbads wider. »Fangen wir an.«

»Du kommst nicht rein?«, frage ich. Ich werde fast von zwei Frauen übertönt, die in der Nähe vorbeikraulen.

»Lieber nicht«, sagt er. »Ehrlich gesagt, kann ich dich von hier oben viel besser anleiten.«

Gerade einmal eine halbe Minute ist rum, und schon hat er das Niveau von Marcellus erreicht. Ganz bestimmt ein gutes Vorzeichen.

Ich halte mich mit beiden Händen am Beckenrand fest und mache mich bereit. Was bleibt mir sonst übrig? Das Becken ist sogar noch größer als das in unserer Schule, und auch das Wasser scheint sauberer zu sein. Eine Bademeisterin sitzt am anderen Ende der Halle und blättert eine Zeitschrift durch, während die beiden Frauen in Moms Alter auf der anderen Seite ihre Runden schwimmen. Ich habe also reichlich Platz zum Üben.

Madison räuspert sich. »Eins will ich dir versprechen: Ich, Madison Wilson Truman, werde dir das Schwimmen beibringen! Wann läuft noch mal die Frist ab von eurem Spiel?«

»Freitag früh.«

Noch ein Räuspern, diesmal sehr viel leiser. »Okay. Was kannst du alles schon?«

»Ich kann ein Bein nach dem anderen im Wasser drehen.«

Madison bläst seine Wangen auf. »Schön. Okay. Gut. Bis Freitag sagst du?«

»Du bist nicht sehr ermutigend.«

Madison schüttelt den Kopf. »Für Ermutigungen haben wir keine Zeit. Ich habe ein praxisorientiertes Programm entworfen, das garantierte Erfolge erzielen wird: die Trumandoktrin.« Er kichert.

Ich schaue die langen Wasserbahnen des Helen's Crest Wellness- und Fitnessclub-Pools hinunter, und schon bekomme ich wieder dieses komische Gefühl im Magen, als würden sich meine Innereien verknoten wie Schnürsenkel.

»Erster Punkt auf dem Programm«, fährt Madison fort und zählt die Punkte an seinen Fingern ab. »Du wirst vom tiefen Teil des Beckens bis zum flachen schwimmen und wieder zurück zum tiefen Teil ohne anzuhalten. Das machen wir ein paarmal, und dann wiederholst du die Aufgabe mit geschlossenen Augen, damit du ein Gefühl für das Wasser bekommst.«

Das Echo von Madisons Stimme und das Aufspritzen des Wassers verschwinden aus meinem Kopf, und stattdessen höre ich bloß noch:

Was ist eigentlich los mit dir? Warum kannst du nicht schwimmen? Manche Leute sind einfach Weicheier.

Und Sachen wie:

Bald werde ich dich dafür bezahlen lassen, dass du geglaubt hast, klüger zu sein als ich.

Und Gelächter. Habichtsgelächter.

Dann blicke ich zu Madison auf, zu seinem Gesicht. (Er schaut mich nicht mal an, während er redet.) Ich muss daran denken, wie ich alles in einem Bild einfangen könnte, was in diesen Augen steckt. Wie er sich verhält, wenn seine Eltern dabei sind. Was er damit beweisen will, dass er mir Unterricht gibt. Warum er sein Shirt nicht ausziehen will, obwohl so gut wie niemand hier ist, und wie er sich fühlt, wenn er es in der Schule ausziehen muss. Das könnte ein weiteres Kretpoj werden. Ein weiteres Gemälde, mit dem ich die Welt verändern könnte. So viel gibt es zu malen, so viel von der Welt einzufangen.

Aber ich habe nicht mal genug Zeit, um das eine zu schaffen.

Meine Finger krallen sich an den Beckenrand, so fest, dass sie ganz weiß werden.

»… dann nehmen wir die Unterwassergewichte in Angriff, die sehr …«

»Madison.«

»… gut geeignet sind für deinen Muskelaufbau, was wiederum, zusammen mit kalten Duschen, deine Ausdauer erheblich …«

Er hält inne.

»Kann ich ein Schwimmbrett haben?«, frage ich.

»Das gehört nicht zu meinem Programm.«

»Aber ich will nicht *Ertrinken* lernen, sondern *Schwimmen.*« (Wie man ertrinkt weiß ich nämlich schon.) »Und du musst hier zu mir ins Wasser kommen.«

Madison hebt den Kopf. »Wie bitte? Ich bin dein Lehrer und du mein Schüler. Ich weiß, was am besten ist für dich.«

»So würdest du auch gleich deinen Sport machen ...«

»Ach ja?«, schnauzt Madison mich an. Die Bademeisterin wendet uns den Kopf zu. »Jetzt spielst du meine Eltern nach, ja? Ich will einen Schüler, nicht noch ein Familienmitglied, das ...« Er kneift die Augen zusammen.

»Du musst mir nicht als Lehrer helfen«, sage ich leise. »Hilf mir als Freund.«

Etwas verändert sich in Madisons Gesicht, und obwohl seine Augen fest verschlossen sind, weiten sich seine Nasenlöcher, und sein Mund geht auf. In meinem Bauch breitet sich eine unangenehme Hitze aus, schlägt gegen meine Rippen, steigt hinauf in mein Gesicht.

»Madison«, flüstere ich. »Bitte.«

Er steht auf und geht weg. Seufzend ziehe ich mich aus dem Becken, aber schon im nächsten Augenblick kehrt er mit einem Schwimmbrett zurück, zieht sich sein Shirt über den Kopf und sagt mit einer viel höheren Stimme als sonst: »Na, dann los.«

Und so beginnt meine erste Stunde bei Madison Wilson Truman, meinem Schwimmlehrer und ... Freund.

11. Kapitel

»Du bist spät dran«, sagt Dad, als ich um Viertel nach vier durch die Tür trete. »Beeil dich und zieh dich um. Wir müssen pünktlich sein. Pünktlich!«

Ich nicke und will schon die Treppe hinaufstürmen, aber Dad hält mich zurück. »Was ist das für ein Geruch?«

»Hhm?«

Er schnuppert misstrauisch an meinem feuchten Haar. »Chlor. Warum riechst du nach Chlor?«

»Ich, ähm, war schwimmen. Deshalb.«

»Du warst schwimmen?« Dads Stimme wird dünn. »Damit ist Schluss! Schon schlimm genug, dass du das in der Schule machen musst, jetzt fängst du auch noch zum Spaß damit an? Von jetzt an schwimmst du nicht mehr!«

»Aber Dad ...«

Er hebt den Kopf.

Ich schaue zu Boden und marschiere langsam die Treppe hinauf.

»Sei in einer halben Stunde fertig«, ruft er mir von unten nach.

Na toll. Jetzt darf ich nicht einmal meine Fitnesskonsultationen haben, dabei muss ich schon in fünf Tagen die Schwimmprüfung bestehen. Immerhin habe ich meine Zeit mit Madison gut genutzt; als er erst mal bei mir im Wasser war, hat er mir gezeigt, wie ich es schaffe, nicht unterzugehen, und er hat mir geholfen, die Beinbewegungen hinzukriegen. Als er sagte, ich sollte einfach jeden Tag herkommen und mehrere Stunden üben, war ich einverstanden. Er war es auch.

Und jetzt weiß ich nicht, was ich machen soll.

Als ich mir meinen guten Anzug anziehe – den für *besondere* Anlässe –, wird mir klar, dass ich über das Essen gar nicht groß nachgedacht habe, obwohl Dad uns seit Monaten damit nicht in Ruhe gelassen hat. Was sollen wir da eigentlich genau tun? Wird Dads Boss eine Rede halten? Werde ich es schaffen, bei dem ganzen Erwachsenengerede wach zu bleiben? Wird es viel zu essen geben? (Das hoffe ich zumindest.)

Werde ich was Falsches sagen und Dad wütend machen?

Aufbruchsbereit und in meinem Anzug finde ich mich schließlich im Wohnzimmer ein. Mom steht in einer Ecke und streicht mit den Fingern über das Kreuz an ihrer Kette. Nathan tritt linkisch von einem Fuß auf den anderen – er hasst es, sich schick anziehen zu müssen. Als Dad aus der Küche kommt, stellen wir uns auf, damit er uns inspizieren kann.

Er fängt bei Nathan an, der sofort aufhört herumzuzappeln und kaum noch atmet. Dann kommt Dad zu mir und schnuppert an meinen Haaren. Scheinbar zufrieden mustert er mich von Kopf bis Fuß. »Nathan, bring die Krawatte deines Bruders in Ordnung.«

Grummelnd dreht Nathan sich zu mir um und rückt meine Krawatte zurecht. Ich glaube, das ist das erste Mal in meinem Leben, dass er mich anfasst, ohne blaue Flecken zu hinterlassen.

Dad wiederum erstarrt, als er das Kreuz bemerkt, das an Moms Hals hängt und eindeutig nicht das Kreuz ist, das er ihr gekauft hat. Er öffnet den Mund, aber Moms Hand schließt sich schützend um ihren Schmuck. Nathan und ich tauschen einen ungläubigen Blick.

Schließlich massiert sich Dad die Schläfen, trinkt ein großes Glas Wasser und marschiert zur Tür. Mom schließt die Augen und flüstert leise vor sich hin. Ein Gebet? Ein Dank?

Ich folge Dad und versuche, nicht auf die dunklen Vorahnungen zu achten, die mir Stiche im Bauch versetzen. Mir schießt eine Frage durch den Kopf: *Was ist das Schlimmste, was heute Abend passieren könnte?* Aber ich habe in zwölf Jahren genug Bücher gelesen, um zu wissen, dass Leuten, die diese Frage stellen, am Ende das Haus abbrennt oder dass ein Flugzeug abstürzt und ihnen vor die Füße knallt, also frage ich mich lieber: *Was ist das Beste, was heute Abend passieren könnte?* Denn, hey, am Ende ist es doch alles eine Frage der Einstellung, oder?

Mann, ich wünschte, ich hätte mir heute Orville anziehen können.

Dad arbeitet bei der so genannten Harrison Finanzgruppe (HFG), und die kümmert sich um irgendwelche Bankgeschäfte im gesamten Flower County. Er selbst bleibt hinter den Kulissen und kniffelt an irgendwelchen Zahlen rum; normalerweise hat er nicht direkt mit Kunden zu tun (was vermutlich niemanden überraschen wird). Als Kind habe ich mir immer vorgestellt, dass er in einem großen Büro ohne Fenster mit vielen anderen Leuten sitzt, die genauso sind wie er und nach der Arbeit nach Hause gehen und ihre Familien so behandeln wie er uns behandelt. Daher bin ich ein bisschen überrascht, als wir vor dem Flower-County-Gemeindezentrum anhalten und ein lächelnder Mann auf uns zukommt und »James!« ruft.

Dad wird immer James genannt, niemand hat einen Spitznamen für ihn. Jim kommt nicht in Frage, Jimmy erst recht nicht.

Jetzt zieht er seine Lippen zurück, was offenbar ein freundliches Lächeln darstellen soll. »Hallo, Richard«, sagt er mit einer höheren Stimme als sonst. Vermutlich glaubt er, dass nette Leute so klingen, wenn sie sich unterhalten.

Richard schüttelt Dads Hand. »Das ist Elizabeth, meine kleine Tochter«, sagt er und deutet auf ein Mädchen, das ein paar Jahre jünger ist als ich.

»Ach, das ist deine Tochter, die Cello spielt?«, fragt Dad und wirft Nathan einen Blick zu.

Dieser räuspert sich und sagt: »Ich war letztes Jahr erstes Cello im Evergreen Schul-Orchester, und dieses Jahr führen wir ein Stück auf, das ich komponiert habe.«

»Wow«, sagt Elizabeth.

Richard lacht. »Na, da hast du ja einen beeindruckenden Sohn, James. Bis gleich, wir sehen uns drinnen.«

Dad legt Nathan eine Hand auf die Schulter, was so überraschend kommt, dass Nathan zusammenzuckt. Dad lässt sie aber trotzdem dort liegen, bis Richard mit seiner Tochter den Haupteingang erreicht hat. Dann fällt Dad wohl wieder ein, dass er nicht so tun muss, als wäre er nett, wenn nur wir in der Nähe sind, also zieht er die Hand zurück und sagt: »Nächstes Mal bitte mit ein bisschen mehr Begeisterung in der Stimme.« Als wir uns in Bewegung setzen, schaut er uns immer wieder prüfend an.

Die Festhalle des Gemeindezentrums ist ziemlich groß, kommt mir aber kleiner vor als das Helen's-Crest-Schwimmbecken. Tische mit hübschen Tischdecken und Silberbesteck stehen vor einer Bühne. (Na toll, es wird also tatsächlich eine Rede geben.) Männer in Anzügen und Frauen in Kleidern plaudern und halten Getränke in der Hand. Zwischen den Tischen ist auf dem Büfett eine große Punschschale aufgebaut worden.

Ich habe *wirklich* das Gefühl, hier nicht hineinzupassen. Kaum jemand ist in meinem Alter. Stattdessen stehen überall diese Leute herum, die ich noch nie gesehen habe, und reden über Sachen, von denen ich nichts verstehe. Ich wünschte, ich wäre wieder zu Hause in Nerd-City.

Wir setzen uns an einen Tisch vorne bei der Bühne. Dad wird noch von ein paar weiteren Leuten begrüßt: »James!«, »Hey, James!«, und Nathan und ich sagen unsere einstudierten Sätze auf. Wir sitzen da wie Statisten in den Kulissen eines ganz schlechten Films. Nachdem ich einer zu sehr lächelnden Frau von meinem Fallrückzieher erzählt habe, flüstert Dad mir zu: »Viel besser als die Pinselei. Kein Mensch ist beeindruckt von Künstlern.« Ich werde rot. Ein dickes, gehässiges Grinsen taucht auf Nathans Gesicht auf. Mom schaut mich an und lässt ihre Finger wieder über das Kreuz ihrer Mutter gleiten; sie lächelt mir kurz zu. Ich lächele nicht zurück.

Als ich mich auf meinem Stuhl niederlasse, beobachtet mich ein Mädchen, das rechts neben mir sitzt. Sie blinzelt nicht, und ich schaue auf meinen leeren Teller hinunter.

Endlich steigt jemand aufs Podium. Ich vermute, dass es Dads Boss ist, Mr Harrison, der sich nicht vorstellen muss. Er ruft nur ein lautes Hallo in die Runde, dankt allen, dass sie zum ersten HFG-Firmenessen gekommen sind (wenn das hier gut läuft, wird es also öfter stattfinden!), und bedankt sich für ein weiteres erfolgreiches Geschäftsjahr. Dann spricht er über irgendwelche tollen Abschlüsse, die die HFG in den letzten zwölf Monaten gemacht hat, und – *hey*! Irgendwas streicht gegen mein Bein.

Das Mädchen neben mir, das etwa in meinem Alter zu sein scheint, schaut zum Redner nach vorn. Sie hat das Gesicht in eine Hand gestützt und sieht aus, als würde sie lieber einen großen Kaktus mit sämtlichen Stacheln essen, als dabei zuzuhören, wie Mr Harrison vom gesteigerten Umweltbewusstsein der Firma redet, die ihr Papier seit Neuestem doppelseitig bedruckt. Aber auch wenn sie mich nicht anschaut, spüre ich, wie sie unterm Tisch mit ihrem Fuß gegen meinen Fuß stupst.

Das ist mir noch nie passiert.

Dad hört der Rede zu und klatscht an den richtigen Stellen. Mom lächelt schwach und umschließt das Kreuz in ihren Händen, während Nathan damit beschäftigt ist, das Besteck zu irgendwelchen Mustern zusammenzulegen. Niemand sieht mich an. Ich schlucke. Dann, bevor meine Gedanken mit dem Rest meines Körpers mithalten können, stupse ich mit meinem Fuß gegen ihr Bein.

Das Mädchen zeigt keinerlei Reaktion, aber als ich meinen Fuß wieder wegziehe, streicht sie mir mit ihrem Fuß am Bein entlang. Als ich sie zum zweiten Mal anstupse, ist es schon weniger beängstigend, aber dann hört sie auf. Es scheint sie nicht zu interessieren, dass ich das Spiel fortsetzen möchte. Von meinem Blickwinkel aus kann ich ihr Gesicht hinter ihrer Hand nicht erkennen. Ich ignoriere den enttäuschten Stich in meiner Brust und versuche, mich auf die Rede zu konzentrieren. Aber gerade als meine Gedanken sich in der Ferne verlieren, berührt mich etwas am Arm – da ist ein kleiner Zettel. Kurz blicke ich mich um, ob auch niemand etwas mitbekommt, dann falte ich ihn auseinander. Auf dem Zettel steht:

Mr Harrison hat einen Popel in der Nase.

Ich schaue auf die Bühne. Ich bin nahe genug, um ihn gut zu erkennen, und ja, tatsächlich: Ein kleines grünes Ding baumelt aus seinem rechten Nasenloch. Ein Kichern bricht aus mir heraus, und Dad schaut zu mir herüber. Schnell schiebe ich den Zettel in meine Hosentasche, bevor er etwas merkt.

Nach gefühlten drei Jahren endet Mr Harrisons Rede mit Applaus. Er fordert alle auf, mit dem Essen zu beginnen, und dann geht er von einem Tisch zum anderen. Zum Glück fängt er nicht bei uns an. Ich habe jetzt schon genug von Mr Harrison für fünf Firmenessen.

Dad schleift Mom zu einem anderen Tisch hinüber, wobei er wohl wieder versucht, freundlich zu wirken, und Nathan flüchtet in eine Ecke, vermutlich, um Marcellus per SMS zu schreiben, wie furchtbar es hier ist. Also bleiben nur ich und das Mädchen an unserem Tisch zurück. Schließlich wendet sie mir ihr Gesicht zu und fragt: »Willst du auch Buchhalter werden wie dein Dad?«

»Ich möchte kein bisschen werden wie mein Dad.«

Ich brauche einen Moment, bis mir klar wird, was ich da gerade gesagt habe. »T-Tut mir leid«, stammele ich.

Das Mädchen mustert mich mit zusammengezogenen

Augen wie eine Mikrobe unterm Mikroskop. »Warum tut dir das leid? Mir macht es nichts aus, wenn du deinen Dad hasst.«

»Ich *hasse* meinen Dad nicht«, sage ich. Gott sei Dank sind alle anderen Coles gerade außer Hörweite. Um das Thema zu wechseln, frage ich rasch: »Wo sind denn deine Eltern?«

»Auch hier irgendwo«, antwortet das Mädchen. »Hast du Hunger?«

Ich nicke.

Sie steht auf, schaut sich im Saal um, richtet ihre scharfen Augen wieder auf mich, nickt und marschiert davon – all das in etwa drei Sekunden. »Nur fürs Protokoll«, sagt sie, als ich ihr zum Büfett folge, »*mich* beeindrucken Künstler.«

Ich laufe knallrot an.

»Worauf stehst du?«, fragt sie und schaufelt sich eine großzügige Portion Pasta auf den Teller.

»Wie?«

»Deine Kunst? Was machst du?«

Zu viele Leute wuseln um das Büfett herum, und Dad ist nur wenige Schritte entfernt, also flüstere ich: »Ich male.«

Sie nickt. »Künstler verstehen Dinge, die andere Menschen nicht verstehen. Menschen wie dein Dad.«

Ich sage nichts dazu. Ich bin zu sehr davon gebannt, wie meine Reisebegleiterin sich von allem, was das Büfett zu bieten hat, riesige Portionen auftut, obwohl sie genauso dürr ist wie ich. Nur den Salat lässt sie links liegen.

Als wir an unseren Tisch zurückkehren, fragt das Mädchen: »Du redest nicht viel, was?«

Ich zucke mit den Schultern.

Sie lächelt. »Ist okay. Leute, die zu viel reden, hören nicht zu. Ich bin mir sicher, dass du alle Mädchen total damit beeindruckst, dass du so ein guter Zuhörer bist.«

Ich schaue zu Boden. »Ja, klar.«

»Na egal«, sagt sie mit einem Mund voller Kartoffelgratin, »wenn ich nett zu dir bin, verschaffst du mir ein Date mit deinem Bruder? Der ist ja echt scharf.«

Mir bleibt ein Stück Pasta im Hals stecken. Ich muss kurz würgen. »Keine Sorge. Er ist Single.«

»Das war meine Hoffnung«, sagt sie. »Der ist aber auch ein heißer Typ.« Sie tut so, als würde sie sich Luft zufächeln.

»Ich heiße Alan«, sage ich.

»Namen? Beim ersten Date? Namen sind Schall und Rauch, Pedro. Aber wenn du willst, kannst du mich June nennen.«

»Ich glaub, das mach ich.«

»Ho ho! Alan und June, endlich vereint! Das müssen wir feiern. Trinkst du lieber Weiß- oder Rotwein?«

»Keine Ahnung«, sage ich.

»Dann also Punsch.« Sie hebt ihr Glas in die Höhe. »Auf die Kunst.«

Ich muss ein bisschen lachen. »Auf die Kunst.«

Wir stoßen an, unsere Gläser klirren, und wir trinken große Schlucke. Das kühle, zuckrige Getränk fließt durch mich hindurch wie ein flüssiger Blitz. Die Süße bleibt in meiner Kehle zurück, und ich lächele. Sie lächelt auch. »Alan«, sagt sie und lässt sich den Namen auf der Zunge zergehen. »Gehst du auf die Broadleaf? Ich hab dich da noch nie gesehen.«

Oh-oh. Jetzt müsste ich sie eigentlich aus tiefster Seele hassen und ihre Teams beim nächsten Turnier ausbuhen. Ich kann nur hoffen, dass der Nicht-Wackeltisch nichts davon mitbekommt. »Ich geh auf die Evergreen. Siebte Klasse.«

»Dann bist du also ein Setzling?«, fragt sie spöttisch.

»Ich lehne es ab, mich so zu nennen.«

»Hört, hört.« June schaut sich im Saal um. »Ich hasse solche Veranstaltungen. Bloß Erwachsene, die versuchen, andere Erwachsene zu beeindrucken. Keiner interessiert sich wirklich für irgendwas. Wie dein Dad. Ich wette, diesen Sportkram musstest du für ihn auswendig lernen. Hab ich recht?«

»Einen Monat lang hat er mich gezwungen, das jeden Abend aufzusagen.« Ich nehme einen weiteren Schluck von meinem Punsch.

Sie schüttelt den Kopf. »Typisch. Wahrscheinlich weiß er rein gar nichts von dir. Das solltest du ihm mal ins Gesicht sagen.«

Ich schaue mich nach dem Aufenthaltsort der anderen Coles um. (Dad und Mom weichen Mr Harrison nicht von der Seite, und Nathan wird von dem Mann mit seiner Cellisten-Tochter in die Mangel genommen, was ihm ganz bestimmt einen Riesenspaß macht.) »Das ist leichter gesagt als getan.«

»Wieso das?«, fragt June.

Ich senke den Kopf.

»Alan.« June lehnt sich zu meinem Stuhl herüber. »Wenn du da jetzt direkt hinmarschierst und deinen alten dicken Höhlenmenschen-Vater zur Sau machst, bekommst du einen Kuss von mir.«

Mir dreht sich der Magen um. »Was? W-Warum sollte … du musst nicht …«

Es gibt einen kurzen Moment, in dem wir uns anschauen, dann fängt June an zu lachen. »Ach was«, sagt sie. »Du würdest ein böses Mädchen wie mich eh nicht küssen wollen.«

Ich bräuchte dringend eine Klimaanlage unter meinem Hemd. »D-du kommst mir gar nicht wie ein böses Mädchen vor.«

»Wir kennen uns doch erst seit zehn Minuten. Egal, jeder ist in irgendeiner Weise böse, oder? Aber alle tun so, als wären sie es nicht, vor allem bei wichtigen Anlässen wie dem heute. Deshalb nervt mich das hier auch gerade so.«

»Glaubst du das wirklich? Dass jeder irgendwie böse ist?«

»Klar«, sagt June, ohne zu zögern. »Du nicht?«

Ich blinzele. »Warum sollte ich das glauben?«

June stützt ihr Kinn auf eine Hand und lächelt. »Ach, ich weiß nicht. Dein Dad ist offensichtlich eine Katastrophe, damit fängt's schon mal an. Er sieht aus wie ein Serienkiller – guck mal, wie er gerade versucht zu lächeln. Achtung Durchsage: Normale Leute lächeln so nicht. Deine Mom ist total kaputt, als hätte dein Dad ihr schon vor langer Zeit das Rückgrat gebrochen. Und dein Bruder fand es offenbar zum Totlachen, was dein Dad über Künstler gesagt hat, ich nehme also mal an, dass es auch die reinste Freude ist, ihn um sich zu haben.«

Mir bleibt der Atem weg. »Äh …«

»In der Schule wirst du vermutlich entweder ignoriert oder fertiggemacht, wenn ich danach gehe, wie schüchtern du bist. Wenn du überhaupt Freunde hast, sind es wahrscheinlich genau solche Außenseiter wie du, mit stark unterentwickelten sozialen Fähigkeiten. Keiner versteht dich. Keiner außer mir.« Sie hebt einen Finger in die Höhe. »Leute wie wir müssen sich verbünden. Wir müssen akzeptieren, dass wir böse sind, und uns gemeinsam gegen die anderen stellen. Das ist meine Aufgabe im Leben: die Menschen mit der Wahrheit über sich selbst zu konfrontieren.«

Ich schlucke. Wer zur Hölle ist dieses Mädchen?

»Ich bin so froh, dass ich dich heute Abend gefunden habe«, sagt sie. »Du kannst mir helfen. Ich habe nämlich einen Plan.« June greift in ihre Tasche. »Ich habe was sehr Lustiges mitgebracht für heute Abend. Aber Streiche machen mehr Spaß, wenn man sie mit jemandem teilen kann, findest du nicht?« Sorgsam zieht sie einen unförmigen Plastikbeutel hervor.

»Ähm … was ist da drin?« Ich bin mir nicht sicher, ob ich die Antwort hören möchte.

Sie zieht die Augenbrauen zusammen. »Hhm. Schauen wir doch mal.« Sie hebt den Beutel ein stückweit an, und zum Vorschein kommt …

»Heilige Sch…!« Meine Stimme schrillt durch das Gemeindezentrum. Überall drehen sich Erwachsene nach uns um, kehren aber schnell wieder zu ihren wichtigen Erwachsenen-Gesprächen zurück.

June hebt eine Augenbraue. »Wolltest du gerade *Heilige Scheiße* sagen?«

»J-June … das … das ist eine … äh …«

»Ich hab sie draußen vorm Gebäude entdeckt«, sagt June. »Perfektes Timing. Es ist nämlich echt schwer, heutzutage noch tote Ratten zu finden. Es sei denn natürlich, man tötet sie selbst.« Sie lacht, als hätte sie mir gerade einen Klopf-Klopf-Witz erzählt, der nichts mit Rattentöten und/oder dem Rumtragen ihrer Kadaver in der Tasche zu tun hat.

Ich schaue mich wieder um, diesmal schon verzweifelter. »Was hast du damit vor?«

»Na ja«, sagt June. »Ich finde, der Punsch könnte ein

bisschen nachgewürzt werden, meinst du nicht?« Sie nickt kurz in Richtung Büfett. Ihr Grinsen wird breiter. »Du kannst mir Rückendeckung geben, während ich unseren pelzigen Freund zu Wasser lasse. Dann wird hier die Panik ausbrechen! Die ganze Schickimicki-Nummer und das aufgesetzte Lächeln verschwinden in null Komma nichts, und schon zeigt sich, wie hässlich alle in Wirklichkeit sind.«

»D-das mache ich nicht«, stammele ich. »Das ist …«

»Es ist *böse*, meinst du das?«, fragt June. »Na sicher ist es das. Ich hab's dir doch gesagt: Ich bin ein böses Mädchen. Alle sind böse, aber ich stehe dazu. Jetzt bist du an der Reihe. Beweis mir, dass du auch böse bist. Zeig deinem Vater, dass er nicht dein Boss ist.«

Alles passiert zu schnell. Ich lasse meinen Blick durch den Saal huschen – keine Erwachsenen befinden sich in unmittelbarer Nähe unseres Tisches, nichts steht zwischen uns und dem Büfett, zwischen uns und der riesigen Schale mit Punsch. »Ich kann nicht …«, beginne ich. Und sage dann: »Ich dachte, du wärst cool.«

Junes Lächeln versiegt. »Du findest mich nicht cool?«

»Nicht mehr, nein.«

Sie lehnt sich mit leicht geöffnetem Mund in ihrem Stuhl zurück.

»Tu das nicht«, fahre ich fort. »Was werden deine Eltern denken? Was wird dann aus …«

»Oh, das ist ja so niedlich«, sagt June. Ihr witziger, verspielter Tonfall ist weg. Stattdessen klingt ihre Stimme hart und kalt, was, wie mir jetzt auffällt, von Anfang an in ihr mitgeschwungen hat. »Du möchtest also ein guter Mensch sein. Nun, dann wüsste ich ein nettes Spiel für dich: Wenn du ein wirklich guter Mensch bist, versuch mich aufzuhalten.«

Wir starren einander einige entsetzliche Sekunden lang an. Dann lächelt sie wieder. Mit einem »Ta-taaa!« gleitet sie von ihrem Stuhl und stolziert zielgerichtet auf die Punschschale zu.

Mein Herz hämmert, das Blut pumpt durch meine Adern, und meine Beine sind bereit loszurennen. Aber ich bin wie erstarrt. Es sind so viele Leute hier, so viele Erwachsene. Sie hat die Punschschale bereits erreicht, und die tote Ratte schlenkert in dem Beutel in ihrer Hand hin und her. Sie wird es wirklich tun …

Und ich lasse es zu.

Feigling.

Das Nächste, was ich mitbekomme, ist, dass mein Stuhl hinter mir zu Boden knallt und ich auf June und die Punschschale zustürme, über der nun schon gefährlich dicht das tote Aas baumelt. Ohne wirklich nachzudenken, schwenke ich wild die Arme, rutsche auf einer fallengelassenen Serviette aus und knalle gegen den Tisch. Die Punschschale kippt nach hinten über, und der gesamte Inhalt ergießt sich über June, so dass sie im nächsten Augenblick von Kopf bis Fuß mit lilafarbener Flüssigkeit bedeckt ist.

Mir bleibt das Herz stehen. Das Blut gefriert in meinen Adern. Ich kann mich nicht mehr rühren. Niemand im ganzen Saal bewegt sich.

June kreischt auf. Wie ein begossener Pudel steht sie da und heult »Daaaaaaaaddddy!« aus vollem Hals. Und dann streckt sie einen zitternder Finger aus und zeigt auf mich.

Ein Mann kommt mit einer Hand voller Servietten zum Tisch hinübergerannt, während June immer weiter und weiter brüllt. »Daddy, Hilfe! Daaaaadddy!«

»June, June!«, sagt der Mann. Oh, mein Gott, ich weiß, wer das ist. »Was ist denn passiert?«

»W-wir haben geredet, und er hat gesagt, ihm wäre so langweilig. Und er hat das hier mitgebracht, um Ärger zu machen.« Sie hält die tote Ratte hoch, die genauso mit Punsch durchnässt ist wie June. Ein entsetztes Raunen geht durch den Saal. »Ich wollte ihn aufhalten, ehrlich, aber es ging nicht … und er … es tut mir sooo leid!«

Unter ihren nassen Haaren starren mich kalte, trockene Augen an.

Ich kann mich nicht bewegen. Ich glaube, ich werde ohnmächtig. Alle schauen mich an, alle tuscheln, alle warten darauf, was Mr Harrison nun mit seiner Tochter tun wird. Dad taucht aus dem Nichts auf und hält June Taschentücher hin, aber sie schlägt seine Hand beiseite und kreischt: »Fassen Sie mich nicht an!« Und dann rennt sie aus dem Saal und lässt eine entsetzliche Stille zurück.

»Mr Harrison!«, sagt Dad. »Es … es tut mir so leid! Mein Sohn … er ist nicht ganz richtig im Kopf. In Stresssituationen wird er …«

»Ich glaube, Sie und ihre Familie sollten nach Hause fahren«, sagt Mr Harrison leise.

Dad strafft seinen Rücken. Beförderung hin oder her, Dad ist kein Mann, der so mit sich reden lässt. »Wenn Sie glauben, dass ich …«

Vielleicht liegt es daran, dass Mr Harrison tatsächlich sein Boss ist und all seine Kollegen um ihn herumstehen, vielleicht ist es ihm aber auch einfach nur peinlich. Jedenfalls schiebt er uns alle vier nun doch ohne ein weiteres Wort aus dem Flower-County-Gemeindezentrum und lässt den Rest der Welt hinter sich.

»Ich war das nicht …«, beginne ich, aber Dad zeigt nur auf unser Auto. Wir quetschen uns hinein, ohne dass jemand auch nur zu atmen wagt.

Zuerst lässt Dad den Wagen nicht an, massiert sich nur ziemlich lange die Schläfen. Ich mache mich schon darauf gefasst, dass er mir sagt, ich solle wieder aussteigen und zu Fuß nach Hause laufen oder in einen Graben springen und nie wieder herauskommen, aber irgendwann startet er doch den Motor. Mom hält sich an der Innenseite der Beifahrertür fest, als sich der Wagen in die Kurve legt, und Nathans Blicke wandern unentwegt hin und her zwischen mir und Dad, Dad und mir.

Als wir nach Hause kommen, stellen wir uns wieder

zur Inspektion auf, genau wie vor dem Essen. Und dann spricht Dad mich endlich an, zündet endlich die Bombe. »Dein Skizzenbuch«, sagt er.

»… was?«

»Dein Skizzenbuch«, sagt er. »Her damit.«

Er beginnt damit, den Kamin anzuzünden.

Die Flammen flackern und tanzen in den zum großen Teil heruntergebrannten Scheiten von letztem Jahr. In ihnen kann ich etwas Dunkles erkennen, etwas Widerliches. »Goldfisch!«, herrscht Dad mich an. »Das Skizzenbuch!«

»Ich … ich … ich …«

Das darf nicht sein, das darf nicht sein, das darf nicht, darf nicht, DARF NICHT, DARF NICHT …

»Nathan«, sagt Dad, »das Skizzenbuch deines Bruders.«

»Dad …«, setzt Nathan an, aber Dad wendet sich wieder den Flammen zu. Auch mein Blick schießt immer wieder zu ihnen hinüber.

Nathan schaut mich an. Dann wieder Dad. Mich. Dad.

Langsam geht er die Treppe hinauf, und mir entfährt ein Schluchzen.

Das Warten ist die reinste Qual. Die einzigen Geräusche rühren vom Knacken der Flammen her und von Dads Händen, die er aneinander reibt. Dann kommen langsame Schritte die Stufen hinunter, und Nathan taucht mit dem Skizzenbuch auf, das er fest umklammert hält und das mit einer Schleife zugebunden ist. Ein ganzes Jahr Arbeit und Kunst, Arbeit und Kunst, die man nie ersetzen kann.

Mein Kretpoj. Mein Kretpoj, das die Welt verändern wird.

Ich habe schon angefangen zu heulen. Ich versuche es zu unterdrücken, aber es hat keinen Sinn. Große, schwere, dumme Tränen fallen auf den Teppich. Ich kann schon nichts mehr sehen, aber als Nathan bei uns ankommt, versuche ich, Mom anzuschauen, die einen Schritt vortritt, bis Dad sie böse anschaut und sie an Ort und Stelle erstarrt. Sie umklammert das Kreuz an ihrem Hals und schließt die Augen.

Als Nathan Dad das Buch hinhält, rufe ich: »Nathan!«

Mein Bruder schaut mir direkt in die Augen und lässt das Buch vor Dads Füße fallen.

Dad öffnet die Luke des Kamins ganz langsam und behutsam, damit ich auch jede Sekunde voll genießen kann und mich an jedes Detail erinnern werde. Dann sagt er: »Du hast mich enttäuscht.«

Und schon landet mein Skizzenbuch in den Flammen.

Ich bleibe so lange vorm Kamin stehen, bis alle anderen verschwunden sind, schaue zu, wie die kleinen Kohlenstücke verglühen, und versuche, mich so genau wie nur möglich an meine wunderschönen Bilder zu erinnern.

Jetzt sind sie weg.

June hatte doch recht.

Ich weiß nicht, wie spät es schon ist, als ich mich schließlich die Treppe hinaufschleppe zu meinem leeren Raum voller leerer Dinge. Der dämliche Ahornbaum rauscht draußen mit seinen Blättern. Wen interessiert das schon? Was soll das überhaupt?

Und wen interessiert mein dämliches Kretpoj? Mein idiotisches Projekt?

Fast steige ich mit Anzug und Mantel in mein Bett, denn wer interessiert sich schon, ob man Falten hat in seinen Sachen – Mom hat mir den Mantel irgendwann umgehängt – wen interessiert schon, wann genau? Aber mir ist warm, weil ich so lange vorm Feuer gestanden habe, also ziehe ich zumindest das Sakko aus und lasse es schwer und leblos auf dem Boden meines Schranks liegen.

Dann gehe ich in die Knie und hocke mich selbst in den Schrank. Sitze bloß da. Ich denke nicht mal an irgendwas. Worüber sollte man auch nachdenken? Ich nehme an, das hier ist als Ort zum Schlafen auch nicht schlechter als irgendein anderer, also lasse ich mich langsam zu Boden sinken. Mein Kopf streicht gegen etwas Merkwürdiges, Ausgebeultes. Ich will es aus dem Weg haben, greife danach, und meine Finger spüren dickes Papier.

Papier, das sich gebraucht anfühlt.

Langsam, ganz, ganz langsam schaue ich mir das Ding an.

DIESES SKIZZENBUCH GEHÖRT:
ALAN COLE

Meine Hände zittern, als ich die Seiten durchblättere. All meine Bilder – mein grüner Freund, das geharkte Laub, Äpfel und Bananen – alles ist da. Und auf der letzten Seite der Umriss von Connors Gesicht. Sein breites Lächeln strahlt mir von dem dicken Papier entgegen. Das ist … das ist …

Ich schiebe das Skizzenbuch beiseite, damit meine Tränen nicht die Bilder verwischen.

Aber … aber ich habe doch gesehen, wie Nathan …

Und dann wird es mir klar.

Er hat Dad das neue Skizzenbuch gegeben.

Das leere.

Und Dad hat den Unterschied nicht bemerkt.

Mein Atem kommt in lauten Stößen aus meinem Mund. Ich zittere. Was zur Hölle ist hier eigentlich los?

Ich lasse das Skizzenbuch in meinem Schrank, wo ich es von nun an verstecken muss. Ich schaue aus dem Fenster zum Ahorn – zu meinem grünen Freund –, und das Letzte, was ich sehe, bevor ich in meinem schicken Anzug einschlafe, ist die schaukelnde Bewegung seiner Blätter. Und das Letzte, woran ich denke, bevor der Schlaf mich überwältigt, ist, dass ich wohl doch noch so einiges zu lernen habe über die Menschen.

12. Kapitel

Eine dunkle, trostlose Wolke hängt über dem Sonntagmorgen-Frühstück, als würden wir am Küchentisch darauf warten, dass der Sensenmann kommt und uns die Köpfe abschlägt. Niemand schaut auf, als ich hereinkomme und mir leise eine Portion Cornflakes in eine Schale schütte. Ich starre zu Nathan hinüber, warte auf irgendeine Reaktion, auf irgendeine Erklärung für das, was er gestern Abend getan hat. Mom blättert die Zeitung durch, aber ich merke, dass sie manchmal heimlich zu mir hinüberlugt, wenn ich nicht hinsehe. Nach meinem dritten Löffel sagt Dad: »Ich werde Mr Harrison morgen regelrecht die Füße küssen müssen.«

Ich schaue nicht auf.

»Was hast du dir nur dabei gedacht?«, fährt er fort. »Du hast mich bis auf die Knochen blamiert.«

Als ich aufgewacht bin, habe ich überlegt, was ich Dad sagen würde, wenn er irgendwann davon anfängt. Und ich bin zu dem Schluss gekommen, dass es ganz egal ist, was ich sage, weil er mir sowieso nicht glauben würde.

»Warum bist du bloß so verkorkst?« Dad stöhnt und massiert sich die Schläfen. »Nicht mal Nathan hätte sich so was geleistet.«

Ich halte mich einfach an meinen Plan. »Tut mir leid, Dad«, sage ich leise. Die alten Muster.

»Leidtun reicht nicht«, schnauzt er zurück. »Ich werde meine Beförderung nicht kriegen. Womöglich verliere ich meinen Job. Und was soll ich dann machen?«

»Es tut mir wirklich leid«, sage ich und bemühe mich, genauso kleinlaut zu klingen, wie ich es tue, um Nathan zu beschwichtigen, wenn er es auf mich abgesehen hat.

Dad hebt den Kopf. Aufwärtsbewegung. »Zu diesem Fitnessclub gehst du nicht mehr. Sag deinem Freund, dass er sich mit jemand anderem treffen soll.«

In diesem Augenblick schießt Nathan mir einen Blick zu. Eine Fliege auf der Leinwand.

Ich wusste, dass Dad das sagen würde. Trotzdem stoße ich ein Jammern aus. »Aber Dad …«

Mein Vater knurrt nur einmal, und das genügt, um mir sofort das Blut in den Adern gefrieren zu lassen. »Denk darüber nach, was du getan hast. Es ist alles deine Schuld. Alles. Verstanden?«

Ich nicke. Da ist es wieder: Wenn es um die Schuldfrage geht, bin ich immer auf dem ersten Platz. Vielleicht ist es auch der letzte. »Ja, Vater.«

Dad steht langsam auf. »Macht euch fertig für die Kirche.«

Mom gießt mir ein Glas Mangosaft ein, mein absoluter Lieblingssaft. Nathan bleibt immer noch undurchschaubar und studiert die Zeitung, während ich meine Cornflakes esse und versuche, das Grummeln in meinem Magen zu ignorieren.

Ich werde zum Fitnessclub gehen. Ich werde Schwimmen lernen.

Ob Dad das mitbekommt oder nicht.

Ich mache Schluss mit den alten Mustern.

»Du lieber Gott!« Madisons Stimme hallt von den Wänden des Helen's-Crest-Schwimmbads wider. »Meine Eltern könnten diesen Harrisons hier bestimmt eine Mitgliedschaft besorgen, wenn das helfen würde.«

»Wahrscheinlich nicht«, sage ich.

Sich davonzuschleichen war nicht ganz leicht. Auch wenn Dad nie darauf achtet, wo Nathan und ich stecken, bis es Zeit zum Abendessen ist, musste ich es immerhin schaffen, nach der Kirche mein Rad aus der Garage zu holen, während Dad dort an irgendeinem Projekt gearbeitet hat. Aber seine Motorsäge war so laut, dass ich wahrscheinlich mit einer Mariachi-Band durch die Garage hätte marschieren können und ihm nichts aufgefallen wäre. (Er hätte natürlich trotzdem aufschauen und mich sehen können, ich habe also echt Glück gehabt.) Und ich werde sogar im Fitnessclub duschen (zum Glück haben sie abgetrennte Einzelkabinen), um den Chlorgeruch zu verbergen. So wird es nun jeden Tag laufen, bis das CgC-Spiel beendet ist. Ich kann den Punkt »Stell dich offen gegen Dad« leider nicht abhaken, da er nichts davon weiß, dass ich gegen seine Anweisung verstoße. Aber ich tue das auch nicht wegen des CgC-Spiels.

Ich tue es, weil Dad versucht hat, mein Kretpoj zu vernichten.

Madison sagt: »Tja, jetzt hast du ein Abenteuer erlebt. Im Vergleich dazu kommt mir mein Wochenende beinahe langweilig vor. Obwohl ich sagen muss, dass es nie langweilig wird, den Nachrichtensender zu schauen.«

Ich schnaufe verächtlich. »Ja, ganz bestimmt.«

Madison lächelt, obwohl er sich offensichtlich bemüht, es nicht zu tun. »Ich mochte dich lieber, als du weniger geredet hast. Jetzt zeig mir noch mal deine Beinarbeit.«

Ich umklammere mein Schwimmbrett und beginne mich mit den Beinen abzustoßen. Ich bewege mich auf die andere Seite des Beckens zu wie Schnellboot mit Motorschaden. Ich schaffe es etwa bis zur Hälfte, dann gerate ich ins Schleudern und gehe fast unter. Aber ich klammere mich am Schwimmbrett fest, stabilisiere mich wieder und schaffe es bis zur anderen Seite.

»Gut!«, ruft Madison, als ich zurückschwimme. »Jetzt versuchen wir es mal auf dem Rücken. Beim Test musst du Brust-, Rückenschwimmen und Kraulen hinbekommen, aber das Schwimmbrett darfst du in keinem Fall benutzen.«

»Maddie!«, ruft eine Stimme vom anderen Ende der Halle.

Madison duckt sich tiefer ins Wasser. »Wir sind gerade beschäftigt.«

Mrs Dorothy Truman steht über uns am Beckenrand. »Komm raus aus dem Wasser, Schätzchen. Ich möchte ein Foto von dir machen, bevor du abnimmst.«

Madison wird rot. »Das ist, ähm, schon okay, Mom. Ich werde mich bestimmt erinnern, wie ich ausgesehen habe.«

»Nicht für dich«, sagt Mrs Truman. »Für Tante Grace und Großtante Sylvia und deinen kleinen Cousin und deine Cousine.«

»Betty und Billy kriegen das nicht zu sehen«, sagt Madison. (Beim »nicht« bricht ihm kurz die Stimme.)

»Ach, Scheibenkleister«, sagt Mrs Truman. »Ich hab mein Handy gar nicht dabei. Ist das hier deine Tasche auf der Bank, Anton? Ich leihe mir mal deins.«

Ich blinzele. »Ich, äh, heiße Alan. Und das ist okay …«

Aber Mrs Truman hat mein Handy sowieso schon hervorgeholt und tippt mit ihren Fingern auf das Display ein, als wolle sie Spinnen zerquetschen. »Dein Handy ist aber schlecht organisiert, mein Lieber«, sagt sie. »Wenn ich das Foto von Maddie gemacht hab, sortiere ich erst mal deine Apps.«

Madison hält den Kopf gesenkt und murmelt etwas. Vielleicht betet er, vielleicht flucht er aber auch vor sich hin.

»Hör auf zu schmollen«, sagt Mrs Truman, als sich Madison in Positur stellt. Er sieht absolut unglücklich aus. »Das wird ein weiterer Anreiz für dich sein, richtig abzunehmen. Denn wie's aussieht, brauchst du noch ein bisschen Motivation, Maddie.«

Nachdem sie sich das Foto zu ihrem eigenen Handy gemailt und weiß der Himmel was mit meiner Musik-Bibliothek angestellt hat, verzieht sich Mrs Truman wieder, und Madison lässt sich zurück ins Wasser fallen wie eine Kanonenkugel. »Du bist vielleicht 'ne Hilfe!«, schnauzt er mich an. »Macht die doch wirklich Fotos von mir! Und du lässt es zu!«

»Was sollte ich denn machen? Sie hat sich doch selbst mein Handy geschnappt!« Außerdem darf ich die Trumans nicht verärgern, denn dann würden sie mich womöglich nicht mehr hierherkommen lassen.

Er fährt sich mit seiner nassen Hand durchs Haar. »Dein Glück, dass ich so ein netter Mensch bin. Das bedeutet nur, dass ich dich jetzt härter rannehme. Ab morgen gibt's kein Schwimmbrett mehr.«

Meine Finger umklammern instinktiv das kostbare Schaumstoffbrett. »Wirklich?«

»Dir läuft die Zeit davon«, erwidert er. »Je früher du deine Stützräder wegwirfst, desto besser. Aber zuerst: Das Rückenschwimmen. Ich zeig dir mal, wie's geht.«

Während Madison mich im Wasser in die richtige Position manövriert, starre ich zur Decke hinauf und frage mich, wie Nathan sich wohl beim Schwimmtraining anstellt. Ob er seinen eigenen Madison hat, der ihm zeigt, wie man sich über Wasser hält?

»Und, wie geht's mit dem Schwimmunterricht voran?«, fragt Zack am Montag am Wackeltisch.

Wir haben am Sonntag *Stunden* im Helen's Crest verbracht. Die Muskeln in meinen Armen und Beinen fühlen sich an, als hätte man sie mit der Dampfwalze überfahren und dann in der Sahara zum Trocknen aufgehängt. »Es läuft gut«, sagt Madison, nachdem er einen Bissen von seinem Salat hinuntergeschluckt hat. »Alan ist ein guter Schüler. Aber er hat eben auch einen guten Lehrer. Stimmt's?«

Ich nicke. »Stimmt.«

Würde man mich im Schwimmunterricht in der Evergreen beobachten, käme man allerdings nicht auf die Idee, dass ich ein guter Schüler bin, schließlich tut Marcellus alles, um meine Fortschritte wieder zunichte zu machen. Heute Morgen habe ich mich dumm gestellt und bin nur seinen »Anweisungen« gefolgt, damit er bloß nicht mitbekommt, dass ich anderswo dazugelernt habe.

Aber das ist natürlich nur der eine Punkt auf der Liste. Ich muss immer noch rauskriegen, wie ich jemanden zum Weinen bringen kann. Schon beim bloßen Gedanken wird mir ganz schlecht. Oder wie ich meinen ersten Kuss ergattern soll – bei *dem* Gedanken wird mir noch viel schlechter. Und auch wenn ich mich Dad hinter seinem Rücken widersetze, ist das noch lange nicht dasselbe, wie ihm ganz offen die Stirn zu bieten. Aber über all das darf ich jetzt nicht nachdenken, ebenso wenig wie darüber, was passiert, wenn ich Nathan nicht besiege. (Wenn ich doch drüber nachdenke, droht mein Gehirn sofort mit Selbstzerstörung.)

»Ist doch toll«, sagt Zack. Dann setzt er sofort hinterher: »Hey, guckt mal!« Er nimmt den Strohhalm von seinem Tablett und schiebt ihn sich ins Nasenloch. »Obay«, sagt er. »Wemd ich dab ribdig mache, kann ich Popel aubd bder Bnase schiebßen.«

»Das ist ekelhaft«, sagt Madison. »Wir versuchen hier gerade was zu essen.«

Zack zieht sich den Strohhalm wieder heraus und wischt ihn an seinem Shirt ab. »Wollt euch bloß was Cooles zeigen.«

»Ja, das ist aber nicht cool«, sagt Madison. »Was sagt eigentlich dein Vater dazu, wenn du nach Hause kommst und ihm solche Tricks vorführst?«

»Der sagt nichts«, erwidert Zack. »Er ist tot.«

Madison entgleiten sämtliche Gesichtszüge.

»Schon okay«, sagt Zack. »Wenn er noch da wäre, würde er lachen, da bin ich mir ganz sicher.« Er lächelt.

Madison räuspert sich. »Das, ähm, tut mir leid …«

Zack schnappt verblüfft nach Luft. »Die Kachel da an der Decke sieht aus wie ein Wüstenbusch!«

Madison fährt sich mit beiden Händen durchs Haar und stiert mich mit großen Augen an. Ich zucke mit den Schultern.

Als wir nach dem Mittagessen den Wackeltisch verlassen, ruft Zack mir nach. Madison bleibt einen kurzen Moment stehen, schlägt dann aber ohne uns den Weg zum nächsten Kurs ein. Zack lächelt, als ich näherkomme. »Wollte mit über reden. Das ist Nomenlose-Sprache für: Ich wollte mit dir über was reden.«

»Madison hat das nicht böse gemeint«, sage ich.

»Was? Ach, das ist mir egal. Ich brauche deine Hilfe. Weißt du, ich habe da dieses Problem und … na ja, gehen wir da rüber, da ist es ruhiger.« Er führt mich aus der Cafeteria. Auf dem Weg höre ich, wie ein Junge sagt: »Du könntest problemlos durch den Schlitz in den Automaten reingreifen, wenn du groß genug wärst.« Dann gehen wir durch eine Tür mit der Aufschrift KEIN AUSGANG, und schon stehen wir an der frischen Luft und sind vom Flur aus nicht mehr zu sehen. Er seufzt und breitet wohlig die Arme aus. »Viel besser.«

Ich betrachte das kleine Stück Gras vor uns. Die vielen Zigarettenkippen auf dem Boden zeigen, dass Zack nicht der Einzige ist, der diesen Geheimausgang kennt. »Ich will nicht zu spät zur nächsten Stunde kommen«, sage ich.

Zack winkt ab. »Es dauert nicht lange.« Klar, Zack Kimble ist ja bekanntlich ein Experte, wenn es um die Einschätzung von Zeitspannen geht. Doch bevor ich noch weitere Einwände vorbringen kann, atmet er tief ein und sagt: »Ich hab mich in jemanden verknallt.«

»Oh«, sage ich.

»Kennst du Penny Schmidt?«

Ich schüttele den Kopf.

Zack legt sich eine Hand aufs Herz. »Sie ist perfekt. Sie ist nett und freundlich und süß, und sie ist lieb zu Tieren und alten Leuten, und sie hat 'ne Brille auf, und die Haare trägt sie als Dutt, und sie hat haselnussbraune Augen, *genau wie ich*, und wenn wir heiraten, werden wir teure Gemälde kaufen und bei uns zu Hause aufhängen, und alle werden sie anschauen können, und wir werden nicht mal Eintritt verlangen. So ist Penny. Ich liebe sie.«

»Okay«, sage ich langsam. »Du solltest dir vielleicht noch nicht unbedingt Gedanken ums Heiraten machen, wenn du erst zwölf bist.«

»Es schadet nie vorauszuplanen«, entgegnet Zack. »Ist ja auch egal. Mein Problem ist, dass ich nicht mit ihr reden kann. Immer wenn ich sie sehe, kriege ich einen totalen Knoten in der Zunge und sage irgendwas Dummes. Kannst du dir das vorstellen? Ich möchte ihr so gern sagen, was ich empfinde, aber die Worte bleiben stecken wie eine Bowlingkugel im Hals von einem Elch. Vielleicht mag sie mich gar nicht, aber es ist ja nicht so, als würden meine Chancen bei null liegen, oder?«

»Ich nehm's an.«

Zack zuckt mit den Schultern. »Das bedeutet, dass es

auf jeden Fall Hoffnung gibt. Und das heißt, dass man auf keinen Fall aufgeben darf, ganz gleich, was passiert. Na, jedenfalls hab ich mir überlegt, dass wir uns gegenseitig helfen könnten, so selbstbewusst zu werden, dass wir es schaffen, mit denen zu reden, in die wir verknallt sind.«

Mein Mund wird trocken. »Ähm, was?«

»Na ja, wenn ich dein Selbstbewusstsein ankurbele, dann hilft dir das vielleicht, mit Connor zu reden, und wenn du meins ankurbelst, kann ich mit Penny reden und dann …«

»Schhhhh!« Ich presse einen Finger auf Zacks Mund und schaue mich so panisch um, als hätten die Zigarettenkippen Ohren. »W-w-wovon redest du überhaupt?«, flüstere ich. »Das geht nicht.«

»Was denn?«, fragt Zack. »Ist doch nichts dabei.«

Mein Rücken ist schweißnass. Wie hat er … wie kann er … das ist doch unmöglich …

»Er weiß es nicht«, sagt Zack. »Ich glaube, außer mir weiß es keiner. Für mich ist es ziemlich eindeutig, so wie du dich verhältst, wenn Connor auftaucht. So würde es mir auch gehen, wenn Penny jemals mit mir sprechen würde. Ich find's toll. Connor ist ein netter Typ. Ihr zwei wärt bestimmt sehr glücklich zusammen.«

Ich kann kaum atmen und habe das Gefühl, als würde mein ganzer Körper von Sandsäcken beschwert werden und … und …

»Ich verrat's keinem«, sagt Zack fürsorglich. »Aber ich glaube, du solltest ihm sagen, was du empfindest. Ist kein

Spaß, so versteckt zu leben. Deshalb versuche ich, so offen wie möglich zu allen zu sein.«

Zack wendet den Blick von mir ab und hinauf zu den Wolken. Er zieht etwas aus seiner Tasche: einen kleinen Stein. Er lässt ihn mit einem vertrauten Rhythmus durch seine Finger gleiten. »Mein Dad hat mir immer gesagt, dass man stolz darauf sein soll, wer man ist. Er hat selbst viele komische Sachen gemacht. Er hat gerne alberne Hüte getragen. Das ganze Jahr über ist er Klettern gegangen, selbst wenn es geschneit hat. Bevor er gestorben ist, hat er mir gesagt, dass man sich niemals von jemandem sagen lassen soll, dass man nicht in Ordnung ist, so wie man ist. Der Einzige, der einem das sagen darf, ist man selbst.« Er drückt den Stein. »Ich mag es nicht, wenn Menschen nicht sie selbst sein können. Deshalb solltest du es Connor sagen.«

Mein Atem beruhigt sich ein wenig, aber meine Stimme klingt immer noch heiser. »Das … das ist nicht leicht.«

»Das ist es meistens nicht«, sagt Zack. »Aber es ist mir lieber, dass es schwer ist, ich selbst zu sein, als dass es schwer ist, wer anders zu sein.«

Zack wendet sich mir wieder zu. Er grinst. »Wow, mir geht's jetzt schon besser! Danke, Alan. Du bist ein toller Freund. Ich weiß, wenn wir zusammenhalten, können wir Penny und Connor auch sagen, was wir für sie empfinden.«

Er steuert auf die Tür zu, während ich wie festgewachsen dastehe. Dann umschließt er mich in einer leicht verlegenen, ungeschickten Umarmung. Als ich mich losmache, lächelt er mich warmherzig an, geht wieder hinein und lässt mich im mit Zigarettenkippen gesprenkelten Gras zurück.

Warum muss alles bloß so kompliziert sein?

13. Kapitel

Wie würdet ihr ein ekliges, verfettetes Blatt Papier aus einem kaputten Snackautomaten herauskriegen? Mir sind drei Ideen gekommen:

1. Die Scheibe einschlagen
2. Ein Loch in die Rückseite bohren
3. Den Automaten auf den Kopf stellen und hoffen, dass der Zettel dabei rausrutscht

Nathan behauptet natürlich, ich würde ihn rausbekommen, ohne den Automaten auseinandernehmen oder irgendwie kaputtmachen zu müssen. Er hat es versprochen. Und ich kann das Ding sowieso nicht auf den Kopf stellen, da ich, soweit ich das beim letzten Blick in den Spiegel überprüfen konnte, nicht der Unglaubliche Hulk bin. Und auch nicht Superman oder sonst so ein Superkräftetyp. Ich bin ich, und ich kann kaum mein Algebra-Buch hochheben.

Madison hat auch ein paar Vorschläge eingebracht:

4. Reparier den Automaten, stecke ’ne Münze rein und lass dir den Zettel rausgeben wie einen Snack
5. Bitte Direktor Dorset, den Automaten für dich zu öffnen
6. Bitte die Blüten, den Automaten auf den Kopf zu stellen, und hoffe, dass der Zettel dabei rausrutscht

Das Problem ist, ich wüsste nicht mal, wo ich anfangen sollte, um so einen Automaten zu reparieren. Und wenn man dann noch bedenkt, wie viel Zeit ich nach der Schule mit den Fitnesskonsultationen verbringe, schaff ich es wohl kaum, es noch zu lernen. Vermutlich könnte ich Madisons Rat folgen und jemanden um Hilfe bitten, aber ich will nicht noch mehr Leute mit reinziehen als sowieso schon. Außerdem würde Direktor Dorset mir niemals helfen, mir, dem Mr-Wo-Kommen-die-Babys-her. Und selbst wenn wir jemanden dazu bringen würden, das Ding zu öffnen oder ihn an meiner Stelle darum zu bitten, würde er die ganze Aktion auf jeden Fall verbieten.

Damit bleiben nur noch Zacks Vorschläge:

7. Nimm eine Papprolle, steck sie unten in den Schlitz und puste ganz fest
8. Spiel ganz laute Musik; der Bass wird Vibrationen hervorrufen, die den Zettel freiruckeln
9. Leg Billardkugeln in den Entnahmeschlitz und

schieß sie mit einem Queue in den Automaten, bis du den Zettel triffst und er sich löst

10. Lass eine Maus in den Automaten und warte, bis sie mit dem Zettel wieder rauskommt
11. Bau einen »Papiermagneten«, indem du Papier an die Enden eines Magneten klebst
12. Tipp den Geheimcode ein, der automatisch alle Snackfächer öffnet, auch wenn der Automat ausgeschaltet ist

Ich muss euch wohl nicht erklären, warum nichts davon in Frage kommt.

Und dazu kommt auch noch das zusätzliche Problem, dass ich eine Lösung finden muss, die ich anwenden kann, wenn eine Milliarde Leute um mich herum stehen. Der Snackautomat steht schließlich mitten auf unserem Hauptflur, und ich kann da schlecht mit irgendwelchen Kabeln rumfuhrwerken oder mitten an einem Schultag irgendwelche Mäuse aussetzen. Und nach dem Unterricht geht es auch nicht – wie gesagt, meine gesamte Freizeit verbringe ich im Schwimmbad, wo ich versuche, ohne Schwimmbrett über Wasser zu bleiben. Oder suche ich vielleicht doch nur nach Ausreden, um nicht zugeben zu müssen, dass ich einfach nicht clever genug bin?

Gestatten: Alan Cole, der Junge, der von einem Snackautomaten besiegt wurde.

»Kommst du, Alan?«, ruft Miss Richter vom Klassenraum aus. Seufzend höre ich auf, den Automaten anzustarren, und gehe hinein. Alle Tische sind jetzt leer. Miss Richter hat jede Menge Papiere vor sich und nippt an ihrem Kaffee. »Komm nicht zu spät zum Nachsitzen bitte«, sagt sie.

Nachsitzen. Bei dem Wort muss ich sofort an eine Gefängniszelle denken. Ich stelle mir vor, wie ich *Von nun an will ich immer ein braves, gehorsames Kind sein* an die Tafel schreiben muss – vierhundertmal oder bis mir die Hand abfällt, je nachdem, was zuerst passiert. Aber nach dem ersten Mal wird es bestimmt leichter, und ehe man sich versieht, hat man eine Strafakte so dick wie *Entdecke Amerika* und lässt Stinkbomben im Lehrerzimmer hochgehen.

»Wo ist Talia?«, frage ich und setze mich auf meinen üblichen Platz.

»Sie hatte ihr Nachsitzen schon heute Morgen bei Mrs Ront«, sagt Miss Richter. »Wir beide sind hier heute allein.«

»Was machen wir denn beim Nachsitzen?«

»Wir machen gar nichts«, sagt sie und schaut mich endlich an. »Du sitzt da und machst ganz still deine Hausaufgaben, und ich sitze hier und korrigiere ganz still die Klassenarbeiten. Das wird also sehr aufregend.«

Ich nicke. Dann schlage ich meine Chemiesachen auf und mache mich bereit, weitere Elemente des Periodensystems auswendig zu lernen. Aber bevor ich weit komme, sagt Miss Richter: »Ich könnte dir aber auch eine besondere Aufgabe geben.«

Eine besondere Aufgabe? »Und welche?«

»Ich könnte etwas Hilfe dabei gebrauchen, den Klassenraum in Ordnung zu bringen und meine Unterlagen zu sortieren. Wenn du aber lieber deine Hausaufgaben machen möchtest, ist das auch okay.«

Bei einer simplen Sortierarbeit würde ich vielleicht den Kopf freibekommen und könnte mehr über den Snackautomaten nachdenken. »Ich helfe Ihnen«, sage ich.

Irgendwie hoffe ich ja, dass ich Miss Richters ausfahrbaren Zeigestock benutzen darf, aber stattdessen drückt sie mir Putzmittel und einen Lappen in die Hand und lässt mich das Whiteboard sauberwischen. Als ich etwas von dem Putzmittel aus der Flasche sprühe, muss ich kurz würgen. »Das riecht ja furchtbar.«

»Ich habe nicht behauptet, es wäre ein besonders glamouröser Job«, sagt Miss Richter. »Vergiss nicht, beim Schüler-Elternabend morgen zu erwähnen, was ich dir hier alles Schlimmes aufgenötigt habe.«

Die Putzmittelflasche kracht mit einem dumpfen Knall auf den Boden. »Der Schüler-Elternabend? M-Morgen?«

Miss Richter hebt die Augenbrauen. »Die sind für die ganze Woche angesetzt in eurem Jahrgang. Du sollst morgen mit einem Elternteil herkommen. Sag mir nicht, das hast du vergessen?«

Na ja, *vergessen* ist das falsche Wort. Ich habe es tief in meinem Hinterkopf vergraben und darauf gehofft, dass es nie wieder zum Vorschein kommt.

»Du bist schon ein paar Tage lang so geistesabwesend, Alan. Ist alles okay?«

Ich schlucke. »Ja, alles super.«

Sie mustert mich noch einige Sekunden und wendet sich dann wieder den Klassenarbeiten zu. Langsam hebe ich die Flasche auf und wische weiter mit dem Lappen. Dad wird kommen wollen. Er ist immer darauf aus, einen guten Eindruck zu hinterlassen. Aber vielleicht kann ich ja Mom heimlich hierherbringen. Vielleicht ist Dad immer noch so wütend, dass er nichts mehr mit mir zu tun haben will. Ich habe es schließlich auch geschafft, mein Nachsitzen vor ihm zu verheimlichen – meine Einführung in die ewigen Annalen der verrufensten Unruhestifter der Evergreen. Das Letzte, was ich gebrauchen kann, ist, Dad einen weiteren Grund dafür zu geben, von mir enttäuscht zu sein.

Vor meinen Augen sehe ich den Kamin, die Flammen tanzen, züngeln, verkohlen. Ich erschaudere und wische rasch weiter.

Nachdem ich eine Weile gesprüht und geputzt habe, fragt mich Miss Richter von ihrem Tisch aus: »Wer ist dein Held, Alan?«

Ich halte inne. »Mein Held?«

»Ja«, sagt sie. »Ich möchte eine Unterrichtseinheit über

Helden der Weltgeschichte machen. Wer ist dein Vorbild? Wer inspiriert dich?«

»Ähm. Ich weiß nicht.«

»Gibt es niemanden? Niemanden, zu dem du aufschaust und von dem du denkst: So würde ich auch gerne werden?«

Habe ich so jemanden? Ich meine, ich bewundere manche Künstler, Picasso zum Beispiel, aber ich habe sie eigentlich nie als Helden gesehen. Und ich schaue zu niemandem auf, den ich persönlich kenne. Aber ist das wirklich okay, dass ein Zwölfjähriger keinen Helden hat? Ist das nicht eine Art Sakrileg, verstößt das nicht gegen alles, was es heißt, ein Kind zu sein?

»Vielleicht Batman?«

Kaum ist es mir rausgerutscht, laufe ich schon rot an. Also wirklich – eine Comicfigur? Aber Miss Richter lacht nicht. Stattdessen fragt sie: »Warum ist Batman dein Held?«

»Ich finde, er ist ziemlich krass drauf, und er hat jede Menge cooles Zeug und … Ich weiß nicht, Miss Richter, ich hab eigentlich noch nie darüber nachgedacht.«

»Hmmm.« Miss Richter trommelt mit den Fingern auf dem Schreibtisch. »Könntest du dir vorstellen, zusammen mit Batman auf Verbrecherjagd zu gehen? Er hat doch Gehilfen, oder?«

Alan als Robin. Früher habe ich mir das gerne ausgemalt, wie ich in den Himmel aufsteige, wie ich ein spektakuläres Leben im Kampf gegen das Verbrechen führe und knallbunte Kostüme trage und besondere Waffen und …

»Nein«, sage ich. »Das könnte ich niemals. Ich bin kein Held.« Ich wische an einem besonders hartnäckigen Schmierfleck auf dem Whiteboard herum.

Miss Richter verstummt für eine Weile. Dann fragt sie: »Weißt du, was es bedeutet, introvertiert zu sein, Alan?«

»Das hatten wir doch in Bio, oder? Ein Tier ohne Wirbelsäule?«, frage ich unsicher.

»Nein, das sind die Invertebraten. Introvertiert ist ein Mensch, den es anstrengt, wenn er viele Menschen um sich herum hat, und der eher Energie bekommt, wenn er allein ist. Ist man das Gegenteil, ist man extrovertiert. Was, glaubst du, bist du?«

»Eindeutig das Erste.«

»Das glaube ich auch.« Sie nimmt einen Schluck von ihrem Kaffee. »Die Leute glauben oft, man könnte nur ein Held sein, wenn man extrovertiert ist, aber auch Introvertierte können Probleme lösen. Nur weil du nicht in langen Unterhosen losziehst und gegen Schurken kämpfst, heißt das nicht, dass du kein Held sein kannst. Du brauchst keine Superkräfte, um etwas Besonderes zu sein. Oder einfach nur ein guter Junge. Vergiss das nicht, Alan.«

Ich poliere auch noch den letzten Fleck weg. »Batman hat auch keine Superkräfte.«

»Ganz genau.« Miss Richter klingt, als hätte sie von Anfang an auf diesen Punkt hinausgewollt, aber ich könnte wetten, dass meine Lehrerin nicht mal den Unterschied zwischen dem Joker und dem Riddler kennt. Trotzdem …

Sie kommt zu mir herüber, als ich die Putzmittelflasche auf den Boden stelle. »Sieht aus wie neu«, sagt sie.

Ich hebe den Kopf, und sie sieht mich an und lächelt. Sie ist noch jung für eine Lehrerin, aber sie hat schon Falten um den Mund und um die Augen herum, und sie trägt kaum Make-up. Ihre Haare sind kurz, und ihre Augen … ihre Augen strahlen so ein Licht aus. Ich würde sie wahrscheinlich mit einem Schatten um die Augenlider herum malen, um das Strahlen der Augen zu betonen, und den Fokus würde ich auf die obere Gesichtshälfte legen. In diesem Augenblick wird mir bewusst, dass ich überhaupt nicht weiß, wie Miss Richter mit Vornamen heißt. Ich weiß überhaupt nichts über sie, außer, dass ich bei ihr Geschichte und Sozialkunde habe, aber wenn ich ihr lange genug ins Gesicht schaue, werde ich … werde ich …

»Alan?«, sagt sie. »Erde ruft Alan?«

»Sie haben recht«, sage ich. »Man muss nicht laut sein, um die Welt zu verändern. Man muss nur …«

Ich breche den Satz ab, als mir klarwird, dass ich gar nicht weiß, was man tun muss. Aber meine Halbantwort scheint Miss Richter zu genügen, denn sie lächelt wieder und sagt: »Siehst du, was passiert, wenn du auf deine Lehrer hörst? Du lernst wirklich was. Wer hätte das gedacht? So, jetzt komm, hilf mir diese Papiere zu sortieren …«

14. KAPITEL

NACH DEM NACHSITZEN radele ich sofort ins Helen's Crest, und als ich anschließend nach Hause komme, ist es schon fast Zeit zum Abendessen. In der Tür renne ich Marcellus in die Arme – Nathan hat es nicht gern, dass sein Freund unsere einzigartige Abendessenatmosphäre miterlebt. Marcellus bleibt vor der Tür stehen, mustert mich und nickt. Dann zieht er ab. Manchmal frage ich mich, was in seinem Kopf vorgeht, was er tut, wenn er gerade keine Befehle von Nathan entgegennimmt.

Ich muss Mom wegen des Schüler-Elternabends fragen, aber das Training mit Madison hat sich zu lang hingezogen, und ich hatte keine Zeit im Club zu duschen. Wenn ich das nicht sofort nachhole, riecht Dad das Chlor – und dann steck ich so tief in der Tinte, dass mir kein Fleckenentferner der Welt mehr helfen kann. Also nehme ich die schnellste Dusche der Welt. Leider ist sie immer noch nicht schnell genug, denn Dad sitzt bereits am Tisch, als ich aus dem Bad komme, und Mom stellt schon das Essen auf den Tisch.

Dad betrachtet mich eine Weile, als ich mich hinsetze, dann fängt er aber sofort an zu essen.

Okay, nicht schlimm. Ich kann Mom nach dem Essen fragen, wenn Dad grad nicht in der Küche ist. Dann kriegt er es nicht mit. Problem gelöst.

»Hey, Al«, sagt Nathan und spuckt kleine Brocken quer über den Tisch. »Wer geht eigentlich morgen mit dir zum Schüler-Elternabend?«

Es ist, als würde mir jemand mit 100 Stundenkilometern einen Baseball in den Magen kicken. Zum Glück habe ich gerade nichts runtergeschluckt, sonst wäre unser Tischtuch jetzt mit halbverdautem Brathühnchen dekoriert.

»Schüler-Elternabend?«, fragt Dad.

»Oh, ähm«, stammele ich. *Denk dir was aus, schnell, schneller.* »Mom geht mit mir.«

Mom blinzelt einmal, dann schaut sie auf.

»Du gehst da hin?«, fragt Dad. »Du hast doch morgen diesen Spendenabend in der Kirche.«

Sie schaut mich an. Ich weiß nicht, wie mein Gesicht aussieht, es bringt sie aber dazu, noch einige Male zu blinzeln. »Ich kann nicht«, murmelt sie und wendet ihren Blick wieder dem Teller zu. »Ich habe diesen Spendenabend.«

Dad kichert. Es ist kein normales Kichern, das man von sich gibt, wenn man fröhlich ist, denn Dad ist niemals fröhlich. Es ist das Kichern, das man ausstößt, wenn man ein Habicht ist und vorhat, in ein schönes saftiges Stück Beute zu beißen. »Wann ist das morgen?«

Lüg ihn an, lass dir irgendeine Ausrede einfallen, sag's ihm nicht, sag's ihm nicht …

»Abends um sechs«, sage ich.

»Ich erwarte, nur Lobendes von deiner Lehrerin zu hören«, sagt Dad. »Enttäusch mich bloß nicht schon wieder.«

Hinter Dad tanzen die Flammen und verschlingen alles, was sie zu fassen bekommen.

Es ist nicht leicht, zu malen, wenn einem so viele Sachen durch den Kopf gehen.

Es ist nicht leicht, zu malen, wenn man sich unentwegt fragen muss, was Dad wohl morgen zu hören bekommt und was Dad dann *tun* wird.

Es ist nicht leicht, zu malen, wenn man übers Introvertiertsein nachdenkt und darüber, ob man wirklich ein Held sein kann, wenn es einem nicht einmal gelingt, für sich selbst einzustehen.

Es ist nicht leicht, zu malen, wenn man nicht weiß, was sein großer Bruder treibt, auf wessen Seite er steht und welche Pläne er als Nächstes schmiedet.

Man könnte ihn natürlich einfach fragen. Es wäre ziemlich einfach, da er gerade ins Zimmer gekommen ist. »Hübsches Skizzenbuch«, sagt er.

Man – ich meine *ich* – lasse es schnell unter meinem Schreibtisch verschwinden, aber er schüttelt den Kopf.

»Ich bin nicht derjenige, vor dem du das verstecken solltest.«

»Warum?«, frage ich. »Warum hast du …«

»Komm bloß nicht auf falsche Ideen, Al«, sagt Nathan. »Wir sind keine Busenfreunde oder so was. Ich habe mich für dich und *gegen* Dad entschieden, das ist alles. Und heute Abend wollte ich dich nur noch mal kurz erinnern, dass wir immer noch Gegner sind. Was war da eigentlich los mit diesem Mädchen bei dem Essen?«

Ich werfe Nathan einen forschenden Blick zu. Kommt er mir … wirklich ein Stück entgegen? »Eigentlich war sie ganz nett, als sie anfing mit mir zu reden und …«

»Warte«, sagt Nathan. »Eigentlich ist es mir schon wieder egal. Was auch immer sie dir angetan hat, du hast es verdient. Durch dich ist Dad schlimmer geworden als er sowieso schon war, wahrscheinlich hattest du auf sie denselben Effekt. Wie läuft's denn in Sachen CgC? Hast du schon was Neues auf die Reihe bekommen?«

Ich seufze. Wohl doch nicht. »Ich arbeite dran.«

Nathan springt auf mein Bett und hüpft auf und ab. Die Bettfedern quietschen unter seinem Gewicht. Jetzt nimmt er meine Decke und bindet sie sich um wie ein Cape. »Ich hatte heute mein erstes Schwimmtraining. Den Test besteh ich in null Komma nichts. Und mehr muss ich ja nicht machen, weil du sowieso weiter nichts hinbekommen wirst. Ich hab mich gefragt: Wer ist eigentlich dieser Freund von dir, den Dad erwähnt hat?«

Oh, Mist. »Niemand«, sage ich schnell, zu schnell. »Bloß ein Junge aus meiner Klasse.«

»Du musst ja ziemlich gut mit ihm stehen, wenn er dich in so einen hochgestochenen Fitnessclub mitnimmt«, sagt Nathan. »Ich frage mich, was genau stellst du da eigentlich an? Du machst dir nichts aus Sport. Heißt dieser Freund zufällig … Vic?« Er wackelt vielsagend mit den Augenbrauen.

Diese Wendung hatte ich nicht erwartet. Die Evergreen ist so groß, und Nathan tut alles, was er kann, um nicht mit mir gesehen zu werden, wenn er nicht gerade irgendwas braucht. Deshalb kennt er auch Madison und Zack nicht. Wenn er glaubt, dass ich mit »Vic Valentino« in den Club gehe, hat er keine Ahnung, dass es Madison überhaupt gibt, es sei denn, er sieht mich mit Madison und denkt, Madison wäre Vic. Aber wenn er nicht glaubt, dass ich mit Vic zum Sport gehe, muss ich ihm sagen, warum ich dahin gehe – schnell, lass dir was einfallen, Alan …

»Geht dich nichts an«, sage ich, um Zeit zu schinden.

Die Hyäne lacht. »Wusst ich's doch. Du machst Workout mit deinem kleinen Freund. Ist ja süß. Was der wohl denken würde, wenn er wüsste, was du wirklich im Sinn hast? Dass du ihm hinterherhechelst. Dass du dich nach ihm sehnst. Dass du nicht ohne ihn leben kannst. Dass du total verknallt bist. Wir sollten das Spiel in CgV umbenennen, denn du heißt doch bestimmt bald Valentino, oder?«

Ich schlucke. »J-ja, ich gehe da mit Vic hin. Wir machen da jede Woche zusammen Spinning.«

»Ha!« Nathan lacht. Er springt von meinem Bett herunter, reißt sich die Decke vom Hals und wirft sie mir über den Kopf. »Du kannst nichts vor mir geheim halten, du Versager. Wenn du Vickie nicht vergraulen willst, würd ich an deiner Stelle mal ein bisschen Gas geben. Wir stehen so kurz vor der Ziellinie – wir wollen doch den Schluss nicht verderben, oder?«

»Nein.« Ich versuche, mir meine Erleichterung nicht anhören zu lassen.

Als er den Raum verlässt, dreht sich Nathan noch einmal nach mir um und – grinst nicht gehässig. »Viel Glück morgen«, sagt er mit leiser Stimme.

Ich atme lange und ruhig ein. Was auch immer mit Nathan los ist, er hält mich immer noch nicht für clever genug, um ihm direkt ins Gesicht zu lügen. Ich hoffe bloß, dass er nicht sieht, wie ich mit Madison oder Zack rede, und dann irgendwelche unanständigen Vermutungen über sie anstellt.

Oder ihnen weh tut.

Gerade will ich nach dem Skizzenbuch unter meinem Tisch greifen und weiter an Connors Haar malen, als es an meiner Tür klopft.

Bei mir klopft nie jemand an.

»Herein?«

Es ist Mom, die ins Zimmer tritt – mit einer Plastiktüte in der Hand. Ihr Blick wandert durch den Raum, als würde sie eine verstaubte Grabkammer erkunden, die seit Jahrhunderten kein Mensch betreten hat. Sie schließt hinter sich die Tür.

»Es tut mir leid«, sagt Mom.

»Schon okay«, erwidere ich. »Du hast ja morgen was vor in der Kirche.«

»Nein«, sagt sie. »Das mit deinem Buch.«

Oh.

Mom reicht mir die Plastiktüte. Langsam und mit zitternden Fingern greife ich hinein und ziehe ein neues Skizzenbuch heraus. Nicht ganz das gleiche wie das, was sie mir vor Beginn des Schuljahrs geschenkt hat, aber immer noch ein brandneues Skizzenbuch voller Potential.

»Er hätte das nicht tun sollen. Und ich hätte nicht …« Sie beißt sich auf die Zunge und wendet sich wieder der Tür zu. »Pass gut darauf auf.«

»Warte«, sage ich. Dabei weiß ich gar nicht, was ich sie fragen will. Es gibt so viel zu sagen, so viel, was nie ausgesprochen wurde.

Sie bleibt stehen, mit der Hand auf der Türklinke, und seufzt. »Deine Großeltern haben das nie gewollt.«

»Was?«, frage ich und rolle auf meinem Stuhl ein Stück vor.

Mom seufzt. »Die Familie sollte einem alles bedeuten. Aber die Eltern deines Vaters haben ihn nicht anständig behandelt.«

Ich beuge mich vor. Noch nie habe ich irgendetwas über meine Großeltern erfahren. Herrgott, ich habe überhaupt noch nie irgendwas über das Leben gehört, das Mom und Dad geführt haben, bevor Nathan und ich geboren wurden.

»Wir sollten nicht so über sie reden«, fährt Mom fort. »Aber dein Vater hat sich immer ungeliebt gefühlt. Sie waren beide Lehrer, und er war kein guter Schüler. Wie sehr er sich auch angestrengt hat, es war ihnen nie gut genug. Sie haben ihn gedrängt und gedrängt, und schließlich haben sie ihn damit aus dem Haus gedrängt. Sobald er alt genug war, ist er davongelaufen, um sich einen eigenen Namen zu machen. Wir sind zusammen durchgebrannt. Wir waren glücklich. Bis deine Großeltern … sie …«

Meine Mutter hebt den Kopf zur Decke, schaut mich immer noch nicht an. »Sie sind gestorben. Da warst du gerade in den Kindergarten gekommen. Ihr altes Familienmotto lautete: ›Lass dich von jedem Tag beschenken.‹ Aber ihm wurde nie etwas geschenkt, und er hat sich von diesem Motto abgewendet. Er hat geschworen, sich immer an erste Stelle zu setzen, ganz gleich, was kommt.«

Immer wenn Dad mir sagte, dass ich mich anstrengen sollte, ging es nur darum, dass *er* gut dasteht. Meine Stimme klingt schrecklich dünn: »Warum redet ihr nie darüber?«

»Dad trägt so viel Schmerz in sich«, sagt Mom. »Er hat immer geglaubt, alle in seiner Familie wären so viel klüger als er. Er wusste, dass er es nie mit seinen Eltern aufnehmen konnte, und auch nicht mit dir und Nathan, und das, obwohl ihr noch Kinder seid.«

Endlich sieht sie mich an. Sie lässt ihren Blick über mich wandern, dann schließt sie die Augen. Keine Tränen. »Du siehst genauso aus wie er.«

Ich schwöre: Selbst von hier oben kann ich das Ticken der Küchenuhr hören. Ich drücke das neue Skizzenbuch an meine Brust.

»Das ist seine Geschichte«, sagt Mom.

»Und was ist mit dir?«, frage ich. Ich möchte so viel wie möglich herausfinden, bevor sie sich wieder in ihr Schneckenhaus zurückzieht. »Was ist deine Geschichte, Mom?«

Sie lächelt. Ein trauriges, freudloses Lächeln. »Das hier ist meine Geschichte«, sagt sie und macht eine Geste mit der Hand. »Du und Nathan, ihr seid meine Geschichte. Dein Vater ist meine Geschichte.« Sie verstummt.

Nicht jede Geschichte hat ein Happyend.

»Aber was ist mit deinen Eltern?«, frage ich, weil mir das Kreuz einfällt, das sie beim Essen tragen wollte. »Warum sprichst du nie über sie?«

»Dein Dad möchte, dass ich mich auf glücklichere Zeiten konzentriere«, sagt sie leise.

Mir sackt die Kinnlade ab. Wie kann Dad sie zwingen, den Kontakt zu ihrer eigenen Familie abzubrechen? Dann fällt mir ein, wie Mom neulich Abend telefoniert hat. Ich dachte, sie hätte mit Denise gesprochen, aber jetzt muss ich daran denken, wie sie es mit der Angst zu tun bekommen hat, als sie dachte, ich hätte mitgehört. Ich frage mich, was meine Mutter noch alles verheimlicht.

»Vielleicht verstehst du ihn jetzt besser«, fährt Mom fort.

»Ja, ich verstehe ihn besser.« Ich kann mich nicht zurückhalten. »Aber ich finde nicht, dass das eine Entschuldigung ist.«

»Du solltest Dad Respekt zeigen ...«

»Er hat es verbrannt.«

Mom ringt die Hände.

»Mom«, sage ich. »Nicht ...« Ich schlucke.

Ihre Hände hat sie so fest ineinander verschränkt, dass sie ganz weiß werden. »Bevor Dad von zu Hause weggegangen ist, hat deine Großmutter versucht, es wiedergutzumachen. Aber es war zu spät, und er ist gegangen, ohne sich zu verabschieden. Jeden Sommer haben sie ihn zu ihrem kleinen Haus am See eingeladen. Aber dann hatten sie diesen schrecklichen Unfall und sind ertrunken.«

»... was?«

Ich hab keine Zeit dir so was beizubringen.

Wir fahren ja sowieso nie ans Meer, was soll das also?

Schluss mit Schwimmen! Schon schlimm genug, dass du das in der Schule machen musst, jetzt fängst du auch noch zum Spaß damit an? Von jetzt an schwimmst du nicht mehr!

»Ich ...« mein Mund öffnet sich. »Ich habe das ... das habe ich ...«

»Ich hab's dir nie gesagt«, flüstert Mom. »Seit diesem

Tag hat sich alles verändert. Wir hatten vorgehabt, sie nun doch am See zu besuchen, aber du warst krank geworden, nachdem du die ganze Nacht das Fenster offen gelassen hattest. Du hattest dieses Bild vom Sonnenuntergang gemalt. Dad hat sich angesteckt, wurde auch krank. Und er hat gedacht, dass er vielleicht, wenn er dort gewesen wäre …« Sie schließt die Augen. »Ich glaube, er gibt immer noch dir die Schuld daran.«

Meine früheste Erinnerung schießt mir wieder durch den Kopf. Ich liege krank im Bett, Dad schreit mich an: »Das ist alles deine Schuld« – Das war es also? Das war der Moment, an dem alles auseinandergefallen ist?

Mom öffnet die Tür einen Spalt. »Pass auf dich auf, Alan.« Und damit ist sie verschwunden.

Es könnte verschiedene Gründe haben, dass er uns nicht das Schwimmen beibringen wollte. Vielleicht hätte es zu viele schlimme Erinnerungen aufgewühlt. Vielleicht wollte er selbst nicht mehr ins Wasser hinein, weil er so traumatisiert war. Oder er wollte uns aus reiner Bosheit etwas nicht beibringen, was man im Leben einfach können muss.

Vielleicht wollte er uns nur beschützen.

Vielleicht sieht es manchmal nur so aus, als würden Menschen etwas aus Egoismus tun, ihren Kindern zum Beispiel nicht das Schwimmen beibringen. Oder sie versuchen, das Gute, was sie tun, herunterzuspielen, wenn sie zum Beispiel das falsche Skizzenbuch holen und in Wirklichkeit auf einen aufpassen wollen.

Vielleicht ziehen sich Menschen manchmal vor ihrer Familie zurück, weil sie Angst haben vor der Welt. Dann pressen sie ihre Liebe zu einem kleinen Ball zusammen und verwahren ihn ganz tief in ihrem Inneren. Und vielleicht gibt es ja sogar für diese Menschen Hoffnung.

Vielleicht.

15. KAPITEL

AM DIENSTAG BIN ICH WIE IMMER DER ERSTE, der in den Bus Nr. 19 steigt. Heute hat Nathan zum zweiten Mal Schwimmtraining, deshalb fährt er mit dem Fahrrad zur Schule, statt mit Marcellus den Wagen zu nehmen. Ich schaue aus dem Fenster, während wir auf die Evergreen zuschleichen, und beobachte, wie die anderen Autos an uns vorbeischießen. Sind die Leute, die da hinterm Steuer sitzen, introvertiert oder extrovertiert? Haben sie ein dunkles Feuer in sich? Sind sie zu sich selbst ehrlich? Wie würde ein Kretpoj von ihnen aussehen? Bin ich …

»Alan Cole«, sagt eine Stimme neben mir. »Rutsch mal.«

Talia wartet nicht, bis ich mich von alleine bewege, sondern zwängt sich neben mich auf den Sitz und schiebt mich zum Fenster. »Guten Morgen«, brumme ich.

Sie nickt steif. »Das ist kein freundschaftlicher Besuch. Als Präsidentin unseres Jahrgangs möchte ich, dass du mir hilfst, eine Aufgabe zu finden, der ich mich widmen kann.«

Na, ganz toll. »Kann das nicht warten, bis wir in der Schule sind?«

»Alan Cole, ich muss hier für Furore sorgen. Ich muss dafür sorgen, dass sich noch *heute* was ändert. Die Schüler in unserem Jahrgang sind doch vollkommen am Ende. Kannst du nicht hören, wie sie nach besseren Bedingungen schreien?«

(Sie verstummt, als würde sie erwarten, dass ich tatsächlich meine Hand ans Ohr lege und lausche.)

»Ich dachte, du hättest lauter tolle Pläne«, sage ich.

Talia seufzt. »Direktor Dorset sagt, meine Pläne wären bloß heiße Luft. Aber wenn du mich fragst, ist der einfach immer noch sauer wegen der Debatte. Ich habe ihm gesagt, wenn es bei uns einen guten Sexualkundeunterricht geben würde, hätte ich deine Frage gar nicht beantworten müssen, aber davon wollte er nichts hören. Ich brauche irgendwas Sensationelles.«

»Ich weiß nicht«, sage ich. »Warum fragst du ausgerechnet mich?«

Sie zögert. »Du bist der Einzige, der zuhört, wenn ich rede.«

Oh.

»Außer wenn du auch nicht zuhörst«, sagt sie, und ihre Stimme wird wieder hart. »Du hast den Gefallen vergessen, oder?«

»Den was?«

Sie schüttelt den Kopf. »Unglaublich. Alan Cole, du bist unglaublich. Den Gefallen, den ich dir wegen der Wahl schulde. Lass dir lieber bald mal was einfallen, sonst zieh ich das Angebot zurück. Ich bin eine sehr beschäftigte Person, und ich habe keine Zeit, auf Jungs zu warten, die sich nicht entscheiden können.«

Ich hatte das vollkommen vergessen. Nach allem, was seit Freitag passiert ist, habe ich keine Sekunde lang an Talia und ihren verrückten Gefallen gedacht. »Tja, weißt du vielleicht, wie man in einen Snackautomaten einbricht?«

Talia schnappt nach Luft. »Alan Cole! Ich bin Jahrgangspräsidentin! Unglaublich! Wenn ich jemals erfahren sollte, dass du versuchst, einen Snackautomaten zu beschädigen, werde ich es sofort Direktor Dorset melden. Stell mich bloß nicht auf die Probe! Unglaublich!«

»So meine ist das nicht«, wende ich ein. »Ist rein hypothetisch.«

»Also, komm mir bitte nicht mit irgendwelchen komischen Hypothesen. Ich finde sowieso, dass wir an der Schule keine Snackautomaten haben sollten. Die führen bloß zu Übergewicht. Ich habe schon mit Direktor Dorset darüber gesprochen, dass er wenigstens den kaputten Automaten vor Miss Richters Raum wegschaffen soll …«

»Nein!«, stoße ich aus. »Der, ähm, muss dableiben. Aus sentimentalen Gründen. Genau.«

Talia seufzt. »Alan Cole, du bist ein merkwürdiger Junge. Die Tage dieses Automaten sind gezählt. Hast du gesehen, dass da jemand so einen dreckigen Zettel reingeschoben hat? Es kann ja wohl nicht sein, dass solch ein Müll unsere

Flure verstopft. Ich freu mich, dass du in diesem Punkt meiner Meinung bist.«

Phantastisch. Das ist das Letzte, was ich brauche – dass Talia den Automaten abtransportieren lässt, mitsamt dem Zettel. Nach Freitag kann sie ja machen, was sie will, nachdem ich Nathans Aufgaben gelöst habe. Irgendwie.

Als ich aus dem Bus steige, merke ich, dass die anderen Schüler mich komisch angucken. Zuerst nehme ich an, dass das immer noch mit meiner Frage bei der Debatte zu tun hat, aber diesmal sind es andere Blicke. Als würden sie versuchen, irgendwas rauszufinden, als wäre ich das fehlende Teil von einem schwierigen Puzzle.

»Was ist denn los?«, fragt Madison an meinem Schließfach. »Ich hab ein Gerücht gehört. Irgendwas mit dem Schwimmbad, aber nichts Genaues.«

»Vielleicht haben sie den Schwimmunterricht für immer abgeschafft.« Einen Augenblick lang lasse ich mir diesen hoffnungsvollen Gedanken durch den Kopf gehen.

Madison klopft mit einem Finger gegen sein Kinn. »Hmmm. Unwahrscheinlich. Scheinbar ist einem Schüler heute Morgen irgendwas passiert.«

»Alan!«, brüllt Zack vom anderen Ende des Flurs, sprintet an Miss Ront vorbei (»Nicht rennen!«) und an einer Gruppe anderer Schüler (»Hey, pass auf, Dumpfbacke!«) und kommt schließlich vor uns zum Stehen. »Hast du schon gehört?«, keucht er und greift sich in die Seite. »Es ist …«

Dann erstarrt er wie ein Reh im Scheinwerferlicht, als er ein Mädchen entdeckt, das sich uns nähert. Sie hat sich einen dicken Schal um den Hals gewickelt, obwohl erst Oktober ist. Den Kopf hält sie gesenkt, kommt aber direkt auf uns zu. Zack huscht rasch hinter mich und lugt vorsichtig über meine Schulter.

»Ähm«, sagt das Mädchen leise. »Hallo, Alan.«

Irgendwoher kenne ich sie. Ich glaube, wir haben Kunst zusammen, aber ich kenne ihren Namen nicht.

»Hi«, sage ich.

»Hallo«, sagt Madison. »Ich bin Madison Wilson Truman, Alans Freund und Lebens-Coach. Und wer bist du?«

Hinter mir schluckt Zack. »Hi, Penny.«

Doch Penny Schmidt hat nur Augen – haselnussbraune Augen – für mich. Sie beachtet weder Zack noch Madison und sagt zu mir: »Ich hab das von deinem Bruder gehört. Das ist, ähm, ziemlich beängstigend, oder?«

»Was?«, frage ich. »Was meinst du denn?«

»Das wollte ich dir gerade erzählen!«, sagt Zack und tritt hinter meinem Rücken hervor. »Ich hab gehört, wie ein Paar Typen auf dem Klo darüber geredet haben – dein Bruder wäre fast ertrunken!«

Mir klopft das Herz in der Brust wie eine Pauke. »*Was?*«

»Ich hab gehört, dass es ihm gutgeht«, sagt Penny. »Aber ich wette, es ist ihm ziemlich peinlich.«

Madison verschränkt die Arme. »Warum sollte es? Ist doch nichts dabei, wenn man nicht schwimmen kann.«

Penny flüstert: »Aber es ist was dabei, wen man in den tiefen Teil springt und dann nicht weiß, wie man wieder nach oben kommt und Coach Streit einen rausholen und Mund-zu-Mund-Beatmung machen muss.«

Madison fallen fast die Augen aus dem Kopf. »Warum springt er denn in den tiefen Teil, wenn er noch Schwimmen lernt, Herrgott?«

»Weil er glaubt, dass er alles kann«, sage ich. Das Atmen fällt mir schon wieder leichter. »Das heißt also, er ist okay?«

»Er wird definitiv 'ne Weile in der Versenkung bleiben wollen«, sagt Penny leise. »Jetzt kennen ihn alle als den Typen, der beinahe ersoffen wäre und mit Coach Streit rumgeknutscht hat.«

Zack lacht ziemlich angestrengt. »Ha! Der war gut, Penny! Du bist so witzig.«

Penny lächelt, schaut Zack aber nicht an. Stattdessen hält sie ihren Blick auf mich gerichtet. »Ich denke, wir wissen, wer der Coole in eurer Familie ist.«

Nachdem mir zu dieser merkwürdigen Bemerkung keine Antwort einfällt, geht sie davon, und ich kann mich nur an mein Algebra-Buch klammern, das mir noch schwerer vorkommt als sonst. Er wäre fast gestorben … aber es geht ihm gut.

»Oh, nein«, sagt Madison leise. »Weißt du, was das bedeutet, Alan? Er gewinnt. Er hat mehr Punkte abgehakt als du?«

»Er hat – was?«

»Er ist jetzt der bekannteste Schüler der Schule, oder nicht?«, erklärt Madison. »Alle reden über ihn.«

Zack schnappt nach Luft. »Und er hat Coach Streit geküsst. Er hatte seinen ersten Kuss! Das zählt doch, oder?«

»Mund-zu-Mund-Beatmung ist kein Kuss«, grummele ich. Die Vorstellung ist so absurd, dass ich mir gar nicht vorstellen kann, dass jemand ernsthaft darauf kommen könnte.

Außer Nathan. Er wird die Sache herumdrehen und so tun, als hätte er alles genau so geplant. So hat er zwar nicht Schwimmen gelernt, dafür aber gleich zwei andere Punkte eingestrichen. Nathan Cole, das Genie. Und weil man Mund-zu-Mund-Beatmung ja auch als Kuss des Lebens bezeichnet, wird er behaupten, dass es zählt. Genauso hat er es in anderen CgC-Runden auch gemacht. Immer lässt er sich irgendwelche Tricks einfallen, und ich kann nie etwas dagegen tun. Er ist mir also tatsächlich zwei Punkte voraus.

Als wir die Klasse betreten, schaut Connor von seiner Chemie-Mappe auf und nickt mir zu. »Hey, Mann. Ich hoffe echt, dass ich heute bei dem Test nicht danebenhaue. Dieser Chemie-Kram ist verdammt hart.«

Ich lasse mich auf meinen Stuhl fallen und versuche möglichst nicht darüber nachzudenken, dass ich jetzt noch intensiver im Helen's Crest trainieren muss – falls das überhaupt möglich ist – oder wie gemein ich tatsächlich sein müsste, um jemanden zum Weinen zu bringen. »Hey.«

»Mann, Ron hat es gut«, sagt Connor. »Der ist in den Förderkursen. Da sind die Lehrer schon zufrieden, wenn man überhaupt auftaucht.«

Beinahe sage ich: *Meinetwegen könnte er das gerne auch noch lassen*, aber ich halte mich zurück. Stattdessen zucke ich nur mit den Schultern.

»Alles klar mit dir?«, fragt Connor. »Hey, wenn du immer noch sauer bist, weil Ron diesen Kram zu dir gesagt hat, nimm's einfach nicht persönlich. Er ist ein guter Typ. Und das, obwohl er schwul ist.«

»Äh … w-was?«

Connor lacht. »Ja, er ist 'ne kleine Tucke. Ich glaube, er ist auch ein bisschen verknallt in mich, und deshalb tut er so, als wäre er ein ganz harter Knochen. Wie nennt man das – überkompensieren?«

»Ja … überkompensieren.«

»Du verstehst, was ich meine? Der Homo ist ein hoffnungsloser Fall. Der ist so was von schwul, oder?«

Irgendwo in mir drin – gar nicht so tief drinnen, wie ich dachte – bekommt etwas einen Riss. »S-stimmt«, flüstere ich.

Connors Lächeln wird breiter. »Ich wusste doch, dass du es verstehst.« Er lässt eine Kaugummiblase vor seinem Mund platzen und wendet sich wieder seinen aufs Papier geschmierten Formeln zu.

Ich sitze an meinem Tisch und würde gern verhindern, dass seine Worte in meinem Kopf herumschießen wie von einem Maschinengewehr abgefeuert. Ich tue, was ich kann, schaffe es aber nicht. Na und, was heißt das schon, wenn er auf diese abfällige Weise »schwul« sagt? Was heißt es schon, wenn er glaubt, dass Ron eine »kleine Tucke« ist? Viele Typen reden so. Das heißt noch lange nicht, dass er nicht interessiert wäre an … an …

In meiner Tasche vibriert das Handy. Mit zitternder Hand schaue ich nach und lese die SMS:

Du soltlest es ihm sagm

Am Nebentisch wirft mir Zack ein albernes Grinsen zu.

Rasch tippe ich eine Antwort:

Du solltest mal anfangen, in der Realität zu leben!

Zack runzelt die Stirn. Er beginnt etwas Neues zu tippen. Aber dann klingelt es, und wir müssen die Telefone wegstecken. Und mir wird klar, dass Zack vielleicht nicht der Einzige ist, der anfangen sollte, in der Realität zu leben.

Nach der ersten Stunde werde ich zu Direktor Dorset ins Büro gerufen. Er erklärt mir, dass Nathan heute Morgen in die Notaufnahme gebracht wurde und dass meine Eltern benachrichtigt wurden. (Gott sei Dank, Mom, also besteht Hoffnung, dass sie tut, was sie am besten kann, nämlich schweigen.) Außerdem dass Nathan für den Rest des Tages zu Hause bleiben wird. Es geht ihm also gut, und das ist die Hauptsache.

Ich bezweifle, dass er dasselbe über mich sagen würde, aber – hey.

Direkt vor der Mittagspause habe ich Kunst, und heute erzählt uns Mrs Colton etwas über Perspektive, also darüber, wie man in einer zweidimensionalen Zeichnung Entfernungen und Abstände verdeutlicht. Zuerst versuchen wir, eine Straße zu skizzieren, die auf den Horizont zuläuft. Auf der anderen Seite meines Zeichentisches bemerke ich zum ersten Mal Penny Schmidt. Ich frage mich: Was findet Zack nur an ihr? Was muss ein Mädchen haben, damit Zack sich in sie verknallt? Vielleicht sollte er es mir sagen, damit ich mir ein Beispiel daran nehmen kann. (Andererseits weiß ich nicht, ob man sich wirklich ausgerechnet von *Zack* Romantik-Tipps geben lassen sollte.)

Mrs Colton summt ein Lied vor sich hin, während sie durch den Raum huscht und hier und da unsere Zeichnungen kommentiert und Ratschläge verteilt. »Mir gefällt, wie du den Schatten schraffierst, Omar. Wenn du die Linien noch mal nachziehst, würden sie noch mehr hervorstechen, Shannon. Rudy, ich habe noch nie gesehen, dass Straßen Glubschaugen haben, aber Kreativität ist ja immer eine gute Sache. Alan …«

Sie bleibt neben meinem Platz stehen und schaut auf mein Blatt hinunter.

Leer.

Meine Lehrerin seufzt. »Alan«, sagt sie leise, »du musst doch bloß eine Straße zeichnen. Du kannst sie ganz nach Wunsch gestalten. Ist das nicht schön, so frei zu sein?«

»Tut mir leid«, flüstere ich.

Als Mrs Colton weitergeht, greife ich in meinen Rucksack und ziehe mein altes Skizzenbuch heraus. Ich schlage die letzte Seite auf, von der mich Connors halbfertiges Lächeln anstrahlt. Ich starre den Jungen an, in den ich verliebt bin. Und dann zieht sich mir die Brust ganz eng zusammen. Ich reiße die Seite aus meinem Skizzenbuch, als würde ich ein Pflaster abziehen, und knülle sie zu einem kleinen Ball zusammen. Doch anders als beim Abziehen eines Pflasters ist es nicht leichter, wenn man es schnell erledigt. Die Enge in der Brust wird nicht besser. Genau genommen wird sie sogar schlimmer, so dass ich das Gefühl habe, dass sie mir die Kehle abschnürt und die Augen rausfallen lässt, und ich kann nichts tun, außer ein bisschen zu würgen.

Oh, Moment, ich bin im Unterricht. Ups.

Ich schaue mich um, ob mich auch niemand beobachtet, aber alle sind damit beschäftigt, den Kies auf ihre Straßen zu zeichnen oder was auch immer. Außer Penny, die schnell wieder auf ihr Blatt hinunterschaut, als sich unsere Blicke begegnen.

Nachdem ich eine dicke, fette Sechs von Mrs Colton kassiert habe, packen wir alle unsere Sachen zusammen. Über meinem Kopf hängt eine Gewitterwolke, aus der die Blitze auf mich runterzucken. Ich kann's kaum abwarten, aus dem Kunstraum herauszukommen, und das, obwohl er normalerweise mein Lieblingsort in der ganzen Evergreen ist. Doch bevor ich weit komme, tippt mir jemand auf die Schulter.

»Ähm, hi«, sagt Penny, als ich mich umdrehe.

O Gott, sie wird mich fragen, was mit mir los ist, warum ich mein Blatt zerknüllt habe, ob alles okay ist, und warum mich das mit *der kleinen Tucke* so verrückt macht …

»Hi.«

Penny tritt von einem Fuß auf den anderen, während die anderen lautstark an uns vorbeidrängen. Ich sollte ihr das mit Zack erzählen. Vielleicht wird ihm das helfen, das Eis zu brechen, wenn ihr klar ist, was er empfindet. »Ähm«, sage ich, »mein Freund …«

Bevor ich weiß, wie mir geschieht, stolpert sie einen Schritt auf mich zu, schließt die Augen und spitzt die Lippen. Ihr dicker Schal streift mein Kinn und … *oh, mein Gott, wir sind in voller Alarmbereitschaft, alle Kampfstationen bereit, Code Red, wiederhole: Wir haben einen Code Red, dies ist keine Übung, DIES IST KEINE ÜBUNG …*

Ich schreie ungefähr drei Oktaven höher als sonst, und das Nächste, was ich mitbekomme, ist, dass ich den Flur hinunterrase. Von überallher höre ich Gelächter.

Das war … sie war … sie wollte … sie … und ich …

Irgendwas sagt mir, dass so was anders ablaufen sollte.

Jemand, der nicht zufällig ich wäre, hätte wohl gesagt: *Oh, hey, ich würd ja liebend gern mit dir am helllichten Tag Speichel austauschen, wenn alle uns sehen können, vor allem, da ich dich ja eigentlich heute erst kennengelernt habe und mein*

Freund in dich verliebt ist. Ach ja, außerdem hab ich mich total in einen Homo-Hasser verknallt. Megacool, oder?

Leider ist mir im entscheidenden Moment nichts von alledem eingefallen. Im entscheidenden Moment hab ich bloß Panik bekommen.

Kommt schon Leute, ihr hättet auch Panik bekommen.

Jetzt muntert mich mal ein bisschen auf, okay?

Als ich die Cafeteria erreiche, gehe ich auf Zehenspitzen, weil ich das schreckliche Gefühl nicht loswerde, dass ich irgendwas ganz Schlimmes getan habe. Und vielleicht habe ich das auch – Penny kommt sich im Augenblick vermutlich ziemlich dämlich vor. Aber ich werde jetzt ganz bestimmt nicht zu ihr gehen, sie umarmen und mit ihr Marshmallows am Lagerfeuer rösten.

Du hättest gerade einen weiteren Punkt abhaken können, sagt eine Nathan-artige Stimme in meinem Kopf. *Jetzt wird dich niemals wieder jemand küssen wollen. So ein Pech, was, Al?*

Ein speichelsprühendes, saftiges Furzgeräusch dringt in meine Ohren. Ich wirbele herum und sage: »Lass den Mist, okay?«

Zack weicht zurück. »Oh, tut mir leid.«

Ich atme tief ein. »Mir tut's leid. Du … hast mich erschreckt, das ist alles.«

Er zuckt mit den Schultern. »Schon okay. Mir ist noch ein Plan für den Snackautomaten eingefallen. Wir bringen ihn zu einem Fluss und lassen ihn die Strömung runtertreiben. Wenn er sich mit Wasser gefüllt hat, kommt der Zettel garantiert aus dem Schlitz geschwommen. Hat ja niemand behauptet, dass er heil sein muss, oder? So wird der Zettel auch gleich wieder sauber!« Er streckt beide Daumen hoch und redet weiter über seinen Plan, bis wir uns an unseren Tisch setzen und er zum Abschluss noch hinzufügt: »Lachse schwimmen stromaufwärts, da müssen wir also aufpassen …«

Während ich den Makkaroni mit Käse aus der Cafeteria noch etwas von dem Brathähnchen hinzufüge, das es gestern Abend bei uns gab, spüre ich, dass jemand neben unserem Tisch steht. Ich schaue auf und laufe sofort knallrot an.

»Penny«, quietscht Zack. »Was für eine Überraschung. Hey, du kannst dich zu uns setzen, hier neben mir ist noch ein Platz frei …«

»Du bist doch nicht so cool, wie ich dachte«, sagt Penny.

Ich ziehe den Kopf ein. »Was meinst du?«, fragt Zack.

Sie ignoriert ihn. »Nach der Debatte dachte ich, du wärst ein echt guter Typ. Und ich mag deine Haare. Aber du hast mich total gedemütigt gerade.« Sie funkelt mich böse an. »Du hättest nicht schreien müssen, als wäre ich ein ekelhaftes Monster oder so. Ich wollte lediglich einen Kuss.«

Wieder macht sich die Nathan-artige Stimme bemerkbar: *Sie ist ganz knapp davor loszuheulen. Hak den Punkt ab, na los doch, Al!* Ich schließe die Augen und klopfe mit den Fingern gegen meine Schläfen, bis die Stimme verstummt.

»Also, Moment mal«, sagt Madison, »wenn ihr meine ehrliche Meinung hören wollt, finde ich, dass die Cafeteria kaum der passende Ort ist für eure unreifen romantischen Gespräche …«

»Halt die Klappe, Fettkloß«, zischt Penny.

Madison wird kreidebleich und bläst seine Wangen auf, sagt aber nichts mehr. Dafür schaltet Zack sich ein: »Penny! Ich weiß nicht, was passiert ist, aber vielleicht kann ich helfen …«

»Gib's zu«, sagt Penny zu mir. »Du bist genauso ein Verlierer wie dein Bruder. Ein Megaverlierer.«

Ich weiß nicht, woran es liegt. Vielleicht an dem Vergleich mit Nathan. Vielleicht am Fettkloß. Vielleicht daran, dass sie mich praktisch überfallen und mir dann die Schuld dafür gegeben hat, dass ich nicht darauf eingestiegen bin. Vielleicht liegt es an allen drei Punkten. Jedenfalls hakt etwas bei mir aus. Mein Herz hämmert. Mein Blut kocht. Ich schaue Penny Schmidt direkt in die Augen, öffne den Mund und gebe die coolste, cleverste Antwort, die ich zustande bringen kann:

»Selber Verlierer.«

Klatsch.

So klingt es also, wenn meine Coolness auf dem Boden landet und aufspritzt wie ein feuchter kleiner Hundehaufen.

Penny kichert. »Wow, du bist echt ein cooler Typ. Jetzt hast du's mir aber gezeigt. Wir sehen uns, du Opfer.«

Zack steht auf. »Penny, warte! Du musst doch nicht gemein sein! Ich weiß, im Herzen bist du ein guter Mensch. Du hast bestimmt bloß einen schlechten Tag … ich … ich wollte dir noch was sagen …«

»Vermutlich nicht der beste Moment«, flüstere ich.

Aber Zack macht einfach weiter. »Ich … ich dachte … wir zwei, du und ich … na ja, dass wir vielleicht …«

Penny stößt ein lautes, schnaufendes Gelächter aus, das durch die ganze Cafeteria hallt. Um uns herum verstummen alle. »Du willst mich auf den Arm nehmen, oder? Du? Mit dir kann ich mich doch nicht sehen lassen. Dann halten mich ja alle endgültig für total …« Sie unterbricht sich, dann sagt sie: »Du bist der allergrößte Verlierer an der ganzen Schule. Im Vergleich zu dir sind noch die kümmerlichsten Vollidioten megacool. Das Mädchen, das freiwillig mit dir ausgeht, muss mindestens blind und taub sein, damit sie niemals mitbekommt, was für ein Verlierer du eigentlich bist. Niemand will dich um sich haben, und daran wird sich auch nie was ändern. Du solltest dich unter einem Stein verkriechen und nie wieder hervorkommen, dann müssten wir dich wenigstens nicht mehr sehen.«

Zack setzt sich wieder hin.

Penny schaut sich um, als würde ihr jetzt erst klarwerden, wie laut sie gesprochen hat. Sie wickelt sich ihren

Schal halb ums Gesicht und verzieht sich rasch ans andere Ende der Cafeteria. Dreimal dreht sie sich noch um, aber ich kann nicht sagen, wen sie dabei ansieht.

»Ähm«, sagt Madison. »Zack?«

Zack starrt bewegungslos auf sein Tablett hinunter.

»Du bist kein Verlierer«, sage ich. »Es stimmt nicht, was sie sagt.«

»Ja, genau«, sagt Madison. »Du bist total cool. Alle wissen das.«

Er rührt sich nicht. Blinzelt nicht mal.

Ich atme tief ein, beuge mich ganz dicht vor zu seinem Ohr und mache ein langes schmatzendes Furzgeräusch. »Das kannst du deiner Schildkröte beibringen.«

Ein kleines Lächeln taucht auf Zacks Gesicht auf. Er blinzelt ein paarmal.

Ich hebe beide Daumen. Mehr muss ich nicht sagen.

»Ich nehme an, es wär eh nichts draus geworden, was?«, sagt er.

»Die ist doch der reinste Albtraum«, sagt Madison. »Da kannst du was viel Besseres bekommen.«

»Aber ich hab's ihr gesagt, und darauf kommt es an«, sagt Zack und schaut mir direkt in die Augen. »Und sie hat recht: Ich bin ein Verlierer.«

»Sag das nicht!« Madison schüttelt den Kopf. »Du bist kein …«

»Doch.« Zacks Stimme wackelt ein wenig. »Und wisst ihr was? Es ist egal. Wen interessiert das schon, ob man cool ist oder nicht? Wen interessiert das, ob man gewinnt oder verliert? Ich weiß, wer ich bin. Ich bin ein dicker, fetter Verlierer!« Den letzten Teil brüllt Zack regelrecht und dreht sich in seinem Stuhl herum. Die Leute schauen herüber, und ein Lehrer murmelt einer Lehrerin irgendwas zu, aber ich weiß, dass es Zack egal ist. Er dreht sich immer noch mit erhobenen Armen und brüllt: »Wiiiiiii!« Als er schließlich aufhört, sich zu drehen, wischt er sich die Augen und fragt: »Aber ihr … ihr wollt doch immer noch meine Freunde sein, obwohl ich ein Verlierer bin, oder?«

Ich nicke. »Verlierer müssen zusammenhalten.«

Zack schaut Madison an, der unruhig auf seinem Stuhl hin und her rutscht. »Ähm«, stammelt er. »In meinem Zeitplan kriege ich momentan nur einen Freund unter.«

»Komm schon, Madison«, sage ich.

Er seufzt. »Na schön.«

Zack streckt seine Hand aus und greift quer über den Tisch nach Madisons Schulter. »Das ist eine Über-den-Tisch-Umarmung«, sagt er. »Nach der Mittagspause bekommst du 'ne echte.«

»Ich kann's kaum erwarten«, sagt Madison, aber ich sehe, dass er versucht, ein Lächeln zu unterdrücken.

Zack legt seine Hand in die Mitte des Tisches, mit dem Daumen nach oben. Ich mache es ebenso, und dann schließt sich auch Madison an. »Verlierer, jetzt und für immer«, sagt Zack.

»Verlierer halten zusammen«, sage ich.

»Verlierer und ihr nicht ganz so verliererhafter Freund«, sagt Madison.

Als wir die Cafeteria verlassen, beobachte ich Zack. Wie er leicht hüpfend geht, wie er den Rücken streckt, wie er etwas in seiner Tasche umklammert, das aussieht wie ein Stein. Seine Augen sind weit geöffnet, sie strahlen und sind voller Hoffnung. Er lehnt sich näher zu mir und sagt: »Ich hab ihn heute an.«

»Hm?«

»Officer Orville. Heute hab ich ihn zum ersten Mal angezogen. Deshalb wollte ich es Penny auch sagen.«

»Dann war das Glück wohl nicht auf deiner Seite.«

Zack grinst mich breit an. »Doch. Das war es.«

16. Kapitel

Im Helen's Crest schaffe ich es kaum, mich am Beckenrand festzuhalten, so müde sind meine Arme. Aber Madison lässt keine Ausflüchte gelten. »Wir gehen die Prüfung noch mal durch. Eine Bahn Kraulen, eine halbe Rücken, eine halbe Brustschwimmen.«

»Ich glaub, ich klapp ab.«

»Hmpf.« Madison schüttelt den Kopf zum Rhythmus der Wellen. »Weil du nicht ordentlich atmest. Ich sag's dir immer wieder, du sollst nicht so oft die Luft anhalten. Atme mit dem Mund ein, wenn dein Kopf über Wasser ist, und atme mit der Nase aus, wenn er unter Wasser ist. Wenn du durcheinanderkommst, atme einfach ganz gleichmäßig. Einatmen, ausatmen. Na los, jetzt üben wir den Ablauf der Prüfung.«

Ich weiß nur zu gut, dass es nichts bringt, mit dem Coach zu diskutieren. Also wappne ich mich, stoße mich vom Rand ab und beginne mit dem Kraulen.

Als ich das erste Mal hergekommen bin, konnte ich mich kaum auf dem Schwimmbrett halten. Und nun, nach ein paar Tagen intensiven Trainings, komme ich ohne anzuhalten bis zum anderen Ende des Beckens. Aber schaffe ich es mit dem Rückenschwimmen zurück? Und dann das Brustschwimmen! Madison sagt dauernd, Brustschwimmen wäre ganz einfach, aber ich bekomme es einfach nicht hin, vor allem, weil ich ständig jede Menge Wasser schlucke und Tonnenweise Chlor, wenn ich den Kopf unter Wasser habe.

Ich schaffe es bis ans andere Ende, dann drehe ich mich ungeschickt auf den Rücken. Vermutlich sehe ich dabei aus wie ein besoffener Pinguin.

»Jetzt Brust!«, ruft Madison.

Ich drehe mich wieder auf den Bauch, fahre die Arme aus und versuche zu atmen. Ein … aus … ein … aus … ein …

Beinahe ersticke ich an dem ganzen Wasser, das ich schlucke.

Madison kommt zu mir herübergeschwommen und schüttelt unzufrieden den Kopf. »Nicht gut. Denk dran, was ich dir gesagt habe: Ein, aus, ein, aus.«

»Genau das hab ich gemacht«, spucke ich.

»Na, los, probier's noch mal.«

»Geht nicht. Ich muss nach Hause. Heute ist mein Schüler-Elternabend. Und ich brauch genug Zeit, um mich zu duschen, damit mein Dad nicht merkt, dass ich wieder schwimmen war.«

Madison nickt. »Zumindest haben wir noch morgen.

Aber morgen ist Mittwoch, und die Prüfung kannst du nur Donnerstag früh machen.«

»Ja«, sage ich. Theoretisch läuft die Frist am Freitag ab, aber Nathan meinte natürlich Freitagmorgen beim Frühstück, da bleibt also keine Zeit mehr. Und dann muss ich noch so viele andere Dinge erledigen, den Snackautomaten, den Kuss, jemanden zum Weinen bringen, Dad …

»Du hast Riesenfortschritte gemacht«, sagt Madison, als wir aus dem Becken klettern. »Nach dem morgigen Training wirst du bereit sein.«

Ich schaue auf das Becken herunter und stelle mir vor, wie ich im Unterricht alles aus mir raushole, und das vor Leuten wie Ron und Marcellus. Aber was, wenn ich …

Wenn die Chancen besser stehen als null, heißt das, es gibt Hoffnung. Das heißt, man sollte nicht aufgeben, ganz gleich, wie es aussieht.

Ich schüttele mir das Wasser aus den Haaren. »Ja! Ich werd bereit sein.«

Nathan ist nirgends zu sehen, als ich das Haus betrete. Vielleicht ist er bei Marcellus. Wahrscheinlich hat er sich aber nach seiner Untersuchung im Krankenhaus bloß in seinem Zimmer eingegraben. Ich habe keine Lust dazu, ihm dabei zuzuhören, wie er sich wegen des CgC in die Brust wirft. Eigentlich hab ich einfach überhaupt keine Lust ihm zuzuhören. Punkt. Mom ist auch nicht da. Sie hat den ganzen Abend diese Sache in der Kirche, ihrem einzigen Rückzugsort von »ihrer Geschichte«, von der Welt, die sie für hoffnungslos hält, von ihrem Ehemann, den sie zu verteidigen versucht, und vor ihren Kindern, die sie nicht beschützen kann.

Ich hole mir ein paar Süßigkeiten aus dem Schrank, und gerade als ich die letzte Himbeertarte mit Zuckerguss aufgegessen habe, taucht Dad aufbruchsbereit in der Küche auf. Das Thema für mein Kretpoj ist zurzeit offen (hat ja keinen Sinn aufzugeben, nur weil man einen, äh, Fehlstart hatte), und Mom hat recht, was Dad anbelangt: Er sieht wirklich aus wie eine ältere Version von mir, die ein paar Stürme hinter sich hat …

»Willst du etwas sagen?«

Ich senke den Kopf. »Nein.«

Auf der Fahrt zur Evergreen ist es bei uns im Auto still wie im Leichenschauhaus. Dad ist tief übers Lenkrad gebeugt, und seine Augen suchen die Straße permanent nach möglichen Gefahren ab. Er erwähnt Nathan nicht, was wohl bedeutet, dass er keine Ahnung hat. Zum Glück. Man ist ja schon für Kleinigkeiten dankbar. Als wir an der Schule ankommen, parkt er den Wagen und wendet sich mir zu. »Enttäusch mich nicht.«

Ich schlucke.

Es ist komisch, in der Evergreen zu sein, wenn es draußen dunkel wird. Kaum jemand ist hier, und Dad biegt in den völlig falschen Flur ein. »Dad«, sage ich. »Hier lang.«

Er grummelt vor sich hin. Kurz darauf biegt er schon wieder falsch ab. »Dad«, rufe ich.

»Bah!« Dad dreht sich auf dem Absatz um und stürmt missmutig den richtigen Flur hinunter.

Als wir endlich beim Klassenraum von Miss Richter ankommen, zieht Dad mich beiseite, direkt vor den leeren Snackautomaten, in dem Nathans dreckiger »Für Al«-Zettel steckt. Wenn er ein kleines bisschen nach links schaute, würde er dann die Handschrift seines Sohns erkennen? »Wenn mir auch nur ein Wort über irgendwelche Probleme zu Ohren kommt …«

Er muss den Satz nicht beenden.

»Du gehst in die A-Kurse. Du solltest dein Köpfchen benutzen, um herauszufinden, wie du Fehler vermeiden kannst, Goldfisch. Du hast schon zu viele Probleme verursacht. Mach bloß nicht noch was falsch. Verstanden?«

Ich nicke.

Hinter uns räuspert sich Miss Richter. Dad zuckt zusammen, als wäre er gerade beim Ladendiebstal ertappt worden.

»Hallo, Mr Cole«, sagt Miss Richter. »Hallo, Alan. Bitte, kommen Sie rein.« Sie betrachtet kurz mein Gesicht, bevor sie in ihr Klassenzimmer tritt. Dad und ich folgen ihr.

Wir setzen uns um einen Tisch herum, so dass wir eine Art Dreieck bilden. »Ich freue mich, hier sein zu dürfen, Miss Richter«, sagt Dad mit der hohen Stimme, die er immer benutzt, wenn er nicht damit beschäftigt ist, Dad zu sein. »Es war eine große Freude, Sie vor zwei Jahren kennenzulernen. Mein älterer Sohn lässt Sie auch schön grüßen.«

»Ich hoffe, Nathan geht es gut«, sagt Miss Richter. »Aber lassen Sie uns über Alan reden. Ich würde die Zeit, die wir heute Abend haben, gern dazu nutzen, um über Alans Stärken zu sprechen und wie wir ihm gemeinsam auf einen guten Weg helfen können.«

»Alan hat viele Stärken«, sagt Dad. »Stimmt doch, Alan?«

»Stimmt«, sage ich, ohne aufzuschauen.

Miss Richter zeigt mit ihrem Bleistift auf Dad. »Können Sie mir eine nennen?«

Dad zögert. »Was meinen Sie?«

»Ich könnte Ihnen viele Stärken nennen, die Alan auszeichnen, Mr Cole. Können Sie mir eine nennen?«

Wenn ich im Erdboden versinken könnte, würde ich es jetzt tun. Dad schaut zu mir herüber, als wäre das irgendwie meine Schuld. Es dauert etwa dreiundvierzig Sekunden, bis er schließlich sagt: »Er … ist sehr fleißig.«

Ich atme aus. Fleißig? Glaubt er das wirklich?

»Das stimmt«, fährt Miss Richter fort. »Und außerdem ist er kreativ, gewissenhaft und hat ein gutes Herz. Im Verlauf des vergangenen Monats ist mir aufgefallen, dass Alan am besten auf positives Feedback reagiert. Wenn man ihn lobt, auch nur ein bisschen, bekommt sein Selbstbewusstsein einen enormen Schub. Ich würde mir wünschen, dass

Sie das aus unserem Treffen heute mitnehmen und im Hinterkopf behalten.«

Dad runzelt die Stirn und sagt kein Wort.

Miss Richter nimmt einen Bogen Papier von einem hohen Stapel. »Hier ist eine Aufstellung der Noten, die Alan bei den letzten Tests bekommen hat …«

Ich muss den Laufschritt einlegen, um mit Dad mitzuhalten, nachdem er aus Miss Richters Klassenzimmer hinaus- und in den falschen Flur hineinstürmt. Diesmal korrigiere ich ihn nicht, jedenfalls nicht, bevor wir fünf Minuten lang durch den Naturwissenschaftstrakt der Knospen geirrt sind.

Er dreht sich zu mir um. Sein Gesicht ist wütend verzerrt. »Was?«, zischt er mich an.

»Ich weiß, wie wir hier rauskommen.«

»Du …«, setzt er an. Dann atmet er ein. Ein … aus … ein … aus. »Na gut. Los.«

Ich gehe voraus und navigiere uns durch das gefahrvolle Labyrinth der Evergreen Middle School. Als wir endlich den Ausgang erreichen, atmet Dad hörbar auf.

»Hey, Alan!«, ruft jemand. Ich drehe mich um und sehe Rudy Brighton neben seiner Mutter. Ich winke ihm zu.

»Mann, ich hab das von deinem Bruder gehört«, sagt Rudy. »Der hat für ziemliche Aufregung gesorgt, was?«

All meine Muskeln verkrampfen sich. »Ist ja toll, aber wir müssen los …«

»Jetzt *ertrinkt* er fast in Aufmerksamkeit, hä?«, sagt Rudy und grinst.

»Komm schon, Rudy«, sagt Mrs Brighton. »Wir wollen nicht zu spät kommen.«

»Moment mal«, sagt Dad. Ich spüre, wie eine Hitze von ihm ausgeht, an der man sich verbrennen könnte. »Was ist denn los mit meinem Sohn?«

»Ach, Sie wissen das noch gar nicht?«, fragt Rudy vollkommen ahnungslos. »Er hat mit dem Schwimmteam trainiert und versucht, im tiefen Becken zu tauchen. Wäre beinahe ertrunken. Der Coach musste ihm Mund-zu-Mund-Beatmung geben. Mann oh Mann, ich möchte jetzt echt nicht in seiner Haut stecken. Na ja, wir sehen uns, Alan.«

Rudy und seine Mom betreten die Schule. Dad rührt sich nicht vom Fleck. »Ähm«, sage ich, und meine Stimme klingt ganz heiser. »Es ist fast dunkel. Wir sollten …«

Dad stürmt in Höchstgeschwindigkeit zum Wagen.

Die Autofahrt ist eine Wiederholung unserer Rückfahrt vom Firmenessen, bloß noch schlimmer. Dad fährt, als würde er ein Videospiel spielen, rast mit quietschenden Reifen um die Kurven und drückt auf die Hupe, wenn die anderen Wagen vor Stoppschildern halten. Als wir nach Hause kommen, zittere ich am ganzen Leib, aber das liegt nicht bloß an der Fahrt.

Dad stößt die Tür auf und brüllt: »Nathan!« Er brüllt den Namen meines Bruders noch dreimal so laut, dass

Mom von der Couch aufsteht und sich die Hände vors Gesicht schlägt.

Langsam kommt Nathan die Treppe herunter und schlurft zu mir und Dad herüber. »Was?«, fragt er schmollend.

Als er meinen Bruder erblickt, wird Dads Gesicht ganz weiß. Er stürmt auf Nathan zu. Ich mache mich auf eine Explosion gefasst, aber, nein – Dad umarmt ihn. Er schlingt die Arme um seinen ältesten Sohn, hält ihn umklammert, drückt ihn fest an sich.

»Dad!«, keucht Nathan. »Was zum …«

Dann lässt Dad ihn los, und wo sein Gesicht eben noch weiß war, läuft es knallrot an. »Was hast du dir nur gedacht?«, schreit Dad, und seine Spucke fliegt quer durchs Zimmer. »Du Idiot! Wie konntest du nur so dämlich sein?«

»Ich … was?«, stammelt Nathan.

»Ins tiefe Becken zu springen«, brüllt Dad und marschiert fuchsteufelswild vor ihm auf und ab. »Du kannst doch überhaupt nicht schwimmen. Und du bist dem Schwimmteam beigetreten? Ich hatte keine Ahnung, dass du so wenig im Kopf hast. Wie konntest du nur so … dumm sein?«

Nathan klappt die Kinnlade herunter. »Ich … ich habe …«

»Du hast *was*? Versucht, cool zu sein? Deinen Bruder zu beeindrucken? Du hast niemanden beeindruckt! Ich könnte … ich könnte …«

Dad bleibt unvermittelt stehen, schnappt sich eine Lampe von der Kommode und schleudert sie gegen die Wand, so dass sie in tausend Scherben zerbricht.

Ich ducke mich. Nathan erstarrt. Mom schreit auf.

Dad dreht sich weg von uns. Seine Schultern heben und senken sich, und sein Atem klingt heiser. Endlich sagt er etwas: »Ihr sollt auf mich hören und euch anständig verhalten. Mehr verlange ich nicht. Aber das tut ihr nicht. Und dabei wärst du beinahe …« Er atmet tief ein. »Du hättest niemals zur Welt kommen sollen. Dein ganzes Leben lang hast du nichts anderes getan als mich zu enttäuschen. Nur darin bist du gut. Alles, was du machst, machst du falsch. Nur wenn's darum geht, mich zu enttäuschen – das kriegst du hin. Darin bist du ein Genie. Wenn ich dich je – *jemals* – wieder in der Nähe von Wasser erwische …« Er wendet sich Nathan zu, ballt die Fäuste und rauscht dann hinaus in die Garage.

Die Hitze im Wohnzimmer schnürt mir die Kehle zu, und ich bekomme kaum noch Luft. Ich schaue meinen Bruder an, der kalkweiß ist. In seinen Augen steht die reine Angst. Dann zuckt er zusammen. Sein Gesicht verzerrt sich, und er rennt die Treppe hinauf, bevor jemand seinen Schmerz sehen kann.

Ich blicke Mom an. Mom blickt mich an. Dann verschwindet sie in die Küche, kommt mit Handfeger und Kehrblech zurück und beginnt, die Überreste der Lampe aufzufegen. Ihre Hände zittern, als sie die Scherben einsammelt, und dabei wirft sie mir immer wieder Blicke zu. Neben dem Tisch ist ein großes Loch im Putz der Wand, so groß, dass ich meine Hand hineinstecken könnte.

Nachdem Mom aufgeräumt hat, geht sie die Treppe hinauf, vermutlich zu Nathan ins Zimmer. Ich nehme den Müllbeutel und bringe ihn nach draußen. Es ist jetzt dunkel, und mein Magen rumort. Ich werfe den Müll in die Tonne. Und während der Wind auffrischt, bleibe ich noch eine Weile draußen stehen, blicke zum sternenlosen, wolkigen Himmel hinauf und frage mich, wie ich jemals glauben konnte, dass es Hoffnung gibt.

Ein plötzlicher Knall lässt mich herumfahren. Das Fenster, das im oberen Stockwerk auf die Einfahrt weist, wird zugezogen. Das ist Nathans Fenster. Auf dem Asphalt – ja, da liegt etwas. Langsam schleiche ich darauf zu.

Es ist ein Bilderrahmen. Das Glas im Rahmen ist durch den Aufprall zersplittert. Dahinter lässt sich das Foto einer Familie erkennen: Ein Vater, eine Mutter und zwei kleine Söhne. Der Vater hat seiner Frau die Hand aufs Knie gelegt. Der ältere Junge hat ein ziemlich albernes Grinsen aufgelegt und zeigt der Kamera seine Zahnlücke, während der jüngere, der höchstens vier Jahre alt ist, auf dem anderen Knie der Mutter sitzt und lacht.

Es ist das erste Mal, dass ich den Mann auf dem Foto so lächeln sehe. Es ist ein glückliches Lächeln.

So also waren wir, bevor meine Großeltern gestorben sind.

Plötzlich wird mir klar, was das hier ist, was es war, was es immer sein wird: Nathans kostbarster Besitz.

Und er hat ihn aufgegeben, in die Einfahrt geschleudert wie Abfall.

Ich fahre mit meinem Finger über das zersplitterte Glas, dann hebe ich das Bild auf und gehe zurück ins Haus.

In dieser Nacht träume ich von Wasserfluten und loderndem Feuer und einer ganzen Parade von Kindern, auf deren Stirnen das Wort *Verlierer* prangt, und von dem furchtbaren Geräusch, das die Lampe verursacht hat, als sie gegen die Wand geknallt wurde, von Moms Schrei. Und dann träume ich, dass Nathan über meinem Bett aufragt. Erst als mir kalt wird, begreife ich, dass das gar kein Traum ist. Er steht vor mir und hat mir die Decke vom Leib gerissen.

»Was …?«, krächze ich.

Nathans Stimme ist kristallklar. »Dein Handy«, sagt er. »Wo ist es?«

»Mein … Handy?« Ich reibe mir die Augen.

»Gib mir dein Handy«, sagt Nathan seelenruhig.

Plötzlich bin ich hellwach. »Nathan, es ist, ähm, drei Uhr morgens oder so. Warum …«

»Noch einmal«, sagt er. »Gib mir dein Handy.«

Was will er mit meinem Handy? Ganz egal, ich weigere mich. »Nein«, sage ich. »Nimm dir Kleingeld oder irgendwas, mein Telefon geb ich dir nicht.«

Es entsteht eine Pause. Dann holt Nathan mit der Faust aus und rammt sie mir mit voller Wucht zwischen die Beine.

Alles wird weiß. Ich heule auf vor rasendem Schmerz, als seine Knöchel ihr Ziel treffen, aber er presst mir mit seiner anderen Hand ein Kissen aufs Gesicht, damit mich niemand hört. Noch nie im Leben hatte ich solche Schmerzen. Selbst als er mir fast den Arm gebrochen hat, fühlte sich das nicht so schlimm an. Ich habe das Gefühl, als müsste ich gleichzeitig heulen, mich übergeben und explodieren. O Gott, es soll aufhören, bitte …

Er hebt das Kissen hoch, und ich krümme mich zusammen wie ein Baby. »Gib mir dein Handy«, wiederholt er.

Ich kann mich kaum bewegen, geschweige denn aufstehen und ihm mein Telefon geben. Aber ich möchte nicht noch einmal seine Abrissbirne gegen meine Weichteile geknallt bekommen, also stöhne ich: »Sockenschublade.«

Nathan wühlt eine Weile herum, bis das Licht eines Telefondisplays auf sein Gesicht fällt. Die Tränenspuren sind noch darauf zu sehen. Als Nächstes schließt sich langsam meine Tür, und ich versuche, mich zu sammeln. An Einschlafen ist allerdings nicht mehr zu denken. Ich sehe immer wieder die Flammen vor mir und frage mich, ob das Feuer sich ausbreiten wird, und welche schrecklichen Dinge Nathan mit meinem Handy vorhat. (Außerdem stelle ich mir die Frage, ob ich jemals wieder laufen kann. Das ist ja auch nicht ganz unwichtig.)

Als die Sonne aufgeht und mein Wecker klingelt, bin ich völlig fertig. Ich habe kaum geschlafen, jeder Schritt tut weh, mein Magen rebelliert. Als ich die Zimmertür öffne, liegt da mein Handy. Jetzt kann es mit diesem Tag doch eigentlich nur noch bergauf gehen.

… oder?

17. Kapitel

Die Busfahrt an diesem Freitagmorgen mit ihrem Schlaglochgepoltere ist nicht gerade angenehm für meinen Unterleib. Ich versuche, nicht ständig das Gesicht zu verziehen während der Fahrt und beim Gehen nicht zu humpeln. Also, ich kann allen Jungen unter euch nur raten: Sollte euch so was noch nicht passiert sein, sorgt dafür, dass es auch nie so weit kommt, okay?

Als ich den Haupteingang erreiche, hat sich eine Menschenmenge vor dem Schwarzen Brett versammelt, wo alle Schulclubs ihre Informationen aushängen. Die Schüler strecken die Finger aus, zeigen auf irgendwas und lachen. Einen Vorteil hat mein Wachstumsschub vom letzten Sommer eindeutig gehabt: Ich kann problemlos über die meisten hinwegschauen. Wie's aussieht, lachen also alle über …

Oh, mein Gott.

Oh, Gott, nein.

Meine Knie werden schlagartig weich. Das … das kann doch nicht … wie hat er …

Er hat sich mein Handy geholt.

Ich habe das Foto nicht gelöscht, nachdem ich es an Mrs Truman weitergeleitet hatte. Ich hatte es völlig vergessen.

Und jetzt ist es … es ist …

»Was ist denn hier los?«, fragt Madison, der gerade um die Ecke biegt und auf mich zukommt.

»Du solltest ganz schnell in die Klasse gehen«, flüstere ich.

»Was? Warum?«, fragt Madison. »Ich will auch sehen, was alle da …«

Ein Typ brüllt: »Hey, da ist er ja!« Sofort wendet die Menge ihre Aufmerksamkeit Madison zu und gibt den Weg zu dem Foto frei, das am Schwarzen Brett hängt, zu dem Foto von Madison in Badehose, von dem er niemals wollte, dass es jemand zu Gesicht bekommt.

Madisons Gesicht wird so weiß wie ein zerknülltes Blatt Papier.

Jetzt kann ich auch sehen, was unter dem Bild steht – in einer Handschrift, die ich sofort erkenne:

Fettison Truman posiert für die Men's Health Titelseite

Aus allen Ecken schlägt Madison Gelächter entgegen. Mein Freund macht mit weit offenem Mund ein paar Schritte rückwärts und schaut mich an. Wilder, verletzter Schmerz steht in seinen Augen. Er muss nicht fragen: »Wie konntest du das tun?« Seine Augen stellen die Frage für ihn.

Ich schaue zu Boden.

Dann stößt er einen Schluchzer aus und rennt davon.

Die Menge ruft hinter ihm her: »Wo willst du denn hin, Fettison?«

»Der ist nicht nur fett, sondern auch 'ne Heulsuse!«

»Hey, wir sollten den mal die Treppe runterrollen wie einen Medizinball!«

»Was geht hier vor?«, ruft Direktor Dorset, der den Flur herunterkommt. Er wirft einen Blick auf Madisons Foto und reißt es kurzerhand vom Schwarzen Brett. »Wer ist dafür verantwortlich?«, ruft er den Schülern zu, aber alle stürmen sofort davon.

Nur ich nicht.

»Alan Cole«, sagt der Direktor. »Weißt du, wer das getan hat?«

Ich, würde ich am liebsten sagen. Ich hab ihm mein Handy gegeben. Ich hab das Foto nicht gelöscht. Ich war – bin – ein Feigling. Dabei könnte ich sagen, wer es war. Ich könnte meinen Freund verteidigen.

Aber ich könnte dadurch auch einen erneuten Schlag in die Weichteile riskieren.

»Nein«, flüstere ich. Mein Kopf ist so tief gesenkt, dass ich fast vornüber falle.

Madison sitzt nicht auf seinem Platz, als es zur ersten Stunde klingelt. Vielleicht hat er die Schule sofort verlassen. Vielleicht kommt er niemals zurück. Vielleicht war ich der schlechteste Freund der Welt, nach allem, was er für mich getan hat.

»Hey, wo steckt denn Fettison?«, fragt Rudy, nachdem Miss Richter die Tür hinter sich geschlossen hat.

»Halt die Klappe, Rudy!«, schreit ihn Sheila Carter an.

»Ja, das ist echt nicht cool«, sagt Connor neben mir.

»Dafür wirst du nachsitzen, Rudy«, sagt Miss Richter mit unnachgiebiger Stimme. »Ab heute gilt hier eine Null-Toleranz-Regel gegen Mobbing. Und zwar ohne Ausnahme. Ein Verstoß, und ihr seid draußen. Ist das klar?«

Allgemeines Gemurmel. Rudy sackt in seinem Stuhl zusammen.

Ich schaue nach links, um zu sehen, was Zack dazu zu sagen hat …

… aber Zack ist nicht da.

Ich schaue zur Uhr hinüber, die über der Tür hängt, und versuche die Schweißperlen zu ignorieren, die sich auf meinem Rücken bilden. Könnte sein, dass er einfach zu spät kommt. Ja, das wird es wohl sein – er ist irgendwo falsch abgebogen und hat angehalten, um einen moosigen Ziegelstein zu bewundern oder so. Er wird jeden Augenblick hier aufkreuzen.

Aber er kreuzt nicht auf. Und irgendwann stehen wir alle auf, um den Klassenraum zu verlassen.

»Miss Richter«, frage ich, als alle anderen zur Tür hinaus sind. »Ist Zack heute krank?«

Sie schüttelt den Kopf. »Nicht dass ich wüsste. Und er hat sich in letzter Zeit eigentlich auch immer bemüht, pünktlich zu erscheinen.«

Ich schlucke. »Okay. D-danke.«

»Alan«, sagt Miss Richter, als ich mich abwende. »Ich hoffe, bei euch war alles okay nach unserem Schüler-Elternabend. Du bist ein guter Junge. Lass dir von niemandem etwas anderes einreden, ja?«

Ich unterdrücke alle Tränen und gehe schnell auf den Flur, bevor sie etwas merkt.

Beim Schwimmen kann ich mich kaum konzentrieren. Ich liege so weit hinten beim CgC. Nathan ist mir in mindestens drei Punkten voraus, also muss ich morgen unbedingt die Prüfung bestehen. Aber was soll das noch bringen? Ich kann ihn sowieso niemals schlagen. Ich weiß gar nicht, warum ich es probiert habe, warum ich geglaubt habe, auch nur eine winzige Chance zu haben. Ich weiß auch nicht, warum ich geglaubt habe, meine Kunst könnte die Welt verändern. Ich weiß nicht, warum ich überhaupt irgendwas geglaubt habe.

Marcellus hebt den Kopf und schaut mich an. »Morgen«, sagt er. »Heute werden wir …«

»Wo ist Zack?«

»Hä?«

»Was hat er mit Zack gemacht?«, flüstere ich.

Marcellus schüttelt langsam den Kopf. »Er macht, was er will. Ich hab damit nichts zu tun.«

»Aber du weißt es«, dränge ich. »Oder?«

Ich schaue Marcellus Mitchell an, den stillen, aufmerksamen Marcellus Mitchell. Ist er introvertiert, genau wie ich? Wäre es möglich, dass wir eine Verbindung zu einander aufbauen, die nichts damit zu tun hat, dass ich gequält werde?

»Halt dich am Rand fest«, sagt Marcellus. »Ich will mal sehen, wie du die Beine bewegst. Und tu auf jeden Fall so, als würdest du dir wirklich Mühe geben, wenn Coach Streit vorbeikommt …«

Ich klettere aus dem Becken.

»Was machst du denn?« Marcellus klingt tatsächlich überrascht.

Ich stürme zu den Schließfächern hinüber, und alle schauen mir hinterher. »Cole!«, ruft Coach Streit. »Wo willst du hin?«

Ich setze mich auf eine Bank und schließe die Augen. Diesmal keine Tränen. Wie bei Mom.

Leute wie wir müssen sich verbünden. Wir müssen akzeptieren, dass wir böse sind und uns gemeinsam gegen die anderen stellen.

»Was ist eigentlich dein Problem?«, zischt eine Stimme neben mir gehässig.

Ich öffne die Augen. Oh, gut. »Der Coach sagt, ich soll rausfinden, was mit dir los ist«, sagt Ron. »Was ist Sache, Nerd? Das ganze Rumgehampel im Wasser scheint dir nicht zu bekommen.«

»Lass mich zufrieden«, sage ich leise.

»Geht nicht. Coach Streit will, dass ich deinen feuchten kleinen Hintern zurückbringe. Hab von deinem Bruder gehört. Im Vergleich zu dem machst du ja fast ’ne gute Figur. Immerhin bist du nicht er.«

»Ich will bloß meine Ruhe haben.«

»Okay.« Ron zuckt mit den Schultern. »Sei ein Baby. Verlierer wie du machen mich krank.«

»Du hast noch was vergessen«, sage ich tonlos. Eine glückliche Erinnerung schießt mir in den Kopf, sie verschwindet aber sofort wieder, weil sich alles um mich herum in nichts aufzulösen scheint, als ich hinzufüge: »Ein großer, fetter Verlierer, das bin ich.«

Ron zuckt mit den Schultern. »Wie du willst.«

Nachdem er verschwunden ist, bleibe ich in der Umkleide, bis alle anderen kommen, um sich umzuziehen. Heute habe ich mir schon wieder eine Sechs eingefangen, genau wie neulich in Kunst. Aber es ist mir egal.

Hinter meinen Augen tanzen die Flammen.

Es ist einsam heute am Wackeltisch. Penny wirft mir hinter ihrem Schal einen vernichtenden Blick zu, und Connor ist damit beschäftigt, am Nicht-Wackeltisch einen Witz zu erzählen. Niemand ist da, der heute neben mir sitzen würde. Aber das ist auch gut so, denn ich habe keine Gesellschaft verdient.

Irgendwann höre ich meinen Namen. Connor winkt

mich herüber. Ich ignoriere ihn und versuche, mein Essen herunterzuschlucken.

Als ich zum Sozialkundeunterricht gehe, fällt mir sofort auf, dass Madison auf seinem Platz sitzt, aber er wendet den Blick ab. Jenny Cowper kichert, als sie den Raum betritt. Wir begeben uns an unsere Tische, aber all unsere Blicke wandern irgendwann zu Madison hinüber.

»Also«, sagt Miss Richter. »Nun wollen wir …«

Es klopft an der Tür, und die Sekretärin von Direktor Dorset tritt ein. Sie winkt Miss Richter zu sich und flüstert ihr etwas ins Ohr. Miss Richter macht ein Gesicht, als wären vor ihren Augen soeben drei Züge zusammengeprallt. Dann wendet sie sich an die Klasse: »Lest bitte Seite einundzwanzig bis Seite fünfunddreißig. Und nicht reden!«

Dann ist sie weg.

Es dauert drei Sekunden, bis Miss Richters Anweisung gebrochen wird. »Was soll das denn?«, fragt Rudy.

»Wahrscheinlich hat sich in der Cafeteria wieder wer übergeben«, sagt Shariq.

»Aber warum wird dann Miss Richter gerufen?«, fragt Rudy. »Das ist doch voll unlogisch.«

Talia rückt ihre Brille zurecht. »Alle sollen leise sein. Als eure Jahrgangspräsidentin muss ich es Miss Richter melden, wenn ihr euch nicht benehmt.«

Natürlich fangen alle an, aufgeregt miteinander zu reden. Ich schaue zu Madison herüber, aber er hat die Arme auf sein Buch gelegt und den Kopf tief darin vergraben. Ich weiß, dass ich das in Ordnung bringen, dass ich mich entschuldigen muss. Ich muss es ihm erklären. Ich hole mein Handy raus und tippe:

Mein Bruder hat mir das Handy weggenommen. Tut mir so leid. Hätte es löschen sollen.

Auf der anderen Seite des Raumes höre ich ein leises Summen. Madison hebt langsam den Kopf. Mit roten Augen blickt er auf sein Handy, liest meine SMS und senkt den Kopf wieder.

Schaut mich nicht mal an.

In diesem Augenblick wird mir klar, dass ich ihn verloren habe. Mein Freund kommt nicht zu mir zurück.

Ich folge Madisons Beispiel und versenke meinen Kopf in meinen Armen.

Miss Richter bleibt die halbe Unterrichtsstunde weg. Als sie zurückkommt, ist sie ganz anders als sonst. Sie atmet tief ein, dann sagt sie: »Ich gehe davon aus, dass ihr alle ruhig gewesen seid, während ich weg war.«

Eine Beklemmung erfasst uns, als würde elektrischer Strom durch unsere Reihen flackern. Wir schauen von einem zum anderen. Was ist denn bloß passiert?

Als es klingelt, sagt Miss Richter: »Alan.«

Der elektrische Strom versetzt mir einen Schlag. Meine Beine sind so schwer, dass ich sie regelrecht über den Boden schleifen muss.

Als der Raum sich geleert hat, beugt sich Miss Richter an ihrem Tisch vor. Zum ersten Mal sehe ich einen Sprung in ihrer unerschütterlichen Fassade. Mir fällt das Namensschild auf ihrem Tisch auf: *Miss Kathleen Richter*. »Ich möchte, dass du mir die Wahrheit sagst«, beginnt sie. »Weißt du, was heute Morgen mit Zack passiert ist?«

O Gott. Oh, nein. »Nein.«

»Einer der Hausmeister hat ein Summen aus einem Schließfach gehört. Zack war darin eingesperrt.«

Ich muss mich an der Wand festhalten.

»Er weigert sich, uns zu erzählen, was passiert ist«, fährt Miss Richter fort. »Man hat mich gerufen, damit ich versuche, ihn zum Reden zu bringen, doch er bleibt stumm. Du bist doch mit ihm befreundet, daher dachte ich, du wüsstest es vielleicht. Und du hast mich ja heute Morgen nach ihm gefragt. Das ist eine sehr ernsthafte Sache, die man deinem Freund da angetan hat, Alan. Wenn du weißt, wer es war, sag es mir bitte.«

Ich kann nicht aufschauen. Ich kann mich nicht bewegen. Ich kann nicht atmen. Das ist … das ist alles meine …

»Was ist mit dir?« Miss Richter hebt überrascht die Stimme. »Du gibst dir selbst die Schuld. Ja, das tust du. Warum?«

»Das wäre alles nicht passiert, wenn …«, stoße ich aus, »wenn Zack … und Madison nicht mit mir befreundet wären.«

»Was wäre nicht passiert?«, fragt Miss Richter. »Was auch immer das bedeutet, es ist nicht deine Schuld.«

In diesem Augenblick macht es endlich Klick. In diesem Augenblick fügen sich alle Teile zusammen.

Feuer und Wasser und Introvertierte und Extrovertierte und Verlierer und Gewinner und clevere Kids und dass man niemand anderes als man selbst sein soll, und ob die Menschen im tiefsten Inneren böse sind oder nicht. Es macht alles irgendwie … *Klick.*

Was auch immer das bedeutet, es ist nicht deine Schuld.

Nachdem man mir acht Jahre lang gesagt hat, dass alles meine Schuld ist, brauchte ich wohl einmal jemanden, der mir das Gegenteil sagt. Damit ich begreife – dass ich vielleicht wirklich nicht schuld bin.

»Miss Richter«, sage ich. »Ich werde das in Ordnung bringen.«

»Du musst mir sagen, was hier vor sich geht.«

»Das kann ich nicht. Noch nicht. Vertrauen Sie mir. Ich … ich glaube, ich bekomme das hin.«

Es ist nicht meine Schuld. Ich habe das Foto zwar nicht gelöscht, und ich habe Nathan das Handy gegeben, aber es ist trotzdem *nicht meine Schuld.* Ich hab das nicht getan. Das wäre nicht passiert, wenn Zack und Madison nicht meine Freunde wären, aber es hätte jeden treffen können, zu dem ich nett gewesen wäre. Er hätte Talia oder Connor oder Rudy und selbst Ron genauso gequält, wenn er geglaubt hätte, dass sie auf meiner Seite stünden.

Das alles ist nur die Schuld von Nathan Cole.

Manchmal müssen selbst clevere Kids noch eine Lektion lernen. Und dieser Goldfisch muss aufhören, bereitwillig für jede Hyäne das Opfer zu spielen.

Mein Name ist Alan Cole, und ich bin kein Feigling.

Nicht mehr.

18. Kapitel

Die Werther Street 16 scheint verlassen, als ich aus dem Bus steige. Scheint. Nathans Zimmertür ist immer geschlossen, denn es soll grundsätzlich niemand wissen, ob er zu Hause ist oder bei Marcellus. Ich gehe trotzdem die Treppe hinauf. Mein Herz rast in Höchstgeschwindigkeit. Ich gehe an meinem Zimmer vorbei und klopfe an die Tür am anderen Ende des Flurs.

Keine Reaktion.

»Mach auf«, rufe ich.

Nichts.

Ich atme tief ein und stoße die Tür auf.

»Hey!«, brüllt mein Bruder und springt von seinem Schreibtischstuhl auf. »Raus hier! Hab ich gesagt, dass du reinkommen darfst?«

Die Wände von Nathans Zimmer sind mit Postern von Star Trek, Herr der Ringe und anderen Science-Fiction- und Fantasy-Filmen bedeckt; seine Regale sind mit allen möglichen Büchern vollgestellt, von Stephen Hawking über Isaac Asimov bis zu noch mehr Tolkien; auf seinem

Schreibtisch stehen jede Menge kleine weiße Holzspielzeuge, die er geschnitzt hat, als er jünger war. Ich weiß, dass er sich vor allem deshalb so aufregt, weil er nicht will, dass jemand mitkriegt, dass er immer noch mit ihnen spielt. (Ratet mal, was er gemacht hat, als ich hereinkam.)

»Wir müssen reden«, sage ich.

»Ziemlich dreist, junger Novize«, sagt er. »Aber mein Terminkalender ist zurzeit voll. Ich melde mich im Lauf der nächsten Wochen bei dir.«

»Nathan«, sage ich und versuche, so viel Kraft wie möglich in meine Stimme zu legen. »Ich hätte dich heute von der Schule fliegen lassen können.«

»Das haben schon ganz andere versucht«, sagt Nathan und winkt ab.

Ich stoße ein Schnaufen aus. »Das ist ernst. Ich fasse nicht, was du gemacht hast.«

»Was ich gemacht habe?«, wiederholt Nathan. »Meinst du nicht, was du gemacht hast? Ich musste dich schließlich bestrafen. Ich habe dich die ganze Woche beobachtet, wie du mit deinen dämlichen neuen Freunden rumalberst, während ich nach Vic gesucht habe. Ich habe ihre Namen rausgekriegt. Sie heißen beide nicht Vic. Du hast mir selbst dein Handy gegeben mit all deinen Kontakten und dem Foto von diesem hässlichen Fettison in seiner Badehose. Aber das war nicht Vic. Und diesem Zack musste ich nur 'ne SMS schicken und so tun, als wäre ich du. Ich hab ihm geschrieben, dass er zur Schule kommen soll, bevor die Busse ankommen, weil ich ihm was Wichtiges zu sagen hätte. Er war aber auch nicht Vic.«

Ich spüre einen Stich in der Brust. Zack war so loyal. Natürlich war er diesmal pünktlich und ist ganz früh in der Schule aufgetaucht …

»Ich hätte es nicht verraten, wenn ich Vic gefunden hätte. Ich war nur neugierig, in was für einen Typen sich mein kleiner Bruder verguckt hat. Das ist alles. Aber ich konnte ihn nicht finden, weder in der Schule noch in deinem Handy noch sonst wo. Ich schätze, dieser Vic Valentino *existiert* überhaupt nicht. Ich glaube, du hast mich angelogen, du kleiner Scheißhaufen. Du hast dir das Ganze also selbst zuzuschreiben.«

Nathan wollte gestern Abend jemanden bestrafen, und als er Vics Namen nicht in meinen Kontakten finden konnte, hat er sich eben mit Madison und Zack begnügt. Und mit mir. »Nein«, sage ich so fest ich kann. »Es ist nicht meine Schuld. Das war es nie. Ich hab genug davon, mich von dir rumkommandieren zu lassen.«

»Ach ja?«, fragt Nathan.

Ich schlucke. »J-ja. Ich hab genug.«

»Ach ja?«

Ich sage nichts. Mein Bruder stößt sein Hyänengelächter aus. »Erbärmlich. Du bist so eine Lachnummer, Al. Du machst hier einen auf dicke Hose, aber wann hast du dich denn das letzte Mal gegen irgendwas gewehrt? Bisher bist du immer bloß ein Schwächling gewesen, der sich alles gefallen lässt. Und du wirst für den Rest deiner Schulzeit nichts anderes sein als das perfekte Opfer für alle! Du hast es doch nicht vergessen, oder?«

Ich balle meine Fäuste zusammen.

»Schauen wir uns doch mal den Punktestand an!« Nathan zählt die einzelnen Aufgaben an den Fingern ab. »Nummer eins: Ich hab dich zum Heulen gebracht. Nummer zwei: Ich hab deinen dämlichen Zettel gefunden, den du an einem dämlichen Ort versteckt hattest. Nummer drei: Ich bin der bekannteste Schüler der Schule geworden. Und Nummer vier: Ich habe ganz nebenbei meinen ersten Kuss bekommen. Na los, wiedersprich mir ruhig. Das kannst du mir nicht ausreden. Und schließlich Nummer fünf: Ich habe meinen wertvollsten Besitz aufgegeben. Also, was bedeutet es da schon, dass ich den Schwimmtest nicht bestanden habe? Und dass ich mich Dad nicht offen widersetzt habe? Und wenn schon! Ich habe mehr getan als nötig. Und du hast nur zwei Punkte abzuhaken.«

»Drei«, sage ich. »Ich habe jemanden zum Weinen gebracht.«

Nathan hebt die Augenbrauen. »Wen hast du …«

»Es war nicht meine Absicht. Aber Madison hat geweint, weil er dachte, ich hätte ihn verraten. Wertvollster Besitz, bekanntester Schüler, das Heulen. Das macht drei.«

»Na und?«, fragt Nathan. »Was willst du denn jetzt noch bis zum Ende der Frist schaffen? Dich Dad widersetzen? Das machst du im Leben nicht – du traust dich ja nicht mal, deinem eigenen Spiegelbild zu widersprechen. Und du wirst meinen Zettel niemals aus dem Snackautomaten rausbekommen, weil du ein dämlicher Idiot bist. Niemand – Junge oder Mädchen – wird dich jemals küssen wollen. Und wo solltest du schwimmen le…«

Er bricht ab und bekommt große Augen. »Ach so«, knurrt er. »*Das* macht dieser Fettison mit dir. Er bringt dir Schwimmen bei. Du mieses kleines … tja, du wirst es trotzdem nicht schaffen. Du hast nur noch einen Tag, um die Prüfung zu bestehen. Du kriegst ja schon einen Nervenzusammenbruch, wenn du im Schwimmbad duschen musst. Wie sollst du da zwei Bahnen schwimmen?«

»Ich werde es tun«, sage ich.

Wieder lacht Nathan und erhebt sich aus seinem Stuhl. Ich zucke zusammen. »Was soll das denn? Wie kommt es, dass du dich hier so in die Brust wirfst? Ausgerechnet du, du kümmerlicher kleiner Goldfisch! Du hast in deinem Leben doch noch nicht das Geringste zustande gebracht. Und dabei wird es auch bleiben. Du bist ein …«

»Hör auf!«, schreie ich.

Wir stehen beide da wie erstarrt. Nathan bleibt mitten im Satz der Mund offen stehen.

Ich erhole mich als Erster. »Es muss nicht so sein«, stoße ich atemlos aus. »Wir müssen nicht so leben. Wir sind keine … wir müssen keine Feinde sein.«

»Doch, müssen wir«, sagt Nathan, und alle falsche Freundlichkeit ist aus seiner Stimme verschwunden.

»Warum?«, frage ich. »Es ist nicht … ich bin nicht *Dad*!«

Nathan weicht zurück, als hätte ich ihn geschlagen. »Du kapierst es nicht«, sagt er. »Das ist so typisch für dich, dass du überhaupt keinen Schimmer hast. Es ist alles deine Schuld.«

»Was? Nathan, *was* ist meine Schuld?«

»Du erinnerst dich nicht mal!«, faucht Nathan. »Das ist das Schlimmste daran. Bevor du alles kaputt gemacht hast, war Mom … glücklich. Damals hat sie noch wirklich gelächelt und mich in den Arm genommen. Nach der Schule ist sie mit mir zum Spielplatz gegangen und hat mich stundenlang schaukeln lassen. Sogar Dad war glücklicher. Manchmal hat er mir Spielzeug mit nach Hause gebracht. Er hat mir meinen ersten Atlas geschenkt. Er war … stolz auf mich.«

Nathan reißt seinen Kopf zur Seite, weil ich nicht sehen soll, wie er sich die Augen am Ärmel abwischt.

»Aber erinnere dich: Als du krank wurdest, weil du diesen dämlichen Sonnenuntergang gemalt hast, hast du Dad angesteckt. Er hat uns beide angebrüllt. Er hat immer wieder gesagt, dass es deine Schuld war, alles! Mom und Dad haben sich verändert. Wann war Dad das letzte Mal stolz auf mich? Und wann hat Mom mich das letzte Mal umarmt? Alles war früher besser, bevor du es kaputt gemacht hast.«

Ich schlucke. »Das ist nicht die ganze Geschichte. An diesem Tag sind Dads Eltern gestorben, und Dad war zu krank, um sie zu besuchen. Er glaubt, er hätte sie retten können, wenn ich ihn nicht angesteckt hätte. Mom hat es mir erzählt.«

»Ach, sie hat es dir erzählt – und mir nicht! Du warst ja immer das Lieblingskind. Als hätten alle vergessen, was du getan hast.«

»Aber ich hab gar nichts getan! Ich hab die Wahrheit erst vor zwei Tagen erfahren. Hör mir doch zu!«

Nathan schaut weg.

»Und Dad mag uns beide nicht«, sage ich. »Dad mag niemanden! Glaubst du wirklich, ich wäre sein Liebling?«

»Nicht bloß Dads«, sagt Nathan ganz leise.

Ich schüttele den Kopf. »Das stimmt nicht. Das stimmt überhaupt nicht. Wir müssen nicht gegen einander antreten. Wenn wir uns zusammentun, können wir uns gemeinsam Dad widersetzen. Wir können …«

»Ach ja, glaubst du?« Nathans Sarkasmus schallt eiskalt durch den Raum. »Du glaubst, dann ist alles eitel Sonnenschein, ja? Du bist noch dämlicher, als ich dachte. Sogar noch dämlicher als Dad, und das will wirklich was heißen.«

»Stopp«, sage ich. »Hör auf damit.«

Nathan knurrt: »Sag mir nicht, was ich tun soll.« Er stürzt auf mich zu, aber ich springe zur Seite, und so kracht er frontal gegen seinen Schreibtisch, und all seine Figuren fallen um. Er knallt die Hände auf die Tischplatte. »Es geht nicht«, stößt er zwischen den Zähnen aus. »Ich weiß nicht, wie …«

»Doch, es geht«, sage ich und mache einen zögerlichen Schritt auf ihn zu. »Du hast mein Skizzenbuch gerettet. Warum tust du immer so, als wärst du jemand, der du nicht bist? Warum tust du immer so, als wärst du Dad?«

Nathan dreht sich zu mir um. In seinen Augen flackert so viel wildes, wütendes Feuer, dass ich schmelzen müsste, wenn ich länger hineinschauen würde. »Behaupte nie wieder, ich wäre wie er.«

Bevor ich etwas erwidern kann, schüttelt Nathan seinen Kopf vor und zurück, und als er seine Augen wieder öffnet, sehen sie etwas klarer aus. »Bei diesem Spiel geht es darum herauszufinden, wer der bessere Cole ist«, sagt er. »Ein für alle Mal.«

Das ist es also. Deshalb ist er vor ein paar Tagen so ausgeflippt, als ich meine Aufgaben erledigt hatte. Er meint es wörtlich – er glaubt tatsächlich, dass wir auf diese Weise herausfinden können, wer der bessere Bruder ist, der bessere Sohn. Der bessere Mensch. »Das ist doch Blödsinn«, sage ich. »Wir sollten damit aufhören.«

»Aufhören?« Nathan lacht auf. »Ich höre nicht auf. Wir ziehen es beide durch bis zum bitteren Ende. Cole gegen Cole, Bruder gegen Bruder, und nur einer kann gewinnen.«

Ich richte mich auf. »Dann werde ich es beenden. Ich werde dich aufhalten. Es genügt, Nathan. Ich … ich werde …«

Wieder lacht er. Sein Gelächter schallt noch hinter mir

her, als ich den Flur hinuntergehe. Ich höre es glasklar, bis er seine Tür hinter mir zuknallt.

Als ich in mein Zimmer komme und die Tür schließe, zittere ich am ganzen Körper. Ich spähe durch die Jalousie zu meinem grünen Freund hinüber, der heute merkwürdig ruhig dasteht. Ich versuche, meinen Atem in den Griff zu bekommen. Ein … aus … ein … aus … ein.

Ich weiß, was ich tun muss.

Ich muss meine Freunde zurückgewinnen.

Nathan darf sie mir nicht wegnehmen.

Ich ziehe mein Handy aus der Tasche und beginne, eine SMS zu tippen … aber: nein. Hier ist (schluck) ein Anruf fällig.

Es meldet sich sofort der Anrufbeantworter: »Hallo, hier spricht Madison Wilson Truman. Ich kann leider im Augenblick mein Telefon nicht abheben, aber wenn Sie mir nach dem Signalton eine Nachricht mit Ihren Kontaktdaten hinterlassen, rufe ich Sie zurück, sobald es mir möglich ist. Ich wünsche Ihnen einen ganz besonders schönen Tag.«

Piep.

Oh, Gott. Darauf war ich nicht … »Madison, ich bin's, ähm, Alan. Hör zu, ich … ich werde mich nicht schon wieder entschuldigen, ich meine, ich hätte das Foto löschen sollen, aber es war mein Bruder, er hat es ausgedruckt und aufgehängt, ich hatte nichts damit zu tun, also würde ich sagen …«

Ich atme tief ein.

»Du kannst mich für immer hassen, wenn du willst. Wenn du nie mehr … mein Freund sein willst, versteh ich das. Aber ich hoffe wirklich, dass du es noch sein willst, denn ich will immer noch dein Freund sein. Morgen werde ich versuchen, die Schwimmprüfung zu bestehen und … und es würde mir echt viel bedeuten, wenn du da wärst und mir beistehen würdest, Coach. Du und ich und Zack, wir sind Freunde, und Freunde halten z-zusammen und … und …«

Ich halte das Handy von meinem Mund weg, damit der Schluckauf nicht aufgezeichnet wird.

»Wir können so nicht weitermachen. Wir dürfen k-keine Opfer mehr sein. Wir müssen … für uns selbst eintreten. Du musst morgen zur Schule kommen und … und mit hoch erhobenem Kopf sagen: Mein Name ist M-Madison Wilson Truman, und ich bin wie ich bin, und ich bin ein guter und ehrlicher Mensch, und keiner kann mir etwas anderes erzählen, und dann werde ich da sein und dir beistehen wie du mir beistehst, weil … weil wir Verlierer sind und Verlierer …«

»Vielen Dank. Sie haben das Maximum an Aufnahmezeit erreicht. Auf Wiederhören.«

Ein Signalton brummt mir ins Ohr.

Ich putze mir die Nase, trockne mir die Augen und bete zu Gott – oder wer auch immer gerade zuhört –, dass er die Nachricht bekommt.

Als Nächstes: Zack. Aber als ich wieder auf mein Handy schaue, habe ich bereits eine SMS von ihm bekommen.

Wirst du ihn morgen schlagen?

Ich blinzele ein paarmal und schreibe dann ganz langsam zurück. Meine Finger drücken alle drei Sekunden einen Buchstaben:

Die Chancen stehen besser als null.

19. Kapitel

Der Bus Nr. 19 fährt an diesem Donnerstagmorgen ein wenig schneller zur Evergreen. Vielleicht kommt's mir aber auch nur so vor, weil ich die Sekunden zähle, bis mein großer Auftritt da ist. Dafür knallen die Räder aber mit noch mehr Wumms als sonst in jedes Schlagloch. Ich starre aus dem Fenster, sehe zu, wie die anderen Wagen vorbeifahren, und stelle mir vor, wie meine Zeichnung einer gut gefüllten Vorstadtstraße aussehen würde.

Die Türen öffnen sich. Wir sind da. Zuerst gehe ich langsam, dann lege ich einen Schritt zu, setze einen Fuß vor den anderen, konzentriere mich auf meine Atemzüge. Ich gehe am Schwarzen Brett vorbei, an dem Madison erniedrigt wurde, und schaue nur ganz kurz, ob heute jemand anderer an den Pranger gestellt worden ist. Ich schaffe es zu meinem Spind, spähe hinein und bin verblüfft, wie ein zwölfjähriger Junge oder überhaupt irgendjemand es dort stundenlang aushalten konnte …

»Sieh an«, sagt eine Stimme hinter mir. »Bin überrascht, dass du nicht zu Hause geblieben bist.«

Madison hält die Arme verschränkt, und seine Stimme klingt weicher und höher als sonst.

»Hast du meine Nachricht bekommen?«, frage ich.

»War ein bisschen weitschweifig«, sagt Madison. »Hast du immer noch vor, die Prüfung zu machen?«

Ich nicke.

»Obwohl wir gestern nicht trainiert haben? Du glaubst immer noch, dass du es schaffen kannst?«

Ich schaue zu Boden, nicke aber wieder.

Er fährt sich mit einer Hand durchs Haar. »Spielt es überhaupt eine Rolle? Du wirst deinen Bruder doch sowieso nicht besiegen. Es steht …«

»Hey, Fettison!«, brüllt jemand den Flur hinunter.

Madison schließt die Augen, atmet tief ein und fährt fort. »Es steht doch fünf zu zwei für ihn.«

»Fünf zu drei«, erwidere ich. »Ich habe jemanden zum Weinen gebracht.«

»Wen …« Er räuspert sich. »Na ja, freut mich, dass ich helfen konnte«, sagt er sarkastisch.

»Ich kann das schaffen. Ich werde nicht zulassen, dass er mir das weiterhin antut. Oder sonst jemandem.«

Madison seufzt. »Na dann, viel Glück. Ich wünschte, ich wäre eine bessere Hilfe gewesen.«

»Machst du Witze? Du bist mein Coach. Du warst phantastisch.«

»Phantastisch«, wiederholt Madison bitter. »Ein echter Coach hätte dich in der Hälfte der Zeit so weit gehabt, und ein echter Coach hätte auch keine Fotos von … Fotos von …«

»Madison, hör auf …«

Er hebt eine Hand und geht ohne mich in die Klasse. Kopfschüttelnd folge ich ihm.

Zu meiner Überraschung sitzt auf dem Platz links neben mir Zack, der aufmerksam zur Decke hinaufstarrt. Ich eile zu ihm. »Hi«, sagt er mit breitem Grinsen. »Du machst doch heute die Schwimmprüfung, oder?«

»Ist doch egal jetzt«, sage ich. »Geht es dir gut?«

»Oh«, sagt Zack. »Ja, mir geht's gut. Eigentlich war's ganz lustig. Ich wollte sehen, wie lange ich es schaffe, kein Geräusch zu machen, aber dann musste ich aufs Klo, und da hab ich angefangen zu summen. Mein Glück war, dass Mr Jackson grad vorbeikam.«

Ich reiße die Augen auf. »Du *wolltest* da drin bleiben und nicht gefunden werden?«

»Klar«, sagt Zack. »Mal 'ne neue Erfahrung, oder?«

Ich schaue, ob Miss Richter nicht zu uns herübersieht, und beuge mich näher heran. »Warum hast du denen nicht gesagt, wer es getan hat?«

»Ich konnte es nicht sehen«, sagt Zack. »Ich war gerade damit beschäftigt, den Geheimcode in den Bodenfliesen zu entziffern, und da haben die sich von hinten an mich rangeschlichen. Ich hätte es nicht fair gefunden, jemanden zu beschuldigen, von dem ich gar nicht sicher wusste, dass er der Übeltäter war.«

»Aber du weißt, wer es war.«

Zack zuckt mit den Schultern. »Denke schon. Aber alles ist möglich.«

Ich versuche, mich nicht aufzuregen. »Ich bin jedenfalls froh, dass es dir gutgeht.«

»Ich auch«, sagt Zack mit einem Lächeln. »Wart mal 'ne Sekunde.« Er schaut zu Madison hinüber, geht dann zu ihm und spricht mit ihm.

»Morgen«, sagt Connor auf meiner anderen Seite und nimmt seinen Kaugummi heraus. »Hab ich das richtig verstanden? Du machst heute die Schwimmprüfung?«

Ich werde rot. »Oh, ähm, vielleicht.«

Connor schenkt mir ein breites Lächeln. »Find ich super, Mann. Ich bin sicher, du schaffst das.«

Trotz allem, was er neulich gesagt hat, fangen diese dämlichen Schmetterlinge wieder an, in meinem Bauch herumzuflattern, wenn Connor lächelt. Das zusammengeknüllte Fehlstart-Kretpoj, das tief unten in meinem Rucksack liegt, ruft meinen Namen. Ich nicke. »D-danke.«

Als die erste Stunde vorbei ist, und es klingelt, erstarre ich auf meinem Stuhl.

»Alan«, ruft Zack.

Ich erhebe mich langsam von meinem Platz und gehe in Richtung Schulschwimmbad. Ein … aus … ein … aus.

»Es wird klappen«, sagt Zack. »Du musst nur an dich glauben. Du hast jetzt jeden Tag trainiert, eine ganze Woche lang, oder?«

»Weniger«, stöhne ich.

»Weniger als eine Woche!«, jubelt Zack ahnungslos. »Ich wusste, dass Madison ein guter Lehrer ist. Und du bist ein guter Schüler! Das wird großartig.«

Ich erstarre beim Eingang zu den Umkleidekabinen.

»Hier«, sagt Zack und drückt mir etwas Kleines und Rundes in die Hand.

Ein Stein.

Ich schaue auf. »Zack!«

»Gib ihn mir einfach zurück, wenn du fertig bist«, sagt Zack. »Tu ihn in die Tasche deiner Badehose.«

»Er wird rausfallen.«

Er schüttelt den Kopf. »Aus meiner Tasche ist er noch nie rausgefallen. Ich kann leider nicht zuschauen, aber in Gedanken bin ich dabei. Und nachher musst du mir alles genau erzählen, okay?«

Ich halte Zacks kostbarsten Besitz in der Hand. Den Stein, der ein Geschenk seines Vaters gewesen ist. Den er mir leiht. Weil er glaubt, dass ich es wert bin, dass ich besonders und stark genug bin, um ihn entgegenzunehmen.

Zack umarmt mich fest, vor allen anderen, und dann hüpft er davon. »Denk daran: besser als null!«, ruft er.

Ich betrachte den Stein in meiner Hand. Es ist ein ganz normal aussehender Stein, rund auf der einen und flach auf der anderen Seite und überall mit grauen und braunen Sprenkeln versehen. Aber Zack weiß, dass er kein normaler Stein ist. Und ich weiß es auch.

In der Umkleide ziehe ich mich so schnell wie möglich um. Zacks Stein habe ich in meiner rechten Badehosentasche festgeklemmt. Noch bevor die meisten anderen herauskommen, gehe ich zu Coach Streit hinüber.

»Ich hoffe, wir sehen hier keine Wiederholung von gestern, Cole«, sagt sie. »Wenn doch, wird das ein sehr langes Jahr für dich.«

»Coach Streit«, sage ich und hoffe, dass meine Stimme nicht bricht wie ein zu dünner Ast. »Ich würde gern die Schwimmprüfung ablegen.«

Sie blinzelt überrascht. »Ich glaube nicht, dass das eine gute Idee ist. Offen gestanden, ich habe deine Fortschritte hier im Unterricht gesehen, und sie sind lausig. Du bist noch nicht so weit.«

»Bitte lassen Sie mich die Prüfung machen. Was kann denn schon passieren im schlimmsten Fall?«

»Du klingst genau wie dein Bruder. Du hast ja wohl mitbekommen, was ihm passiert ist.«

»Ich bin nicht wie mein Bruder.« Ich hole so viel Selbstbewusstsein wie möglich aus mir heraus. »Ich bin ich. Und ich möchte die Prüfung machen. Bitte.«

Coach Streit schaut mich lange an. Dann seufzt sie. Als alle umgezogen sind, bläst sie in ihre Trillerpfeife. »Macht die erste Bahn frei«, sagt sie zur Klasse. »Wärmt euch auf, aber lasst die erste Bahn frei.« Sie nickt. »Du bist dran. Aber mach keine Dummheiten, bitte.«

Ich steige an der flachen Seite ins Becken. Eigentlich

sollten die anderen Aufwärmübungen machen, stattdessen beobachten sie mich aber alle. Ron flüstert dem Mädchen neben sich irgendwas zu, und dann lachen sie.

»Was soll das denn?«, fragt Marcellus am Beckenrand.

»Cole macht die Prüfung«, sagt Coach Streit.

Ein Raunen geht durch die ganze Halle. »Er kann doch gar nicht schwimmen«, sagt Marcellus.

Coach Streit zuckt mit den Schultern. »Es schadet ja nichts, wenn er seine Grenzen austestet. Macht euch bereit, ihm zu helfen, wenn er nicht weiterkommt.«

Marcellus mustert mich eindringlich, stellt sich dann neben Coach Streit auf.

Ich blicke die lange Bahn vor mir hinunter. Ich weiß, dass ich bis zum Ende schwimmen und zurückkommen muss, ohne anzuhalten. Sie sieht jetzt riesig aus, viel länger und auch viel tiefer, als könnte jeden Augenblick Moby Dick daraus auftauchen und mein kleines Schnellboot mit Motorschaden zum Kentern bringen.

Alle haben ihre Augen auf mich gerichtet. Alle warten. Ich spüre Zacks Stein in meiner Tasche. Mein Blick wandert zur Umkleidekabine, wo ich jetzt einfach sitzen und abwarten und eine weitere Sechs kassieren könnte und mir keine Sorgen machen müsste über … aber da steht Madison, direkt an der Tür, und sieht zu mir herüber.

Wir schauen einander eine Weile an. Langsam, ganz langsam, hebt er seine Faust und streckt seinen Daumen nach oben.

Wie aus der Pistole geschossen stoße ich mich vom Beckenrand ab und schnelle vor durchs Wasser.

Einen Arm vor den anderen und den Kopf zur Seite gelegt, kraule ich das Becken hinunter. Ich trete mit den Beinen aus, so dass das Wasser hoch aufspritzt, und lasse mich von nichts aufhalten. Mein nasses Haar klatscht hin und her. Und bevor ich mich versehe, bin ich am tiefen Ende.

Ich kann Leute johlen und brüllen hören, und irgendwer jubelt auch, als ich mich auf den Rücken drehe und – in meinem betrunkener-Pinguin-Stil – bis zur Hälfte der Bahn zurückpaddele. Die Lichter an der Decke leuchten so hell, so intensiv auf mich herab. Mir tun die Arme und Beine weh von (weniger als) einer Woche Training, aber ich lasse nicht nach, bis Coach Streit in ihre Pfeife bläst, damit ich weiß, dass ich die Hälfte erreicht habe und zum Brustschwimmen wechseln muss.

Jetzt kommt der wahre Test.

Ich halte kurz inne, um meinen Körper neu auszurichten: die Arme ausgestreckt, die Beine angezogen. Dann schiebe ich mich voran, aber es hilft nichts, sofort habe ich den Mund voller Wasser. Ich muss kurz husten. Jetzt höre ich das Brüllen meiner Klassenkameraden lauter, ich höre, wie mich Coach Streit anfeuert, ich höre …

Dann halte ich inne, denn am Ende des Beckens, am seichten Ende, sehe ich den Zielpunkt. Dort muss ich hin.

Wie ein Superheld in der alles entscheidenden Schlacht gegen ein riesiges Monster lasse ich meine Arme vorschießen, schlage mit ihnen aufs Wasser, so dass sich um mich herum die Wellen aufbäumen. Ich bin ein Titan. Ich bin ein Gigant. Ich bin mächtig, voller Kraft und Stärke. Ich schaffe das. Harte Arbeit und Training haben mich hierher gebracht, und ich bin kein Opfer mehr.

Nie wieder.

Die Welt da draußen – all diese Leute, all die Lichter, all die Geräusche, die Ablenkungen und die Meinung der anderen – alles verblasst, und ich sehe nur das Ziel.

Den Blick nach vorn gerichtet.

Den Blick nach vorn gerichtet, bis ich am Ende angekommen bin. Dann klettere ich mit wackligen Beinen aus dem Becken. Und schon im nächsten Augenblick reißt mich Madison lachend und schreiend zu Boden, und der ganze Lärm kommt zu mir zurück. Die gesamte Schwimmhalle ist eine einzige Energiewelle, die auf mich zuläuft.

Ich hab's geschafft.

Coach Streit bläst immer wieder in ihre Pfeife, aber keiner achtet auf sie. Ich werde wieder auf die Füße gezogen. Alle möglichen Leute klopfen mir auf die Schulter, wuscheln mir durch die Haare und boxen mir freundschaftlich gegen die Arme. In diesem Augenblick bin ich ein König.

Ich hab's geschafft.

Ich hab es wirklich, wirklich geschafft.

Madison ist völlig außer sich. Er ist komplett angezogen,

aber pitschnass, schwingt die Fäuste durch die Luft und brüllt wie ein Irrer. Ich schaue meinen Freund an, und er schaut mich an, und dann grinsen wir und lachen. Alles ist jetzt gut – besser als jemals zuvor.

Natürlich muss Madison am Ende nachsitzen, weil er seinen Unterricht geschwänzt hat, aber das ist ihm egal. »Ich wusste, dass du's schaffen würdest«, sagt er noch einmal, bevor Coach Streit ihn endgültig hinausschickt. »Ich hab immer an dich geglaubt. Selbst als alles … selbst als wir … ich hab immer dran geglaubt …«

Als die ganze Aufregung sich langsam beruhigt, kommt Marcellus zu mir herüber. »Hey, Mann«, sagt er, »wo hast du so Schwimmen gelernt?«

Ich schaue auf. »Ich hatte einen guten Lehrer.«

Wenn ich's nicht besser wüsste, würde ich fast sagen, dass Marcellus ein Lächeln unterdrückt. »Okay«, sagt er.

Selbst Ron ist beeindruckt. Na ja, ich nehme jedenfalls an, dass Ron beeindruckt ist, denn er sagt nichts Gemeines zu mir. Er wirft mir in der Umkleide bloß ein hämisches Grinsen zu. Damit kann ich leben.

Als ich Zack später treffe, walzt er mich fast um vor Begeisterung. Ich gebe ihm seinen Stein zurück. »Danke«, sage ich. »Ich glaube, er hat geholfen.«

Zack schüttelt den Kopf. »Das hast du ganz allein geschafft.«

Und dann, als sich die neueste Geschichte von Mr-Wo-kommen-die-Babys-her in der Evergreen verbreitet, wird mir klar, dass ich es nicht für das CgC-Spiel gemacht habe. Ich habe es nicht getan, um Nathan zu beeindrucken oder um Madison glücklich zu machen. Ich hab's getan, weil ich es wollte. Nachdem ich zwölf Jahre immer nur zu Boden geschaut habe, wollte ich der Welt einmal gegenübertreten, ihr ins Gesicht sehen und keine Angst haben. Das ist die eigentliche Prüfung, die ich heute abgelegt habe, und ich habe sie mit fliegenden Fahnen bestanden.

20. KAPITEL

ES IST KURZ VOR DER MITTAGSPAUSE, direkt nach der Kunststunde, und ich stehe an meinem Schließfach, um meine Bücher für die zweite Hälfte des Tages herauszuholen, als meine Schließfachtür zugeschlagen wird und mir fast die Finger bricht.

»Was«, sagt Nathan und betont jedes einzelne Wort, »soll das hier eigentlich werden?«

Ich schaue auf. »Ich halte dich auf. Ein für alle Mal. Wenn ich das CgC gewinnen muss, um das zu tun, dann gewinne ich es eben.«

»Du?«, spuckt Nathan aus und lässt meine Schließfachtür los. »Du kannst mich nicht aufhalten. Du hältst dich für verdammt clever – du glaubst, du bist ein harter Hund – aber ich werde dich *vernichten*, Goldfisch.«

»Nathan«, sagt eine Stimme hinter meinem Bruder.

Marcellus legt eine Hand auf Nathans Schulter, aber er schüttelt sie ab. »Halt du bloß deine Klappe«, faucht Nathan. »Du hattest einen einzigen Job, Marcellus! Du solltest nur dafür sorgen, dass der kleine Blödmann nicht

Schwimmen lernt. Aber er hat es gelernt! Er hat es gelernt! Er …«

»Lass ihn in Ruhe«, sagt Marcellus mit ruhiger Stimme. »Er hat hart trainiert. Gönn es ihm einfach.«

»Ich soll's ihm gönnen – tickst du noch ganz richtig?« Nathan wirbelt herum und schaut seinem alten Freund ins Gesicht. »Auf wessen Seite stehst du eigentlich? Wahrscheinlich hast du ihm hinter meinem Rücken noch geholfen, bloß weil … weil …«

Marcellus' ruhiges Gesicht durchfährt ein Zucken. Andere Schüler auf dem Flur werden langsamer und bleiben stehen, während Nathan immer lauter und aufgeregter wird.

»Alan, was ist los?«, fragt Madison, der gerade mit Zack um die Ecke kommt. Als er Nathan sieht, bleibt er stehen.

»Hi«, sagt Zack. »Du musst Alans Bruder sein. Schön, dich zu treffen. Also auch mal von vorne.«

Nathan faucht erneut. »Bist du dämlich! Ihr seid alle so dämlich. Der dämliche Al mit seinen dämlichen Freunden und seinem dämlichen Schwimmen und seinem ganzen dämlichen Scheiß. Ich werd nicht gegen dich verlieren, du kleiner …« Plötzlich hält Nathan inne, wohl weil ihm bewusst wird, dass alle ihn beobachten.

Madison baut sich zu seiner vollen Größe auf. »Nathan Cole, es ist mir vollkommen egal, was unbedeutende, eifersüchtige Kleinkriminelle wie du von mir denken. Also tu dir keinen Zwang an.« Er verschränkt die Arme und starrt meinem Bruder direkt in die Augen.

»Unbedeutend«, flüstert Nathan. »Eifersüchtig?« Er schaut sich fassungslos im Flur um.

In diesem Augenblick kommt Miss Richter mit einem Stoffbeutel, aus dem ihr ausfahrbarer Zeigestock ragt, aus dem Klassenraum und sagt: »Ich an deiner Stelle würde jetzt hier verschwinden. Und zwar schnell.«

Die Menge tuschelt, sie beobachten Nathan, einige zeigen auf ihn. Ich trete einen Schritt von meinem Bruder zurück. »Es ist vorbei«, sage ich.

Nathans Stimme zittert ein wenig. »Noch nicht ganz. Ich wünsche dir viel Glück, wenn du in den dämlichen Automaten reingreifen willst, um an den dämlichen Zettel zu kommen, und beim Kuss sowieso, du dämlicher …«

»Was habe ich gerade gesagt?« Miss Richter stellt ihren Beutel ab. »Mach, dass du in die Gänge kommst, und lass meine Schüler in Ruhe.«

Ich wünsche dir viel Glück, wenn du in den dämlichen Automaten reingreifen willst.

Das kann nicht sein. Es kann doch nicht … kann es … wirklich so einfach sein?

Nein, natürlich nicht. Er musste etwas anbringen, damit der Zettel kleben bleibt, deshalb ist er auch so schmutzig. Damit der *eigentliche* Fleck nicht mehr auffällt. Er hat das alles ausgetüftelt, um mich zu verwirren. Aber jetzt bin ich nicht mehr verwirrt.

Miss Richter droht Nathan, dass er ein fettes Nachsitzen aufgebrummt bekommt, wenn er nicht endlich das Weite sucht. Er bleibt aber hartnäckig stehen, murmelt irgendwas über mich vor sich hin, und Marcellus legt ihm die Hand auf die Schulter. Die Menge hat sich immer noch nicht aufgelöst, vermutlich weil alle auf das große Blutvergießen warten. Madison und Zack flankieren mich wie Bodyguards, und inzwischen versucht auch Mrs Ront die Schüler aus dem Flur zu verscheuchen. Und ich? Ich husche zu Miss Richters Tasche hinüber und ziehe ihren ausfahrbaren Zeigestock hervor, während sie noch auf Nathan einredet. Dann werfe ich einen Blick in die Menge. Da steht doch tatsächlich Connor und schaut einem der Blüten über die Schulter, um zu sehen, was los ist.

Ich renne zu ihm hinüber. »Ich brauch dein Kaugummi.«

»Hä?«

»Kann das jetzt nicht erklären. Kannst du … kannst du's einfach ausspucken? Und mir geben?«

Connor schaut mich ziemlich verdutzt an, und Ron brüllt: »Los jetzt, prügel dich mit dem andern Typen! Ich hab fünf Dollar drauf gewettet, dass du in zehn Sekunden k.o. gehst!« Im nächsten Augenblick reicht Connor mir sein benutztes Kaugummi.

»Was immer du vorhast«, sagt er, »beeil dich besser. Dein Bruder sieht wütend aus.«

Nathan bekommt immer noch seine Standpauke von

Miss Richter, aber es sieht aus, als würde er sie jeden Moment anschnauzen. Er achtet jedenfalls immer noch nicht auf mich – tatsächlich schauen gerade alle gebannt zu, wie eine Lehrerin meinem Bruder die Leviten liest, nur Zack und Madison nicht. »Was hast du vor?«, fragt Madison, als ich ein paar Schritte den Flur hinuntergehe. »Läufst du we…«

Zack sieht zu, wie ich Connors weichgekauten Kaugummi an die Spitze des Zeigestocks klebe, und grinst. Auch Madison kapiert es, als ich auf den Automaten zutrete. »Wow«, murmelt er.

Nach einigem Hin und Her schaffe ich es, den Zeigestock durch den Ausgabeschlitz in den Automaten zu stecken. Ich drücke den Knopf, damit er ausfährt … genau, komm schon … fast da …

»Hey, guckt doch mal!«, brüllt Ron. »Cole versucht in den Snackautomaten einzubrechen.«

Jetzt wendet sich die allgemeine Aufmerksamkeit blitzartig mir zu. »Stopp!«, brüllt Nathan. »Hör auf! Lass das!«

Mein Arm bekommt einen Krampf, weil ich ihn so verdrehen muss – jetzt hab ich den Zettel fast erwischt – na, komm – komm schon, komm schon, komm schon …

»Nein!«, brüllt Nathan, schiebt die anderen Schüler beiseite und rast den Flur hinunter. »Stopp, stopp, stopp, stoooooopp!«

Dann drücke ich das Kaugummi mit einem kurzen Rascheln gegen den Zettel – und ziehe alles zusammen den

Automaten hinunter und durch den Schlitz hinaus. Ich kann ein breites Grinsen nicht unterdrücken.

»Yeah!« Zack schwingt seine Faust durch die Luft, Madison schnappt nach Luft, jemand ruft »Wow!«, ein anderer »Igitt«, und dann wird geklatscht und gejubelt. Nathan steht jetzt drei Schritte vor mir. Seine Knie werden weich, seine Schultern sacken ab. Er schaut zu Boden. Ich löse den Zettel vom Kaugummi und reiche ihn ihm.

Die Menge verstummt, aber es scheint ein Knistern in der Luft zu liegen, als würde jeden Augenblick ein Blitz in einen stillen See einschlagen.

Talia versucht, sich hinter zwei Knospen nach vorne durchzuzwängen. »Ich hoffe, ihr seid jetzt alle glücklich. Der Zettel ist raus, nun gibt es keinen Grund mehr, den Automaten hier stehen zu lassen. Als Jahrgangspräsidentin der Setzlinge wird es meine …«

Leises Kichern schneidet ihr das Wort ab. »Das war's?«, knurrt mein Bruder leise und richtet sich wieder gerade auf. »Mehr hast du nicht zu bieten?«

Hinter ihm nickt Miss Richter einem dritten Lehrer zu, der daraufhin den Flur hinunter auf Direktor Dorsets Büro zueilt.

»Mir reicht's«, sagt Nathan. Er schaut auf, und noch nie habe ich in seinen Augen so viel Wut und Feuer aufflammen sehen. »Ich werde es jetzt sagen.«

Mir dreht sich der Magen um. *»Was?«*

»Ich werd's sagen«, wiederholt Nathan. »Ich hab keinen

Bock mehr, meine Versprechen zu halten. Was hab ich je davon gehabt? Ich will dich nur vernichten, du dämlicher Goldfisch. Es ist alles deine Schuld. Also mach ich es. Ich werd es ihnen sagen. Ich werde es allen sagen. Mal sehen, ob es dir dann nicht leidtut, dass du geglaubt hast, cleverer zu sein als ich …« Das letzte Wort zieht er in die Länge, lässt es in der Luft hängen.

»Das geht nicht … du hast doch nie … du hast gesagt … du *kannst* nicht …«

»Ach ja?«, sagt mein Bruder. »Wirst du schon sehen.«

Ich erstarre.

Er grinst ein teuflisches Grinsen, leckt sich die Lippen. »Möge der beste Cole gewinnen.«

Manchmal muss man gewisse Dinge einfach tun. Manchmal liegen sie nicht gerade auf der Hand, manchmal sind sie unangenehm. Und jetzt, hier im Flur der Evergreen Middle School, wo ein ganzes Heer aus Schülern mich anstarrt, liegt das, was ich tun muss, wirklich nicht auf der Hand, und nichts könnte beängstigender sein.

Aber es muss getan werden. Wahrscheinlich ist das, was man tun muss, nicht immer auch das, was man tun möchte. Aber jetzt weiß ich, was ich tun muss.

Und ganz tief in mir will ich es vielleicht sogar tun.

Ich schaue zu Zack hinüber, der offenbar genau versteht, was in mir vorgeht und seinen Daumen nach oben reckt.

Also lasse ich Nathan stehen und gehe in die Menge hinein, auf einen Jungen zu, der hinten an der Wand lehnt.

»Was ist los?«, fragt Connor.

Ein … aus … ein … aus … nicht dran denken, dass mich alle beobachten … nicht drauf achten, dass mein Magen rebelliert … ein … aus … »Ich muss dir was sagen.«

»Ähm, okay«, sagt Connor. »Kann das nicht bis nach der Mittagspause warten? Ich meine, ist voll cool, dass du das Ding da aus dem Automaten rausgekriegt hast und so, aber den Kaugummi kannst du gerne behalten …«

»Mussjetztsein«, sage ich in einem Wort. Ein … aus … ein … aus-ein-aus … »Connor … ich …«

»Okay«, ruft Miss Richter in die Menge. »Jeder, der in fünfzehn Sekunden noch hier rumsteht, muss nachsitz…«

»Ich mag dich.«

Im ganzen Flur ist es schlagartig still.

Connor blinzelt. »Hä?«

Ich blicke nicht zu Boden. »Ich … hab dich immer gemocht. Du musst mich nicht auch mögen … oder so, aber ich … ich wollte einfach, dass du es weißt.«

Connor klappt die Kinnlade runter.

Langsam drehe ich mich um. Nathan sieht aus wie ein Auto, das mit Vollgas gegen einen Telefonmasten gekracht ist, nur schlimmer. Das ganze Feuer ist aus seinen Augen verschwunden. Jetzt sind sie leer. *Er* ist leer. Er schaut mich an, dann drängt er sich an der Menge vorbei und läuft davon. Marcellus zögert, dann folgt er ihm.

Ich fühle mich ganz kribbelig. Ich zittere. Ich habe Tränen in den Augen. Und ich lächele. Ich lächele das breiteste Lächeln, das ich je gelächelt habe, wie der kleine Junge auf Nathans Foto. Es kommt mir vor, als würde ein Damm brechen, und in diesem Augenblick wird mir auch klar, wer auf meinem Kretpoj – meinem echten – zu sehen sein wird. Ich kann es kaum abwarten, damit anzufangen.

Aber eins nach dem anderen. Die Nachricht verbreitet sich wie ein Lauffeuer, und in Sekunden weiß die gesamte Menge Bescheid. Mehrere Kids lachen, am lautesten Ron, der hämisch hervorprustet: »Nicht dein Ernst, oder? Was für eine kleine …«

»Hab ich nicht gerade gesagt, ihr sollt in eure Klassenräume gehen?«, ruft Miss Richter. Ihre Worte wirken wie ein Messer, das durch eine Torte geht, und endlich zerstreut sich die Menge. Connor starrt mich noch immer mit offenem Mund an. Schließlich stapft er zusammen mit Ron davon, als wäre er in Trance.

Zack wirft einen Arm um meine Schulter und geht mit mir zur Cafeteria. »Du hast es getan!«, ruft er. »Wie fühlst du dich?«

»Nervös«, sage ich. »Ängstlich. Aber … ich glaube, ich bin auch glücklich.« Ich schaue Madison an. »Tut mir leid, dass ich es dir nicht gesagt habe.«

Madison hat die Arme vor der Brust verschränkt. »Versteh ich schon. Aber wenn das mit Connor nicht klappt, kann ich dir gerne meine Dienste als Partnervermittler anbieten.«

»Du?«, frage ich.

»Na klar!« Madison bläst seine Wangen auf, während wir um die nächste Ecke biegen. »Ich bin ein Experte, wenn es um die menschliche Psyche geht.«

»Okay«, sagt Zack. »Dann sag mir, was ich gerade denke.«

Madison schüttelt den Kopf und lächelt. »Ich spreche von normaler menschlicher Psyche. Nicht von deiner.«

»Falsch!«, sagt Zack. »Ich habe gerade gedacht, wie lustig es sein muss, ein Füller zu sein.«

Ich lache. »Na, dafür würd ich gern die Gründe hören.«

»Na ja«, sagt Zack, »Füller sind voller Tinte, und alle lieben Tintenfische, also ist es doch fast so, als würde man in seiner Tasche einen Minitintenfisch mit sich rumtragen …«

21. Kapitel

Hinter uns halten alle deutlich Abstand, als wir uns in die Schlange der Cafeteria stellen. Wie bei der Teilung des roten Meeres. Niemand möchte mir nahe kommen. Als könnten sie sich plötzlich irgendwas einfangen oder so. Es ist, als müsste ich einen Nebel durchdringen.

Aber ich durchdringe ihn.

Der Wackeltisch wackelt wie üblich, als wir uns hinsetzen. Ich esse mein Sandwich und ignoriere alle Blicke. »Hey«, sagt Zack. »Was ist der Unterschied zwischen einem Vogel Strauß und Sandpapier?«

»Was denn?«, frage ich.

»Der Vogel Strauß hat ein O in seinem Namen«, sagt Zack. »Mann, unsere Sprache kann echt verwirrend sein. Wnn wr kn Vkl httn wr s br nch schlmmr. Das ist vokallose Sprache für …«

Etwas sticht mich am Ohr. Ich greife mir mit der Hand an den Kopf und drehe mich um. Ich sehe, wie Ron am Nicht-Wackeltisch lacht und sich für einen weiteren Schuss mit einem Stift bereitmacht.

»Beachte sie einfach nicht«, sagt Madison. »Sie sind es nicht wert.«

Ich schaue Ron nicht an und auch nicht die anderen Leute an seinem Tisch. Nur den einen, der dort sitzt und nicht lacht. Connor sitzt stumm da und schaut zur Wand.

»Was glaubst du, denkt er gerade?«, fragt Zack.

»Weiß nicht.«

Noch ein Stift. Dieser trifft mich an der Schulter.

Ein Lehrer geht zu Ron herüber und sagt ihm, dass er damit aufhören soll. Jetzt kommen keine Stifte mehr geflogen, aber dafür hält mir Ron unter der Tischplatte, so dass die Lehrer es nicht sehen können, ich aber schon, einen gewissen Finger entgegen. (Ihr wisst schon, welchen.)

Connor bewegt sich immer noch nicht.

Warum verknallen wir uns in bestimmte Leute? Es ist ja meistens bloß Zufall. Zack hat es schlimm erwischt mit Penny, obwohl es sich bei ihr eindeutig um eine Irre handelt, und ich bin verliebt in Connor, obwohl er Schwule hasst. Was soll das bringen?

»Alan Cole«, sagt eine herrische Stimme. »Diesmal hast du dich aber wirklich so richtig in Schwierigkeiten gebracht, was?«

Madison rümpft die Nase. »Wenn du gekommen bist, um dich über Alan lustig zu machen, kannst du dich mit meiner Faust unterhalten.«

Talia schiebt ihre Brille hoch. »Ich bin Jahrgangspräsidentin der Setzlinge. Ich repräsentiere alle Schüler gleichermaßen, unabhängig von Herkunft, Geschlecht oder sexueller Orientierung. Deshalb bin *ich* Jahrgangspräsidentin und du *nicht*.«

Madison öffnet wieder den Mund, aber ich schneide ihm das Wort ab und sage: »Was willst du denn, Talia?«

»Ich wollte dir nur sagen, dass der Schülerrat dich und all deine Lebensentscheidungen unterstützt. Das ist alles. Es ist ja offensichtlich, dass ich hier unerwünscht bin, also gehe ich wieder.« Sie hält inne. »Viel Glück.«

»Warte«, sage ich, bevor sie weggehen kann. Ich schaue wieder zu Ron und seinen Freunden hinüber, die gerade ganz leise »Aaaaaaalaaaaan, Aaaaaaalaaaaan« gurren.

»Suchst du immer noch eine Idee, mit der du in der Schule wirklich etwas bewirken kannst?«, frage ich.

Talia horcht auf. »Natürlich.«

»Und du willst mir immer noch einen Gefallen tun wegen der Wahl?«

Sie nickt. »Nutz das Angebot, sonst verfällt es.«

Ich winke Madison, Zack und Talia dicht an mich heran und lächele. »Ich möchte euch von meinem Kretpoj erzählen.«

Als ich nach Hause komme, macht Mom in der Küche den Abwasch. Sie schaut auf die Uhr an der Wand, die Uhr, die die Erinnerungen von Jahren aufgesogen hat, vielleicht von ganzen Generationen. Sie tickt und tickt und tickt. Ein, aus, ein, aus.

Ich geh zu Mom und umarme sie.

Zuerst reagiert sie nicht. Dann legen sich ganz langsam ihre Arme um meinen Rücken, und wir drücken einander fest. Als ich mich wieder losmache, sieht ihr Gesicht anders aus, als würde sie sich fast daran erinnern, welche Muskeln man einsetzen muss, um jemanden anzulächeln. Als wir uns das letzte Mal umarmt haben, war sie größer als ich.

Erst jetzt sehe ich jemanden am Küchentisch sitzen. Nathan spielt geistesabwesend mit einem Kreisel, den er geschnitzt hat, als er fünf war, und auf den er groß und breit seinen Namen geschrieben hat. Er dreht ihn, wartet, bis er umfällt, dann stößt er ihn wieder an, und so weiter und so weiter.

Ich schaue meinem Bruder zu. Mom schaut ihm auch zu. Er scheint nicht einmal mitzukriegen, dass wir da sind. Seine Augen sind ganz glasig. Er ist wie weggetreten.

Als die Haustür sich öffnet, wird meine Aufmerksamkeit von ihm abgezogen. Mom richtet sich auf.

Dad kommt herein und knallt seine Aktentasche auf den Küchentisch, so dass Nathans Kreisel herunterfällt. Er sieht sich um, registriert erst Mom, dann mich und schließlich Nathan. Mit einer einzigen schnellen Bewegung fährt er seine Greifvogelkrallen aus und hebt Nathans Kreisel auf. Nathan ist immer noch wie in Trance und reagiert nicht. Dad reicht ihn mir. Die Botschaft ist klar: Schaff das Ding weg.

Ich nehme den Kreisel und bewundere die krakeligen Buchstaben, die den Namen *Nathan* bilden. Ich frage mich, was der fünfjährige Nathan gedacht hat, als er das geschrieben hat. Ob er stolz war, dass er schon seinen Namen buchstabieren konnte? Oder war es der Drang, sich überall, wo es nur möglich war, zu verewigen?

Mom und Dad beobachten mich. Ich werfe Dad einen kurzen Blick zu, dann gehe ich zum Küchentisch und gebe Nathan den Kreisel zurück.

Jetzt blinzelt mein Bruder, bemerkt endlich, dass ich da bin. Er schaut mich an, dann Dad. Mich, Dad.

Wieder nimmt mein Vater den Kreisel vom Tisch. Diesmal reicht er ihn nicht an mich weiter, sondern geht zum Mülleimer und wirft ihn hinein.

Nathan sieht ihm stumpf zu und senkt den Blick.

Ich trete an den Mülleimer heran und hole den Kreisel heraus, zupfe ein Stück Salatblatt von der Spitze und gebe ihn dann Nathan zurück. Als ich ihn direkt neben seine Hand lege, treten seine Augen hervor. Wieder lässt er seinen Blick zwischen mir und Dad wandern. Mir, Dad.

Dad stößt ein tiefes, kehliges Knurren aus. Ich sehe ihm in die Augen, ohne zu blinzeln. Wir starren einander an, Vater und Sohn, wie Spiegelbilder, die nur unterschiedlich alt sind.

Er ballt seine Hand zur Faust und holt damit aus.

»Jimmy!«

Mitten im Schlag hält er inne.

Mom ruft noch einmal: »Jimmy!«

Dad schaut sie an, Cindy Cole, seine Frau, die Mutter von seinen beiden Söhnen. Ich zittere, stehe aber immer noch da, und jetzt blickt er mich an, als hätte er mich seit einer Ewigkeit nicht gesehen. Nathan sieht er auf dieselbe Weise an. Und dann fällt sein Blick auf seine Faust, die ebenfalls zittert.

Er senkt sie wieder.

Sein Atem kommt laut und angestrengt aus seiner Brust, und seine Schulter hebt sich in ungleichmäßigen Zügen. Seine Augen sind nicht mehr die Augen eines Habichts. Es sind die Augen eines Mannes. Eines sehr, sehr ängstlichen Mannes.

Er atmet scharf ein. Dann noch einmal. Als würden sich die Ozeane unter ihm öffnen. Als würde er gegen eine steigende Flut ankämpfen.

Als würde er ertrinken.

Indem er einen Fuß vor den anderen setzt, verlässt Dad die Küche und geht die Treppe hinauf.

Mom presst sich die Hand auf die Brust. Und nachdem sie mich und Nathan angeschaut hat, folgt sie ihrem Mann nach oben.

Nun sind nur noch Nathan und ich in der Küche.

Ich gehe zum Tisch hinüber und hebe den Kreisel hoch. Sanft lege ich ihn in Nathans Hände. Ich schließe seine Finger darum.

Wir schauen einander an. Cole und Cole.

Dann gehe ich nach oben.

Es ist ein stiller Abend in der Werther Street 16. Nur Mom und ich sitzen beim Abendessen zusammen, die andere Hälfte der Familie fehlt am Tisch. Sie bringt Dad und Nathan ihre Teller hinauf, und danach reden wir ein bisschen miteinander, hauptsächlich übers Essen. Aber als wir fertig sind, lächelt sie mich an. Ein echtes, ehrliches Lächeln.

Und an diesem Abend, nach dem Essen, greife ich nach meinem Skizzenbuch und fange mit meinem Kretpoj an.

22. Kapitel

Die Oktobersonne späht durch die Wolken, als ich am Freitagmorgen erwache. Mein grüner Freund tanzt draußen vor den Jalousien, und mit ein bisschen Mühe kann ich die Spuren von Rot und Gelb und Orange an den Rändern seiner Blätter erkennen. Mein Skizzenbuch liegt auf dem Schreibtisch, und die erste Seite ist bereits mit den Umrissen des beeindruckendsten, atemberaubendsten, unfassbarsten Kretpojs bedeckt, das die Menschheit jemals gesehen hat.

»Alan!«, ruft Mom von unten.

Mist. Ich werde den Bus verpassen, wenn ich mich nicht beeile. Ich husche zum Frühstückstisch hinunter. Dort sitzt, mit einer Tasse Kaffee in der Hand, Dad. Neben ihm liegt die Morgenzeitung, ungelesen. Er nippt an seinem Kaffee und starrt ins Leere.

Als ich meine Schale Cornflakes hinuntergeschlungen habe, winkt Mom mich zu sich und gibt mir einen Kuss auf die Wange. Ich fühle mich gleich … vollständiger. Wärmer. Stärker. Als würde in meiner Brust jetzt eine Minisonne scheinen. Um ihren Hals trägt sie die Kette, die sie auch bei dem Firmenessen getragen hat. Sie lächelt mir noch einmal zu, als ich zur Tür gehe.

»Alan.«

Dads Stimme hält mich zurück.

Ohne aufzusehen sagt Dad: »Lass dich von deinem Tag beschenken, Alan.«

Mir bleibt die Stimme weg. Ich antworte nicht.

Dad nimmt seine Zeitung auf und trinkt noch einen Schluck Kaffee. Vielleicht ist ihm gar nicht klar, dass dies das erste Mal war, dass er mir etwas Gutes gewünscht hat.

Aber vielleicht doch.

Vielleicht bin ich nicht der Einzige, der Schwimmen lernt.

Ich gehe hinaus, meine Schritte fast im Takt mit dem Ticken der alten Küchenuhr, und trete in die Sonne.

In der Evergreen ist die Alan-Phobie immer noch in vollem Gang. Die meisten Schüler wollen nicht in meine Nähe kommen, mich nicht mal anschauen. Man könnte meinen, das würde mir entgegenkommen. Klar, Introvertierte wie ich haben gern ihre Ruhe, aber so ist es doch ein bisschen übertrieben.

Nun gut. Es ist mir lieber, dass es schwer ist, ich selbst zu sein, als dass es schwer ist, jemand anderes zu sein. Weise Worte, muss ich schon sagen.

Als ich zur ersten Stunde die Klasse betrete, schallt mir

ein »Hey!« entgegen. Große Überraschung: Es ist Ron, der mir mit einem furchteinflößenden Grinsen entgegenkommt. »Wie geht's, Homo? Hast du heute Nacht wieder von meinem Kumpel geträumt?«

Ich schaue Ron an. »Das muss ich nicht beantworten.«

Ron lacht sehr laut, so dass die anderen stehen bleiben und uns anstarren. »Ach, nein? Wenn ich je wieder sehe, dass du Connor anquatschst oder versuchst, ihn in ein kleines schwules Stück Scheiße wie dich zu verwandeln, werde ich …«

»Er kann mit mir reden, wenn er will«, sagt Connor, der hinter mir auftaucht.

Ich werde knallrot.

Ron sieht aus, als wäre er in irgendwas hineingetreten. »Wovon redest du? Warum solltest du …«

»Weil Alan cool ist«, sagt Connor. »Also lass ihn in Ruhe, ja? Du weißt genau, dass ich dich fertigmachen würde, wenn wir uns prügeln, also spiel dich nicht so auf. Lass ihn in Ruhe. Klar?«

Ron betrachtet ihn fassungslos. Dann hebt er beide Hände und verzieht sich auf seinen Platz.

Ich schaue Connor an. Er lächelt nicht. »Ich … ich …«, stammele ich.

»Ich steh nicht auf dich«, sagt Connor. »Okay? Ich stehe nicht auf … das. Ich mag Mädchen.«

»Okay«, sage ich langsam.

Er fährt fort: »Aber mir ist es egal, was du magst oder

in wen du dich verliebst – auch wenn's mir, glaub ich, angenehmer wäre, wenn, na ja, wenn's nicht ich wäre.« Jetzt lächelt er ein bisschen.

Ich erwidere seine Lächeln nicht. »Ich kann nichts dafür.«

Connor seufzt. »Stimmt wohl. Tut mir leid, dass ich ein Idiot war. Ich hätte neulich nicht so reden sollen, darüber, dass Ron schwul ist. Aber du weißt schon, dass wir niemals, ähm, ein Date haben können oder so, oder? Ich mag nämlich Mädchen, und du, na ja, du bist kein Mädchen.«

»Ich weiß«, entgegne ich und finde die ganze Unterhaltung immer noch ziemlich absurd. »Ich denke, ich werd schon irgendwann über dich hinwegkommen.«

Connor macht eine Faust, als wolle er mir zum Spaß gegen den Arm boxen, aber kurz vor meinem Ärmel hält er inne und geht in die Klasse, ohne ein weiteres Wort zu sagen. Ich zittere ein bisschen, und die Enge in meiner Brust wird schlimmer.

Im Klassenzimmer geht Miss Richter die Anwesenheitsliste durch. Talia ist nicht auf ihrem Platz. Aber Madison und Zack sind da und halten die Daumen hoch. Ich recke ebenfalls den Daumen nach oben und setze mich auf meinen Stuhl.

Über die Lautsprecher gibt Direktor Dorset seine morgendlichen Ankündigungen. Nach dem üblichen langweiligen Kram sagt er: »Jetzt würde ich das Mikrophon gern an die Jahrgangspräsidentin der Setzlinge, Talia MacDonald, weitergeben, die mir gestern den Vorschlag für eine neue Initiative unterbreitet hat. Talia?«

»Vielen Dank, Direktor Dorset«, sagt Talia. Ihre Stimme klingt klar und selbstbewusst, wahrscheinlich weil sie ihr Publikum diesmal nicht ansehen muss. »Als Jahrgangspräsidentin hatte ich es mir unter anderem zum Ziel gesetzt, den Wettbewerbsgeist an unserer Schule neu zu entfachen. Je mehr ich darüber nachgedacht habe, desto mehr bin ich aber zu dem Schluss gekommen, dass wir ohnehin schon einen zu großen Konkurrenzdruck haben. Vielleicht sollten wir lieber mehr zusammenarbeiten.«

Zack, Madison und ich grinsen.

Talia fährt fort: »In Anlehnung an meine Präsidentinnen-Debatte nenne ich das Projekt: Wo kommen wir her?«

(Das war Zacks Idee. Und auch Madison fand, dass es ein guter Plan war, um den anderen die ganze Sache schmackhafter zu machen.)

»Jeder Schüler der Evergreen hat seine ganz eigenen schwierigen Erfahrungen«, sagt Talia. »Ob es etwas mit seiner Herkunft, seinem Geschlecht, seiner Körperform, seiner Haarfarbe, seinem Familienstand oder seiner sexuellen Orientierung zu tun hat …«

(Die gesamte Klasse schaut mich an.)

»… wir sind alle unterschiedlich. Aber wir vergessen dabei, dass wir uns auch alle ähneln. Viele werden schon wegen absoluter Kleinigkeiten fertiggemacht oder gemobbt, dabei teilen wir alle dieselbe Geschichte. Eins habe ich gelernt: Manchmal muss man das Leben eines anderen als Porträt vor sich sehen, um wirklich zu verstehen, wer er ist. Meine Hoffnung ist, dass ›Wo kommen wir her?‹ eine großartige Möglichkeit sein wird, über unsere Unterschiede zu reden, darüber, wie andere sich über uns lustig gemacht haben, und zwar auf eine Weise, die Diskussion und Offenheit ermöglicht. Jeder kann etwas beisteuern, ein Bild, Texte, Videos, und wir werden alles in den Fluren ausstellen. Wir sind alle anders, aber wir sind auch alle gleich. Ich hoffe, dass dieses Projekt uns allen hilft, das zu erkennen. Habt ganz vielen Dank.«

Miss Richter klatscht laut in die Hände. Die meisten im Raum stimmen zwar nicht mit ein, dafür brüllt Madison: »Hört, hört!«, und Zack applaudiert im Stehen und pfeift. Auf meinem anderen Nachbarplatz schaut Connor eine Weile zu mir herüber und schenkt mir schließlich ein breites Lächeln. Ich lächele ebenso breit zurück.

Schließlich bin ich nicht der einzige Mensch auf der Welt, der ein Kretpoj erschaffen kann.

Am Ende der ersten Stunde ruft mich Miss Richter zu sich. Ich krame in meinem Rucksack nach dem ausfahrbaren Zeigestock, den ich ihr gestern nicht sofort zurückgeben wollte, aber sie schüttelt den Kopf. »Du kannst ihn behalten. Als kleines Andenken. Außerdem bin ich mir nicht sicher, ob ich ihn noch benutzen will, nachdem er so mit Kaugummi verklebt wurde.«

»Danke.«

»Ich hab gehört, du hast die Schwimmprüfung bestanden.«

Ich nicke.

»Gut gemacht. Ich bin stolz auf dich. Und ich hoffe mehr als alles andere, dass du auch selbst stolz auf dich bist.«

»Bin ich.«

Miss Richter schaut mich an und lächelt. »Du siehst heute glücklicher aus. Als hättest du ein schweres Gewicht abgeworfen. Was steht denn für Alan Cole als Nächstes auf dem Programm?«

Was steht als Nächstes auf dem Programm? »Ich denke, ich muss erst mal das Periodensystem zu Ende auswendig lernen. Dann die unregelmäßigen Verben …«

»Das meine ich nicht.«

»Ich weiß. Kann ich Ihnen das später sagen?«

Sie lächelt. »Es ist in Ordnung, das nicht zu wissen. Wichtig ist nur, dass du dich weiter umschaust. Hör nie damit auf.«

Ich lächele auch. »Danke.« Und nach einer Pause füge ich hinzu: »Für alles.«

Miss Richter nippt an ihrem Kaffee.

Als ich aus der Klasse komme, wird mir klar, dass ich bei der Sache mit Ron ganz vergessen habe, meine Bücher aus dem Schließfach zu holen, also mache ich mich auf den Weg dorthin. In diesem Augenblick sehe ich ihn. Zwischen all den lärmenden Schülern geht er am leeren Snackautomaten vorbei und kommt auf mich zu, den Kopf gesenkt, die Hände in den Taschen. Ich lasse ihn sich nähern.

»Du hast gewonnen«, sagt Nathan.

»Hm?«

Wir sind fast gleich groß, Nathan und ich. Er schaut mir in die Augen. »Du hast gewonnen. Sechs zu fünf. Das Spiel ist vorbei. Sag mir, was ich tun soll.«

Oh, mein Gott, ich habe wohl tatsächlich gewonnen, aber … »Nathan, du musst nicht …«

»Du sagst mir, was ich für dich machen soll. Das ist der Preis für deinen Sieg. Ich halte meine Versprechen immer. Vor allem nach … nach gestern Abend.« Seine Stimme kommt ins Stocken. »Na los. Sag, was du willst. Ich tu's.«

Ich habe überhaupt nicht darüber nachgedacht. Selbst als ich gestern meinen Vorsprung erreicht hatte, habe ich keinen Gedanken daran verschwendet. Wie soll ich etwas von Nathan verlangen? Wie soll ich …

Doch. Da gibt es etwas. »Okay.«

Er zuckt zusammen, erwartet seinen Urteilsspruch. Seine Bestrafung.

»Folgendes sollst du für mich tun«, sage ich: »Werde nicht wie Dad.«

»Was?«

»Du hast gesagt, der Gefallen dürfte nichts enthalten, was dir schaden würde. Das ist er also. Werde niemals wie Dad. Benutz deinen Kopf für etwas Gutes. Lass dich nicht von der Dunkelheit hinüberziehen. Und selbst wenn Dad sich jetzt ändert, werde nicht, wie er war. Das ist mein Wunsch.«

»Das kann ich nicht«, sagt Nathan schwach und schaut wieder zu Boden.

»Du musst«, entgegne ich. »Du hältst doch deine Versprechen immer, oder?«

Nathan ballt die Hände zu Fäusten.

»Nathan«, sage ich. »Du kannst das.«

Mein Bruder hebt den Kopf, atmet tief ein und öffnet die Augen. »Du bist echt was Besonderes, weißt du das?«, fragt er. »Du kleiner Scheißer.«

Ich bewege mich nicht.

Er streckt seine Hand aus. »Aber bitte erinnere mich immer wieder dran, falls ich nicht mehr dran denke.«

In meinem Inneren löst sich die Lava in Luft auf. Nicht die ganze Lava, aber doch zu großen Teilen, so dass ich in ein breites Grinsen ausbreche, von einem Ohr zum anderen. Ich schüttele Nathans Hand. »Abgemacht.«

Nathan nickt. »Vielleicht bist du doch kein so mieser Typ, Alan.«

»… stehen zwei Kühe auf der Wiese. Sagt die eine: Muh! Sagt die andere: Das wollte ich auch gerade sagen!« Zack haut glucksend mit der Faust auf den Wackeltisch. »Oh, Mann, der war echt gut.«

»Ich habe nachgedacht«, sagt Madison, nachdem er

ein großes Blatt Grünkohl heruntergeschluckt hat. »Über mein nächstes Projekt. Nachdem Alan jetzt schwimmt wie eine Eins.«

»Willst du jetzt den Leuten beibringen, wie man seine Finanzen im Gleichgewicht hält?«, fragt Zack. »Super, meine geraten nämlich immer aus der Balance.«

Madison blinzelt. »Nun, da ich bewiesen habe, dass ich etwas leisten kann, kann ich mich auf meine eigene Selbstoptimierung konzentrieren.«

»Zum Beispiel, indem du bis zum Ende des Monats sieben Kilo abnimmst?«, fragt Zack.

Madison zieht ein saures Gesicht. »Das werde ich mit meinen Eltern besprechen müssen.«

Ein Junge kommt am Wackeltisch vorbei und sagt: »Hey, Fettison.«

Madison verschränkt die Arme. »Wie heißt du?«

Der Junge bleibt stehen. »Äh, George.«

»Mein Name ist Madison Wilson Truman. Jetzt hab ich mir die Mühe gemacht, deinen Namen zu lernen, da ist es ja wohl das Mindeste, dass du dir meinen merkst.«

Der Junge steht einen Augenblick verlegen vor unserem Tisch, dann zieht er ab.

Zack grinst. »Das war grandios.«

Ich lächele. »Ja. Und du musst mich nicht mehr mit ins Helen's Crest nehmen, deshalb hast du auch keine Ausrede mehr, um selbst hinzugehen.«

»Also«, sagt Madison, »wenn ihr meine ehrliche Meinung hören wollt: Ich würde mich freuen, wenn du weiter mit mir dahin gehen würdest. Dann wäre es nicht ganz so schlimm.«

»Klar«, sage ich. »Klingt gut. Vielleicht können wir da ja auch noch was anderes machen außer Schwimmen.«

»Hey, da ist Penny«, ruft Zack. »Hi, Penny!«

Ein paar Tische weiter reißt Penny ihren Kopf herum – und dazu verdreht sie im perfekten Gleichklang die Augen.

»Sie weiß nicht, was ihr entgeht«, sage ich.

Zack nickt. »Ist okay. Es wird andere Mädchen geben. Und andere Jungs.« Er zwinkert mir zu.

Ich werfe einen Blick zum Nicht-Wackeltisch hinüber und denke an die CgC-Aufgabe, die ich nicht erfüllen konnte.

»Nicht mal Verlierer müssen immer verlieren«, sagt Zack. »Was auch immer auf dem Weg passiert – Gutes und Schlechtes –, wir stellen uns allem gemeinsam.«

»Ja«, sagt Madison. »Du musst dir da keine Sorgen machen, Alan.«

Ich lächele. »Tu ich nicht. Ich mache mir überhaupt keine Sorgen.«

Der Lärm der Cafeteria, all das Reden und Klappern, scheint zu verstummen, als Madison, Zack und ich unsere Daumen in die Mitte des Tisches halten. Wir sind Verlierer. Aber wir werden nie verlieren, was wirklich zählt.

Auf dem Tisch in meinem Zimmer steht ein kleiner Spiegel. Neben dem Spiegel liegt mein Skizzenbuch, umgeben von Stiften und Farben. Im Spiegel sehe ich ein Gesicht, ein Gesicht mit langen, schwarzen Haaren und hellen Augen. Ein Gesicht ohne die Spur von Schatten oder dunkler Flammen.

Ich streiche mir die Haare aus der Stirn und bringe mich selbst auf das Papier, schaffe mein Kretpoj: Ein Goldfisch, der erwachsen wird.

DANKSAGUNG

Mein Dank geht an Joy McCullogh-Carranza, meine Mentorin beim Pitch-Wars-Literaturwettbewerb 2015, für dein genaues Auge beim Lektorieren, dafür, dass du mich auf allen Stufen meiner Entwicklung unterstützt hast, und dass du keine meiner Fragen für zu klein oder zu dumm gehalten hast. Danke an die anderen Pitch-Wars-Mentoren Rebecca Wells, Jessica Vitalis und Brooks Benjamin für euer Feedback, dafür, dass ihr mich unterstützt und mein Selbstbewusstsein angekurbelt habt. Dank an Brenda Drake und ihr Team von leidenschaftlichen Mentoren dafür, dass ihr Träume wahr werden lasst.

Dank an Brent Taylor, meinen Agenten, für seine endlose Ermunterung, für unverbrüchliches Vertrauen und dafür, dass dir die Botschaft in diesem Buch genauso wichtig war wie mir und du ebenso sehr an Alan glaubst. Dank an Uwe Stender dafür, dass du ein großartiger Anwalt für mein Buch warst.

Dank an Ben Rosenthal, meinen Lektor bei Katherine Tegen Books für das exzellente Feedback und dafür, dass du meinen Input in allen Stadien zugelassen hast. Dank an Julia Kuo für ein brillantes und aussagekräftiges Cover. Dank an Mabel Hsu und die anderen Mitarbeiter bei HarperCollins für all eure unermüdliche Arbeit an diesem Buch und für den Blick hinter den geheimnisvollen Vorhang der Verlagswelt. Dank an Katherine Tegen für das Vertrauen in Alan und mich.

Dank an die Bux-Mont Critique Group – Wendy Greenley, Tamara C. Gureghian, Jean Ladden, Joanne Alburger, Debbie Dadey und Melissa McDaniel – dafür, dass ihr geholfen habt, das Manuskript mit ehrlicher Kritik und warmherziger Ermunterung von den frühesten Entwürfen an mit zu formen.

Danke an Rachel Kobin dafür, dass du mir auf die Füße geholfen hast, sowohl beruflich als auch privat, und mich dazu inspiriert hast, meine Stimme als Autor zu finden. Dank an meine Freunde und Autoren-Kollegen beim Philadelphia Writers Workshop, dafür, dass ihr mir auf meiner Reise zum Schriftsteller geholfen habt. Danke an Michael Lynch für die Inspiration für den Titel dieses Buches.

Dank an die Barn Raisers – Connie Morby, Kristen Strocchia, Lilace Guignard und Marcia Gregorio – für kenntnisreiches Feedback und dafür, dass ihr dabei geholfen habt, die erste Version von Alan, Zack und Madison in die richtige Richtung zu bringen.

Dank an meine frühen Leser und vertrauensvollen

Schreibkollegen: Stephen Kittel, Parag S. Gohel, Louis R. Artfich, Eric Jenkins und Solim und Glenn Chung.

Danke an meine vertrauensvollen Inspirationsquellen, die mir mit Ideen geholfen haben: David Labe, Alan Huang Chang, Brett Finnicum, Andreana Lau, Rafael A. Mora Moreu, Jessica Choi, Margie Hammett, Richie George, Summer Heacock und Jennifer Norman.

Und Dank an meine Leser, dafür, dass ihr mich – und Alan – in eure Welt eingeladen habt. Meine Welt wird jedes Mal ein wenig heller, wenn jemand mein Buch liest, und ich kann nur hoffen, dass sich eure auch erhellt, wenn ihr es lest.

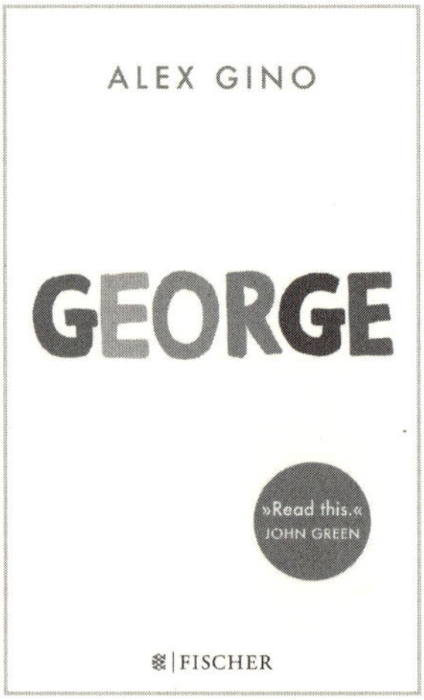

ALEX GINO
GEORGE
»Read this.«
JOHN GREEN
FISCHER